U0062255

MEOCOGITO

阅读即行动

La Géocritique

Réel, fiction, espace

Bertrand Westphal

地理批评

真实、虚构、空间

[法]贝尔唐·韦斯特法尔　著

高方　路斯琪　张倩格　译

北京联合出版公司
Beijing United Publishing Co.,Ltd.

图书在版编目(CIP)数据

地理批评：真实、虚构、空间 /（法）贝尔唐·韦斯特法尔著；高方，路斯琪，张倩格译.—北京：北京联合出版公司，2023.11

ISBN 978-7-5596-7222-3

Ⅰ. ①地… Ⅱ. ①贝… ②高… ③路… ④张… Ⅲ. ①世界文学—文学评论 Ⅳ. ①I106

中国国家版本馆 CIP 数据核字（2023）第 178476 号

LA GEOCRITIQUE：REEL，FICTION，ESPACE by Bertrand Westpal
© Les EDITIONS DE MINUIT 2007
Simplified Chinese translation edition copyright © 2023 by Neo-Cogito Culture Exchange Beijing，Ltd.
Current Chinese translation rights arranged through Divas International，Paris（www. divas-books. com）
All rights reserved
北京市版权局著作权合同登记 图字：01-2023-3561

地理批评：真实、虚构、空间

著 者：[法] 贝尔唐·韦斯特法尔
译 者：高 方 路斯琪 张倩格
出 品 人：赵红仕
出版统筹：杨全强 杨芳州
责任编辑：管 文
特约编辑：金子淇
封面设计：彭振威

北京联合出版公司出版
（北京市西城区德外大街 83 号楼 9 层 100088）
北京联合天畅文化传播公司发行
北京启航东方印刷有限公司印刷 新华书店经销
字数 228 千字 1092 毫米×870 毫米 1/32 11.125 印张
2023 年 11 月第 1 版 2023 年 11 月第 1 次印刷
ISBN 978-7-5596-7222-3
定价：62.00 元

序言

中国进入我思想景观的过程极为缓慢。起初,它对我来说是一个抽象、遥远的概念,这归结于其难解的复杂性。中国承载的数百年乃至数千年历史使它令人生畏。正如俗话所说,它过于悠久了。然后,慢慢地,我意识到两件事。首先,鉴于我们生活在同一个星球上,我发觉再也不可能继续忽略这样一种文化,它既享有过往的威望又全面复兴,用英语来说就是蓬勃发展(boom)。中国变得无法回避。接着,我以更加具体的方式摆脱了抽象,与这个国家建立起人文联系,这是唯一真正重要的联系。我开始读一些书。越来越多从中文译成法文的书对此颇有助益。有小说,有随笔,一些名字在我脑海中回荡:巴金、王安忆、博学的李敬泽[①],等等。还有一些艺术家,他们的作品在国际上的反响越来越大。不过,尤其令我印象深刻并使我更加熟

[①] 李敬泽的一部散文集在近期被译为法语。Hervé Denès et Li Ru : *Relations secrètes. Réflexions insolites sur les relations entre la Chine et l'Occident au fil des siècles*, Paris, Editions Philippe Picquier, 2017. ——原注(本书注释中未做特别说明的条目,均为原书注释。)

悉中国的，是与中国人的相遇。其中有许多来自西安的大学生，他们经常到我所在的利摩日大学交流学习。他们是我最早的对话者，尽管我们的交流往往十分短暂。从课堂上为其他学生和我本人打开一扇通往中国之门的报告，到比较文学方向硕士论文的撰写。其中往往有对拼音发音的说明，对于一个对汉语一窍不通的西方人而言，这简直高深莫测。我从他们身上学到了很多。渐渐地，我熟悉的并非中国——那有些言过其实——而是一种观念，即对于像我一样，在开眼看向外部之前主要研究西欧语言的人来说，中国并不是无法企及的抽象事物。撰写《地理批评》时，我正在得克萨斯州的拉伯克市休学术年假。这座城市几乎位于我的第二故乡利摩日和南京中间，尽管从利摩日出发前往中国要向东走，而从拉伯克出发要向西走。然而，中国还是几乎没有出现在我的论著中，相反我时常提到美国，提到那些我能在图书馆里现场查阅的，在美国高校中孕育出的理论。中国出现得更晚。我依然记得，正是在拉伯克，我阅读了人生中第一部中国小说，故事情节发生在后现代的上海。这便是一个简单的开端。

　　我们认为，地理批评是一种考察虚构空间之再现的方法，无论这个空间是文学的、电影的、艺术的、摄影的还是其他形式的。另外，地理批评力求在再现和有时被我们称为现实素的事物之间建立联系。后者是构成现实的元素，是充当"模型"的载体，即使现实从来都不是一个绝对的模型，因为它也会被其自身产生的文本、视觉或声音等再现所塑造。可以说，在不同元素之间、在我们习惯定义为真实的不同层面之间，可能存在着一种互动。要是没有众多的中外作家、艺术家和电影导演，北京、上海或南京将会是什么样？是他们将北京、上海或南京搬至台前，并最终使这些特大城市为一些人所熟知。在从书页上或电影银幕上了解这些城市之前，这些人或许从未到过那里。有一本有趣的书，题目叫《旅行》(*Travelling*，2019)，讲述了克里斯蒂安·加尔桑(Christian Garcin)和唐吉·维埃伊(Tanguy Viel)两位作家兼旅行者不乘坐飞机的环球旅程。二人恰好提到了上海，他们是从日本的一个港口乘船到达那里的。对于他们，或者对于两人中写出以下文字的人来说，这座城市意味着什么？"对我来说，这样一个名字就好像百老汇电影海报上的夺目标题，或者像一座剧院厚重的帷幕，人们以为事先知道了剧目的主题，但还缺乏任何感性的厚度。"[1]作者随即补充道："这种有人在上海生活、睡觉、早晨起床的切实感受，这种那里有街道、有人走在人行道上的真实意识，总之就是这座城市存在着、有生有死的这种想法，事实上，从来没人告诉过我这些，没有。"[2]我们对世界明确的认识是微乎其微的；我们几乎总是透过我们所拥有的再现的滤镜

---

① Christian Garcin, Tanguy Viel, *Travelling. Un tour du monde sans avion*, Paris, JC Lattès, 2019, p. 195.

② 同上，第 196 页。

来生活，它就像昏暗剧院中的厚重帷幕。加尔桑和维埃伊抵达的黄浦江与西飓作品《河豚》(2000)中主人公夫妇阿舟和林雁所抵达的黄浦江毫无关联。相比两位法国游客，这座城市的存在对于后两者来说必然真切得多，尽管他们是纸上的人物，充其量只是一部写得很好的短篇小说的主人公。在真实与虚构之间，在游记和小说之间，在上海人的内生视角和来自法国或别国游客的外来视角之间，上海熠熠生辉。对外国游客而言，这座城市长期笼罩着重重迷雾，既令人神往又难以捉摸。地理批评应该能带来某种理论启示，将构成我们再现系统的不同层面联系起来。

《地理批评》是一部侧重方法论的论著。写作时，我需要对过去几年针对不同场所（以地中海地区居多）再现的研究做一番理论总结。为此我投入了大量精力。这项工作的关键在于，尽力证明文学以及模仿艺术依旧能够言说我们充斥着"科学"精确性的社会（技术至上的神话，这是另一种神话）。同时，还要对抗强有力的成见和顽固的陈词滥调，破除一切僵化的自我封闭结构，并与潜藏在我们每处论断周围的种族中心主义的巨大危险做斗争。如今我发现，这本书的内容和十五年后我所成为的那个人的想法保持了步调一致。我从未试着修改这本书，哪怕是部分修改。这绝不意味着我将此书视为大获成功，而是得益于它呈现在我面前的框架，每当我采纳新的路径时总会感到安心。它带给我一种理智上的保证，使我不会陷入重复和无聊。如果说近年来我认识到一件事,那就是地理批评并不只是一种一劳永逸的"方法"。于我而言,它滋养了一种精神状态,其关键词始终是好奇心,是探索的渴望,是意识到我们的文化、人文环境是无限的——这将促使我们在对任何事情做出论断时都要抱以最大的谦卑。地理批评构成的理论指导使我得以探索自己的思想景观,这种思想景观本身,也在同我不断努力游历的世界的接触中不断变化(当你住在一个外省城市,而它在中国的地图上可能只是一个大村落或一个小圆点,久而久之,这会让人深感疲惫)。

因此,《地理批评》标志着今后一段坚定旅程的出发点,它既是地理的,也是科学的。方法已经有了,还需要内容——为了获得内容,就要增加对世界的体验,或者如瑞士大旅行家尼古拉·布维耶(Nicolas Bouvier)曾经所言,是对世界的使用[1]。去旅行吧,尽可能多地旅行,但也要通过他人的文本和知识遨游,去阅读,去借助人在面对吞没他的无限时所拥有的微弱方法来认知世界,二者缺一不可。面对这种情况,不管人们是希望累积或是已经累积了全部的学识,他们能再现的东西极少,微不足道。然而,这种"微不足道"值得我们为之努力并投身于充满雄心甚至是鲁莽的创举中。此间,我再次渴望更好地了解中国文化,哪怕就缩短一点这段遥远的,却如此令人印象深刻的距离。这值得一试,太值得了! 就比如说,程抱一是法国最为杰出的中国传统

---

[1] Nicolas Bouvier, *L'usage du monde*, Genève, Droz, 1963.

文化摆渡人之一，正是通过阅读他的作品，我发现了两位北宋末期的画家，夏圭和马远①。此二人习惯将人物置于所描绘风景的细微隐蔽之处，似乎是为了更好地明示，人类只是从宇宙和涌动的无限能量中汲取了微不足道的样本，是后两者偶然的观众。可以说，这两位艺术家融入笔下的情感，就是我穿越世界时所体悟到的。些许迷失，轻微眩晕，对陌生化带来的事物抱以无限的尊重，摆脱民族中心主义的本能反应。

这就是为什么我从未试图直接续写《地理批评》，反而是以分枝、树状的方式开展工作，以便为出乎意料的事情留有余地。对我来说，更紧要的是借助地理批评的方法论知识来调整我对世界及其文化的看法，而不是重新投入纯粹的理论操演。在2011年，由午夜出版社出版的《可能性世界》（*Le Monde plausible*）意在填补我的一项空白：我对过往时代了解不足，因为我所擅长的领域主要在当代。此书记录了一段有关空间和场所（英语为 spaces 和 places）感知与定义的长期研究，研究范围从古希腊一直到欧洲所谓"现代"时期的前几十年。通过交叉阅读程抱一、贝尔克、朱利安及张寅德等人的作品，我第一次借助从中国文化里学到的东西，来更好地界定以欧洲为中心的分析特点。有时候，这种分析带有成为普遍的自负，而它却从未真正地普遍

---

① François Cheng, *Vide et plein. Le langage pictural chinois*, Paris, Seuil, coll. Points. Essais, 1991, p. 23—24.

过。普遍主义存在于类比，而罕见于深层真理的表达。在2016年，午夜出版社出版了《子午线的牢笼——全球化时代的文学与当代艺术》。这部作品写于我在北卡罗来纳州夏洛特市长期旅居时期，面对的是宏观文化的问题，融合了对文本和图像的平行思考，二者在我看来是不可分割的——这是我从中国古典绘画中领悟到的，据我所知，画笔在唯一的、不间断的运动中勾勒出图像和表意文字。《子午线的牢笼》刚刚由济南山东大学的张蔷女士译成中文，该书尝试勾描出一种真正全球性的世界文学的认识论纲要，这显然是一个大胆的构想——因为随即便会产生一个问题，即同一个人，当他跨出自己知识与身份认同的舒适区时，如何能够理解世界的文化和文学而不迷失自我。这些地理批评路径的不同面向在历次学术会议中均有涉及，并在2019年被收录于《错乱的地图集——地理批评研究》一书中，仍然由午夜出版社出版。相较于之前的论文，中国在这部作品里占有更为重要的地位。诚然，自2018年春天乔溪女士在西安交通大学热情接待我以后，我终于有机会去认识这个国家，虽然仍旧是走马观花。况且，对于我这样一个文化上的天真汉，对于一个可能永远都不会学习鲁迅的语言的人来说，还能怎么办呢？逝去的时光啊，唉，于事无补；它只会削减可能性！

被翻译，是一种莫大的幸福。本身来讲，这是一种认可，因为这意味着我们所写的东西让操另一门语言的、有时还相距甚远的读者产生了兴趣。高方女士是研究中法文学关系的专家①，我十分感激她拿出宝贵的时间来翻译《地理批评》一书。中文本的出版还使我充满好奇。的确，我从未尝试去"锁定"人们对地理批评含义的解释。在我看来，这种方法显然可以获得多重解释，即使其中的某些原则仍然构成了不变量，换言之，就是时间和空间无法分割的关系、多聚焦、解辖域化、不同文化异质等级的连接性、陌生化的不断发力……总之，是一种被知识的好奇心和文化的开放所支配的精神状态的特点。几年前，我在一本美国杂志上提出一种"地理批评的地理批评"②。在诙谐的表达之外，还有一些严肃的东西，谈到这种方法论在接受中所受到的批评，以及在阅读和翻译中，对该书的阐释与其原本的构思已然不同。特别感谢高方教授的翻译，让我们看看中国会如何接受地理批评，这令我充满好奇。我发现在短短数行中，我就用了三次这个词（"好奇"）。我就以这个令人无比振奋且流露着真诚期待的问号，结束这篇简短的序言。

---

①　参见 Gao Fang, *La traduction et la réception de la littérature chinoise moderne en France*，Paris Classiques Garnier，2016. 高方在书中写道："近些年来，全球化加速，文化多样性的种种问题被尖锐地抛出"，第 218 页。这是一个再正确不过的观点。当然，它会促使我们离开各自的舒适区，参与到和世界的接触以及世界的多样性中。现如今，这不仅仅是一种可能已经自足的知识的优雅，而是对一切"思考别处"的人都至关重要。"思考别处"来自于米歇尔·蒙田的著名格言。

②　Bertrand Westphal，"A Geocritical Approach to Geocriticism"，in *American Book Review*，September/October 2016，vol. 37，n°6：*Focus：Geocriticism*，p. 7-8.

目录

引言 ·· 1

第一章　空时性 ······························ 13

第二章　越界性 ······························ 69

第三章　指涉性 ······························ 150

第四章　地理批评的要素 ······················ 224

第五章　可读性 ······························ 296

引言

对于空间的感知和再现并非显而易见之事。对空间标准的理解不是永恒不变的，对场所信息的解读也不是静止的。我们的文化仍受到启蒙时代乃至实证主义传统的影响。时间不能被简化为河流隐喻，以展示其缓缓水平流动；也不能被归结为矢状隐喻，以建立其可逆性。同样，空间也不是符合实证主义趣味的欧几里得几何所界定的平面容器。爱因斯坦的革命由此而生。自那以后，一切都是相对的，甚至连绝对也是相对的。自20世纪初期以来，欧几里得已不是从前那个人，亦不再意味着相同的事。空间的标记在哪里？空间的稳定坐标在哪里？或许，空间自一开始就逃避了欧几里得秩序的桎梏。一直以来，空间都被象征性地解读。地理的具体细节属于精神阐释而非直接观察的范畴。在谈到基辅罗斯时期文献中涉及的地理空间时，尤里·洛特曼写道："地理学已经成为一种伦理学。因此，地理空间中的每一次运动在宗教和道德层面上都具有意义。"①当然，中世纪倾向于这样一种观念。圣奥古斯丁很早就定义了中世纪时期的时间观，他认为，中世纪的时间强化了人向上帝靠近的节奏，上帝主导人的思想，控制人的灵魂。至于空间，诚如朱塞佩·塔第奥拉所言，"显然是本体论的、精神的、指示性的；像时间一样，空间也成为象征行为和宗教行为的场所"②。当传说中的爱尔兰修道士圣布伦丹（Saint Brendan）离开克里海岸，向着天堂启航（Navigatio）时，他选用了教历，追随的是《圣经》模糊记忆所标识出的航线。欧几里得被遗忘了，其实他从未被僧侣和经院神学家所重视。空间——以及在空间中展开的世界——是象征体系和思辨的产物。它还是彼时的一丝光亮，让我们大胆地说出这个词——想象。无论何时，这种想象都不会与真实割裂。二者依据受宗教正典支配的相容原则而相互渗透。上帝创造了万物，万物具有同样的先验的现实，预先规避了日后出现的真实与虚构的分裂。但丁正是根据这种全景（和垂直）的取向构思出《神曲》，这一取向赋予他理解彼世的三个维度：地狱、炼狱、天堂。和但丁一道，整个中世纪都理想地提出了米哈伊尔·巴赫

①　Youri Lotman, *La Sémiosphère* [1966], traduit du russe par Anka Ledenko, Limoges, Presses Universitaires de Limoges, coll. «Nouveaux actes sémiotiques», 1999, p. 90.

②　Giuseppe Tardiola, *Atlante fantastico del medioevo*, Roma, De Rubeis, 1990, p. 20.

金所谓的"万物在永恒里共存"①的观点。完整的空间是对超越自然的思辨和对创世的折射。如果在物质运动的尺度上时间概念是静态的，那空间的概念则更具动态性。《神曲》中，但丁这个人物与其刻画和面对的空间环境本能地结合在一起，而时间却几乎没有流逝（除非主人公在逃脱永恒时间的炼狱里失去生命，否则时间将永远不会流动）。

时空概念的演变始于文艺复兴时期。巴赫金曾在《美学与文学问题》（1975）中对这个过程做出评价。他强调了时间由垂直转向水平这一根本转变的重要性，这一转变意味着"一种向前的冲动"②，甚至是向前的飞逝。巴赫金还补充道，相反，因为绘画和绘图中透视的引入，以及我们的地球列于太阳系中，人们对空间的感知变得垂直化。几个世纪以来，这种转变有所加强，至今也仍在被证实。但需要思考的是，我们的空间、时间和文艺复兴前常见时空观的一部分显著特征再次建立了联系。上帝可能已经死了，谁又知道呢？反正尼采死了。但无论上帝的命运如何，都不再是这些争论的中心。我们的社会不再憧憬超验。社会的时空布置还没有重新回到垂直，但也不再是水平方向。定位的有效性减弱。后现代主义在对现代性的质疑中发展，并

---

① Mikhaïl Bakhtine, *Esthétique et théorie du roman*［1975］, traduit du russe par Daria Olivier, Paris, Gallimard, coll. «Tel», 1987, p. 303.

② 同上，第 352 页。

站稳脚跟，使当代与某种原初世界（proto-monde）产生调和。该原初世界宣告了以万物相容和共存为标志的世界的一致性。后现代主义还挖空心思，力图在异质之中建立一个整体一致的王国。"一致"与"异质"，这两个词的结合有力地说明了新时空的混乱。本研究也将在后现代迷宫般的领域中展开。

通常来说，回顾后现代史比追溯空间的再现史更容易：因为前者最多六十几年，而后者则经历了整个人类发展的跨度。在这个令人沮丧的数据面前，我们放弃了。但是，后现代主义往往仍被定义为缺乏定义。这一由不恰当的语言诠释的"矫饰主义"的空白，构建了不断拓展的研究视角。没有必要再对此进行回顾或再开展探索。总之，本文在接下来的篇幅中会简要涉及后现代主义。在此，我就《后现代主义的空间：人文地理解读》一书中的若干原则进行阐述。作者迈克尔·J.迪尔和斯蒂文·弗拉斯提认为，在一切普遍存在的体制中①，后现代主义带来了一种极端不确定却具备准则的本体论。后现代主义在 20 世纪的满目疮痍中产生：冲突、特别是第二次世界大战遗留的硝烟未尽的断壁残垣，语言和再现单元的嘈杂废墟。维特根斯坦及其后继者曾揭示和分析过这种语言和再现的危机。归根结底，建立在

---

① 参见 Michael J. Dear, Steven Flusty, *The Spaces of Postmodernity. Readings in Human Geography*, Michael J. Dear, Steven Flusty（ed）, Oxford, Malden, MA, Blackwell, 2002.

所谓"客观"(实证主义的)感知上的和谐是意识形态上的,它曾经存在过,但在崩溃时释放了各种各类的主观性。话语在混乱中大量涌现……迪尔和弗拉斯提证实:"因此,我们的再现举措(即在与我们研究"结果"的"客观"关系方面)和调解冲突阐释的尝试注定会失败。"①追随让-弗朗索瓦·利奥塔和其他学者的思路,他们还补充道:"总而言之,后现代主义撼动了现代主义关于理论能够反映现实的信念,代之以片面的、相对的观点,强调理论建设的偶然性、间接性的本质。元理论和结构性思维被抛之脑后,取而代之的是微观解释和不可判定性。后现代主义者比大多数思想家更善于把相对主义语境化,容忍它,并时刻意识到差异。"②不过,在此种环境中,我们得承认:相对主义也被相对化了,除非是百分之百的相对主义。现实成为一个"复数词"③。这里探讨的现实显然是"客观的"现实。这是我们长久以来所期盼的,也是迪尔和弗拉斯提等执着的地理学家们所捍卫的。

在这个变得或被变得游移不定的环境中,与世界保持着模仿关系的艺术角色取得了新的意义。文学、电影、绘画、摄影(此

---

① 参见 Michael J. Dear, Steven Flusty, *The Spaces of Postmodernity. Readings in Human Geography*, Michael J. Dear, Steven Flusty (ed), Oxford, Malden, MA, Blackwell, 2002,第 6 页。

② 同上。

③ 同上,第 254 页。

外还有音乐、雕塑)等不胜枚举的艺术，能否冲破审美的禁锢重新归入世界？这是个难题，答案从一开始就只是暂时的、随机的。我们不想在此提前开始讨论，先提出假设：如果对指涉的时空框架的感知变得模糊，那么艺术承载的虚构话语就自然而然地具有其独创的意义。在长达半个世纪甚至更久的时间里，这种虚构话语不再明显地远离真实边缘，它获得了强有力的说服力。如果可信度始终以"真实"世界为参照标准，那么在后现代的广阔天地下，人们不再会说水泥、混凝土、钢筋搭建的世界比纸和墨水营造的世界更"真实"。我在上文提到后现代主义的迷宫，其实每一个在空间上被等级化了的迷宫的中心都有一只妖怪。古代畸形学里的人身牛头怪物一半是人一半是牛。而如今它是什么样的呢？如果它还继续存活，又将会是什么样？可能它仍是妖怪，一种合成体，但像很多其他妖怪一样，它已经重获新生了。人们神往于不同的"金刚"电影中所交织出的扣动心弦的浪漫，想象着那些与美女相遇抑或相恋的野兽。这是因为时间是异质的。迷宫的中心，人身牛头怪成了规范现实(可用"常态"一词概括)之间的新联盟的具体象征。这个规范现实不再脱离虚构且被置于规范之外。那如今是否还有诉诸至上地位的观点呢？殖民统治土崩瓦解，此后一对多的文明、肤色、宗教统治分崩离析；同样，一种性别对另一种性别、一种性别特征对另一种性别特征的支配统治也一去不返。在上帝的缄默之中，多元共存的时代来临了。因此，这种类比与中世纪对存在维度的感知有关，差异是绝对的。统一、全面的规范的缺乏就意味着侯世达所指的"异质等级"①（hétérarchie），一种去神圣化的等级，一切优先都消失殆尽。在失去规范的背景中，当虚构脱颖而出成为理性解读世界的关键时，时空是怎样的？设想怎样的方法可以去试着体会无法认知的事物？上述疑问带有悖论性质，我们将在下文用大量篇幅来尝试解答，以谨慎和谦逊的方式来捕捉这种捉摸不定的环境。

还有一个问题悬而未决。我们所说的空间是什么？乍一看，空间是个包罗万象的概念，它要么朝着无限大扩展，要么缩减向无限小，这个无限小本身也是无限（无穷尽）的广阔。总之，尽管我不甚了解这个宏观或微观的空间，但从宇宙的角度，从普遍的意义来说，那些专家似乎也没超前到哪儿去。地理学家埃尔维·海格诺德认为，"我们不知道空间是不是无限的，不知道它将会无限缩小还是会无限膨胀，不知道它是什么形状的……我们只知道空间和我们对它的心理经验没多大关系，它更需要的是理解而不是感知"②。钳制我注意力的并不是这个绝对的、整体的空间，尽管它在文学和电影里的地位弥足轻重。这个空

①　参见 Douglas Hofstadter, *Gödel*, *Escher*, *Bach. Les brins d'une guirlande éternelle*［1979］, traduit de l'américain par Robert French et Jacqueline Henry, Paris, Dunod, 2000 (1985).

②　Hervé Regnauld, *L'espace*, *une vue de l'esprit*?, Rennes, Presses Universitaires de Rennes (PUR), 1998, p. 34.

间实际上弥漫着科幻的色彩，是投射到感知以外而又不超出想象的全部可能世界所营造的空间。我将集中研究这些可以感知的空间，它们本身与定义格格不入，因为就像海格诺德在书中说的那样："涵盖一切地理问题的整体空间并不存在，即使将其简化为理论定律。"①这观点不仅对地理适用，对文学和其他模仿艺术也同样适用。冒着些许风险，我们可以提出两种研究可感知空间的基本方法：一种比较抽象，另一种则尤为具体；前者包括概念上的"空间"（space），后者是实际的"场所"（place）。但是两者并不相互排斥，那是因为空间和场所的分界并不那么固定。美国地理学家段义孚在他的《空间与地方：经验的视角》一书中视空间为自由且流动的领域，而场所则是一个封闭的人性化空间："与空间相比，场所是一个既定价值的安静的中心。"②这个观点在美国引起了特别的反响。段义孚认为，只有当空间有了定义并获得意义时，才能转化为场所。他还补充道："所有人都试图将难以名状的空间变为清晰的地理。"③对任何生物而言，场所都是一个目光停留的标记，一个停顿，"一个休憩点"④。

———————

① Hervé Regnauld, *L'espace, une vue de l'esprit?*, Rennes, Presses Universitaires de Rennes (PUR), 1998, p. 115.

② Yi-Fu Tuan, *Space and Place. The Perspective of Experience* [1977], Minneapolis, London, University of Minnesota Press, 2002, p. 54.

③ 同上，第 83 页。

④ 同上，第 161 页。

空间和场所的区别曾被地理学家、社会学家研究过，被那些意欲将理论思考应用到场所上的学者所研究。

面对"空间"和"场所"界定上的模糊，有些学者更倾向探索其他方法。意大利城市规划家弗莱维娅·斯齐亚沃在主张适度和批判性地使用空间一词后，又直接提出用背景（contexte）概念将其替换，因为背景凝聚了（空间和场所）这两个词所包含的物质和非物质价值。她认为：背景涵盖了社会、文化等领域，这些领域"组织了居住场所的整体建筑"[①]。总之，被赋予特性的空间进入了对于场所的构建，空间与场所二者结合形成背景。现象学在这个问题上投入了很大的精力。他们认为应当把作为男人（和女人）意向活动的场所——生活世界（*Lebenswelt*）（胡塞尔，舒茨）——与完成这些活动的背景——自然环境（*Um-welt*）——分离开来。然而，难点在于廓清纯人文的空间（生活世界）和环绕人类的空间（自然环境）相互影响的类型。此外，如果我们赞成另一位同为意籍的地理学家玛利亚·德·法妮斯的观点，那么主体就可以被理解为"实体，在以空间为模板进行自我塑造时，并让空间承载了个体和集体的行为、观点、价值，此三者把空间转变为场所"[②]。显然，要想直截了当地跳出空间和场

[①] Flavia Schiavo, *Parigi, Barcellona, Firenze, forma e racconto*, Palermo, Sellerio, 2004, p. 77.

[②] Maria De Fanis, *Geografie letterarie. Il senso del luogo nell'alto Adriatico*, Roma, Melteni, 2001, p. 22.

所的二元对立并不容易。接受批评研究的发起人汉斯·罗伯特·姚斯也对这个辩论做出了贡献。根据关联轴理论的作者、社会学家阿尔弗雷德·舒茨及其学生托马斯·卢卡曼①的研究，姚斯把一种日常现实纳入时空的范畴，并将其"理解成一个我与他人共享的主体间的领域"②。这种现实由"空间关系上的'这和那'（ici-et-là-bas）构成，就好像面对面的位置关系所营造出的关系世界［人文关系（*Mitwelt*）］一样"③。如果说自然环境源于观察，那么人文关系则意味着一种行为，或更准确地说，是一种相互影响，它赋予了个体存在的意义。姚斯深受现象学家的启发，并像他们一样，提出了"空间关系的'这和那'，由此日常现实便在围绕的环境中形成"④。

　　事实上，这种关系的研究推动着整个地理批评的发展，通过文本、图像以及其他与之密切相关的文化互动来深入研究模仿艺术布置的人类空间。在尝试确定地理批评的方法论以前，我

---

　　①　参见 Alfred Schütz, *Reflexions on the Problem of Relevance*, R. Zaner (ed), New Haven, London, Yale University Press, 1970；另见 Alfred Schütz, Thomas Luckmann, *Strukturen der Lebenswelt*［1975］, 2 vol., Frankfurt am Main, Suhrkamp, 1979, 1984.

　　②　Hans Robert Jauss, *Pour une esthétique de la réception*［1975］, traduit de l'allemand par Claude Maillard, Paris, Gallimard, coll. «Tel», 1990 (1978), p. 320.

　　③　同上。

　　④　同上，第 321 页。

计划通过三个部分勾勒出地理批评的理论基础。本书将首先围绕空时性（spatio-temporalité）展开思考。在这一部分，读者将看到二战以后时间隐喻如何逐渐得到空间化，空间以怎样的方式重获价值提升，并压制了时间这一曾在文学批评和理论中占据着无可比拟的优越性的元素。然后，我将思考当代空间的一种常态，即它的流动性，它很可能会具有长期性。当今是否存在一种永久违抗、持续跨越的状态——一种可以让所有空间成为完全流动起来的整体的越界性（transgressivité）？通过空间性，游移构成了一次历险，第三部分也由此应运而生，它将对世界空间与文本空间（或图像）、指涉对象与再现的关系做出理论的思辨。第三章将探究指涉性（référentialité），即真实与虚构以及世界空间与文本空间之间关系的实质。本章将为可能世界理论留得特殊一席，欧洲及盎格鲁—撒克逊等国的思想家效仿亚历克修斯·迈农和路德维希·维特根斯坦，在所谓"客观的"现实世界和抽象世界、文本世界之间搭建起一种类比。如果我们参考"空间"和"场所"传统意义上的区别，便会注意到前三章优先考虑了空间，因为时空性、越界性、指涉性描绘出地理批评所构建的概念框架。然而，尽管二分法会在下文中得到消解（我认为，"空间"和"场所"会在"人类空间"中合流），但是得承认，地理批评和场所研究范畴更为匹配。第四章陈述地理批评的方法论。这将给我一次机会去完善我曾在《走向文本的地理批评》一文中首次提及的若干想法。该文发表于 2000 年，并收录在《地理批评的说明》①一书中。从某种程度上说，这本书开启了地理批评的冒险之旅。在临时的而非总结性的最后一章中，我们将考察文本在场所建构中的重要性，并把文本的空间性转变为场所的可读性。我把指涉性问题放在最后，并自问是文本造就了场所，还是场所成就了文本。在结构主义日薄西山之际，小说文本回归到了世界并在此安身立命。它能否投身于世界的创造之中？

　　我的目标之一便是开始起草一份"空间逻辑"②（spatiologique）的清单，打破批评场的国界限制，超越虚构语料的语言界限，跨越不同学科的门槛，因为文学在这里，在一个给予地理、城市规划，还有其他多门学科以重视的环境中被重新考察。如此就显而易见了：千禧年之初以来，文学及其他模仿艺术，正因为它们的模仿性特征，不再能与世界隔绝开来。一切都在一切中，那么反之亦然吗？可能吧，这便是问题的所在。但并不排斥的是：正是在绝对的异质中，批评话语的自由才能表现得愈发从容且愈发重要。

---

①　参见 Bertrand Westphal, «Pour une approche géocritique des textes», in *La Géocritique mode d'emploi*, Bertrand Westphal（éd.）, Limoges, Presses Universitaires de Limoges, 2000, p. 9-40.

②　参见 Henri Lefebvre, *La Production de l'espace*［1974］, Paris, Anthropos, 1986.

第一章　空时性

历史:最后一条直线?

　　时间的流逝往往通过空间得到表达。19世纪,人们常把时间比作一条静静流淌的长河。当然,干扰时间进程的麻烦事时有发生,但没有任何事物能够中断它的流动。当斯嘉丽·奥哈拉看到位于佐治亚州苍穹下的庄园被烈火吞噬,目睹尸横遍野,历经情人离散后,她仍发出"明天又是新的一天"的感叹。对她来说,时间的发展与实证主义编排下的进步是一致的。工业革命时期,进步和发展实际上是一对同义词。在物理学家拉普拉斯(Laplace)的想象中,一个妖怪横空出世,它的嘴角或许带着嘲讽的微笑,思忖着事物做机械和直线运动的轨迹。这个无名的妖怪很可怕,至少也跟歌德笔下的梅菲斯特或米哈伊尔·布尔加科夫(Mikhaïl Boulgakov)的沃兰德一样,甚至在某些方面还更胜一筹。它有什么威力? 伊里亚·普里戈金和伊莎贝尔·斯唐热认为,它"能够观测到某一时刻宇宙中每个原子的位置和动量，并从中推算出宇宙过去和将来的发展状态"①。人们开始相信时间是可以操控的，甚至是可以编写的，它进入一种简单的构型。普里戈金和斯唐热这样描述道："变化的质的多样性被简化为单一时间的均质和永恒的流动，这不仅是所有进程的尺度，也是所有进程的理性。"②如此的均质性取决于一种理性的应用，还特别在于拥有理性的意识。由这种观点催生的等级似乎牢不可破。时间包含进步，又受进步的奴役。因此，空间便欣然成为揭开"进步"上帝面纱的时间的舞台。此舞台支撑着实证主义匮乏想象的剧情。可塑的空间任由时间安排，从而得到具体化。这就是普里戈金和斯唐热谈到的"均质的流动"，它在某处时有发生。

　　时间和空间关系的历史长久以来沿着单一方向行进。因此就要精确地安排经线和纬线才能使殖民空间得以构成。哪怕是现在，当我们脚踏在格林尼治天文台附近整洁的草坪上时，内心仍然会感到一丝疼痛。零点时间被规定在一个精确的地方，距离曾经的庞大殖民帝国的首都伦敦只有几公里，这样的经历不会让任何人无动于衷。此外，时空交错的范例激发了很多当代小说的创作，如：让·艾什诺兹（Jean Echenoz）的《格林尼治子午

---

① Ilya Prigogine, Isabelle Stengers, *La Nouvelle Alliance* [1979], Paris, Gallimard, coll. «Folio», 1986, p. 127.

② 同上，第 106 页。

线》(*Le Méridien de Greenwich*，1979)，格雷厄姆·斯威夫特
(Graham Swift)的《水之乡》(*Waterland*，1983)，或是翁贝托·
埃科(Umberto Eco)的《昨日之岛》(*L'Île du jour d'avant*)。然
而这些想象中的宏伟经纬圈的例子并非孤立，而是与航海史息
息相关。铁路与电报的同步发展与繁荣又创造了新的地理工
作。不仅要在广阔的版图上定位车站，还要确认统一的出发和
到达时间表。空间要在世界时间里被把握。这一复杂操作的难
点是非常具体的，即：协调时刻表，减少因时间标记的不协调而
导致的火车相撞的次数。其实人们不知道，匹兹堡火车站竟有
五个隶属于不同铁路公司的大钟，分别为各自公司的铁路运行
报时。空间成为时间的猎物，世界时间表的制定可能会成为一
个人毕生的工作。塞尔维亚伟大作家丹尼洛·契斯的小说《花
园，灰烬》中，主人公的父亲曾多年从事火车时刻表的制定工作。
为了回答"怎么去尼加拉瓜？"[①]这个迫切的问题，他最终查阅了
包括符号、旁注以及各式各样表意文字在内的八百页内容。"这
部巨制的手稿标注了所有的城市，所有的大陆，所有的海洋，所
有的天空，所有的大地，所有的子午线。手稿里相距很远的城市
和岛屿都被连接起来。西伯利亚、堪察加、西里伯斯岛、锡兰、墨

---

① Danilo Kiš, *Jardin，cendre* [1965]，paru dans le volume *Le Cirque de famille*，traduit du serbo-croate par Jean Descat，Paris，Gallimard，coll. «L'Imaginaire»，1989(1971)，p. 124.

西哥、新奥尔良在这儿就跟维也纳、巴黎或布达佩斯一样常见。这既是一部神圣的《圣经》，又是一部伪经，一边更迭着创世纪的奥秘，另一边纠正着神明的不公和人类的无能。"①对于现代时间中的真英雄，时空压缩的早期使徒（ante litteram），这些不公的改写意味着人们重新建立了得以让生灵在世界中确定位置的坐标间的平衡。也许同样的诉求也指引着那些从 19 世纪中叶起就把标准时间引入北美洲的人。1883 年 11 月 18 日中午，在美国铁路公司的敦促下，北美大陆全境采用了标准时间。这项举措先于全球每隔 15 度一个时区的划分。欧洲国家于 1890 年完成改革，只有法国直到 1911 年才采纳了格林尼治时间。在此之后，民航业的飞速发展使时区观念得到普及，继而就有了时差。

在世界土地勘察曾是人类和大国首要任务的年代，使人安心、外表平稳的时间有助于认知一个令人生畏的空间。一旦空间被掌握，被置于一个持续压缩的机制，只要偏离了物质和非物质交流方式的发展进程，时间最终会脱离铰链、突然破裂，变得难以把控。这一时间的逃避突出地表现在时差反应上。但是最先对人类存在的时间维度之至高无上性做出反击的并不是怀特

---

① Danilo Kiš, *Jardin*, *cendre* [1965], paru dans le volume *Le Cirque de famille*, traduit du serbo-croate par Jean Descat, Paris, Gallimard, coll. «L'Imaginaire», 1989(1971), p. 121.

兄弟、布莱里奥或其他航空领域的先驱。这些反击最早是由几位物理和数学天才给予的，后者构想了一个四维空间，第四维就是时间。这个被时间化的空间成为"时-空"（espace-temps）。亨利·彭加莱、赫尔曼·闵可夫斯基和阿尔伯特·爱因斯坦对时空理论的重大贡献均发表于 1905 年。同年 9 月，爱因斯坦提出了狭义相对论，并在 1916 年扩充为广义相对论。在时空连续体（continuum）被形式化后，时间和空间的维度就会在虚假印象的领域里彻底消失。同样，从前围绕地球"运转"的太阳运动也中断了。让-保罗·奥佛莱指出："在一般的空间里，当两点之间没有距离时，我们称之为两点重合。可在时空里却不尽然：哪怕两点之间的间距可能为零，二者也并不重合。"① 1905 年的那一天极具象征意义，因为这一天把相对性的观点灌输进很多人的头脑，破坏了可靠性的基石。但是爱因斯坦及其直接追随者的理论是否真的能够改变人类的世界观？这就不那么确定了！相对性始终是少数科学家和极少数文人的特权。卡夫卡常读爱因斯坦的书；至于穆齐尔（Musil），他把新发现融入《没有个性的人》（L'Homme sans qualité）。时至今日，爱因斯坦特立的人格比他的理论更能引起大众的兴趣。

总之，确切地说，不管是相对论还是时空理论都没能革命性

---

① Jean-Paul Auffray, *L'Espace-temps*, Paris, Flammarion, coll. «Domino», 1996, p. 54.

地改变从空间到时间或者从时间到空间的关系。回想可知，虽
然爱因斯坦提倡相对性，他仍强烈反对始于尼尔斯·玻尔的一
些间接继承其理论的后辈提出的量子物理概率计算法。于很多
人而言，爱因斯坦实际上是最后一位伟大的古典物理学家。为
了能够让一种对时间的新解读和不同的时间观令人信服，就需
要一桩强有力的事件，能够波及地球上每个个体，上至诺贝尔物
理学奖的获得者，下到广大的无名群众。这一事件当然非第二
次世界大战莫属。可否接受甚至是可否想象：在 1945 年年中，
战后秩序刚刚落定之时，历时的发展和人道的进步结合到可混
为一谈的地步？如果发展、进步的时间长河使奥斯维辛、毛特豪
森、斯图多夫、亚塞诺瓦茨变成了褪去欧洲版图全部色彩的仇恨
之地，如果发展、进步的时间长河让广岛、长崎还有德累斯顿在
炸弹的威力下变成废墟，那么最好拦住这条河流，甚至是阻断
它。时间的河流在其河床上迎来了一位令人生厌的客人：堕落
的进步。人们本该从第一次世界大战中吸取这个教训，但也许
是战壕的惨状被低估，当时很少有人愿意记录损失的惨重。当
人们在沉默中忍受之时，战争的残酷才在迟来的些许光亮下昭
然若揭。但这一揭示是无法逃避的。1945 年春发生了什么？
人们签订了一份乃至几份停战协定，同时也开始了世界的重建。
多数殖民大国无法立足于胜利者们的阵营，当它们不再保持中
立的时候（西班牙、葡萄牙），就丧失了曾有的傲慢。它们文明开
化的托辞（*alibi*）轰然倒塌。不过，新主已另有他人，这些人觊觎

那些并不属于他们的财产。在雅尔塔，丘吉尔曾是跨世纪殖民帝国的唯一代表。法国缺席，比利时、荷兰也缺席，更不用说西班牙或者葡萄牙了。美国和苏联，它们曾是庞大殖民主义百年传统的外来户。美利坚合众国和苏维埃社会主义共和国联盟在当时仍是新手。去殖民化随后在克里米亚半岛愈演愈烈，后殖民主义和新殖民主义也随之而来。

　　走出战争，生存地图的两极坐标呈现危机，因此一切存在也都处于危机之中。时间被剥夺了它的结构性隐喻。危险地集中起来的统一集权空间，在第一次被壕沟浮夸的流线划上一道道条纹后，迷失在那些被带刺铁网分割的集中营里。直线已死。去殖民化粉碎了大型组织的合法性，这些看似紧密的组织在数十年或数个世纪的教化征服过程中慢慢成形，如今分崩离析。时间和空间承受着持久性的和地区性的断裂，严重的割裂。它们最终在共同的隐喻中重逢，变成一个点，一个碎块，一个残片，一种残留的几何，随之伴随的是来自混乱深处的眩晕而不是重构人性的视野高度。正是在这种日渐强烈的世界维度的危机下，后现代主义（一种审美）或后现代性（一种状态）获得了它们认识论和（或者）本体论的依据。《讲给孩子们听的后现代》（*Le Postmoderne expliqué aux enfants*，1988）一书的书名就对尤尔根·哈贝马斯（Jürgen Habermas）挑起的论战做出了讽刺性的回答，他为晚期现代性辩护而否认后现代的自主性。在该书中，让-弗朗索瓦·利奥塔提出了前人已经提过的问题："何种思想能够在扬弃（*aufhenben*）意义上重思'奥斯维辛'，并将其置于一个指向全世界解放的普遍的、经验论的，甚至是思辨的进程中？在时代精神（*Zeitgeist*）里有一种悲伤。它可以被解释为应激的甚至是反动的态度，或是一些空想，但却不能导向具有积极开拓意义的新前景。"① 如果说（根据保罗·策兰和西奥多·阿多诺的观点）在奥斯维辛以后，诗歌已再无可能，那么统一的概念、目的论导向的概念以及价值等级的概念也都无法企及。我们又陷入了进步和发展之间的脱节。

利奥塔的沮丧观点并不是一代人所特有的。与战后重建的影响相比，这一代人身上留下了更多解构主义理论的印迹。1955 年，在有关文学时间性的经典论著《文学中的时间》一书中，汉斯·梅耶霍夫指出："毫无疑问，进步的信条在我们这一代当中突然衰颓，而且这种衰颓又在人类生活所承受的时间负荷上添加了一块石头。"② 梅耶霍夫因此拥护尼采永恒轮回学说，因为该学说并未把时间引入价值论的视角。在他看来，这是唯一可接受的时间形式。二十年以后，基阿尼·瓦蒂莫（Gianni Vattimo）延续了近似的想法，并提出"*pensiero debole*"即"衰弱的思想"这一理念。我们再回到梅耶霍夫，其有关（黑格尔、马克

---

① Jean-François Lyotard, *Le Postmoderne expliqué aux enfants* [1988], Paris, Le Livre de Poche, coll. «Essais», 1993, p. 110-111.

② Hans Meyerhoff, *Time in Literature*, Berkeley, Los Angeles, University of Califonia Press, 1955, p. 104.

思、孔德)辩证法、(达尔文、赫胥黎、斯宾塞)进化论或(维柯、尼采、斯宾格勒)循环论的宏伟叙事的观点饶有趣味且并非由后现代的诉求所导致。尽管梅耶霍夫总结的时间观各不相同,但他认为这些观点有一个共同之处:它们都曾被认为具有普遍和永恒效力。多亏(法典、历史、教义等)宏大叙事在意识形态、伦理、观念等上层建筑的稳定架构,个体才得以被合乎逻辑地安置在整体中,在受控的世界中。但是这种假设的合理性已被 1939 年至 1945 年特别是 1914 年至 1945 年的历史演进所剥夺。因此,对梅耶霍夫而言,历史观变得多样化了。历史趋于断片化(*frangmentization*)并变得无意义(*meaninglessness*)。所以无须等着后现代的思想家来宣布历史统一叙事的去经典化以及历史性概念的衰弱。甚至早在 1947 年的《启蒙的辩证法》(*Dialektik der Aufklärung*)中,霍克海默(Horkheimer)和阿多诺就已经揭露了偏离的人类解放修辞所造成的种种危害,这一修辞可能会导致一种普遍压迫的体制(在文学上通常表现为预言性地反乌托邦,如《美丽新世界》或《1984》)。

时空革命正是在 1945 年后不久发生的。二战以后面临着令人错愕的新事实:瞬间并非都汇聚到同一持续时间之内;没有了等级,持续时间可能会分裂;直线分解成一些直线;时间自此呈现出表面化。① 历史时间的认知被抽象的空-时相对论赶超。从 1945 年起，时空相连被正式应用于人类每时每地的时间和空间中。二战以前处于支配地位的强大时间观念丧失了其合法性。人们见证了一种"衰弱的本体论"（ontologia debole）的产生，在基阿尼·瓦蒂莫的分析中，该本体论已不再寻求解放的稳固架构，反而适应了一个游移在形象与真实、拟像与指涉之间的背景环境，在该环境中，经验通常是间接的。衰弱的思想随即成为一种"差异的变化"②，一种基于"进步和累积"③论述的"异源性"，它与传统历史学的单一逻各斯难以调和。在这种不稳定的环境下，人们目睹了一种历史性的衰退，但是它既不等同于历史的终结［弗朗西斯·福山（Francis Fukuyama）的极端自由主义观点］，也不是历史的衰退。历史继续走在前面，就像瓦尔特·本雅明（Walter Benjamin）的"新天使"（Angelus Novus）隐喻一样。风在历史的天使之翼下涌动，不可避免地将它带向远方，尽管呈现在眼前的景象给它带来了巨大的悲伤。但是，向前走却

---

① Paul Virilio, in *L'Espace critique*, Paris, Christian Bourgois, 1984, p. 15. 采用了同样的表达但意义略有不同："在按照年代顺序和历史流逝的时间后，还有一种瞬间乍现的时间［…］文学或电影上的时间的表面化。"

② Gianni Vattimo, Pier Aldo Rovatti, «Premessa», in *Il pensiero debole* [1983], Gianni Vattimo, Pier Aldo Rovatti (ed), Milano, Feltrinelli, 1997, p. 20.

③ Filippo Costa, «L'uomo senza identità di Franz Kafka», in *ibid*, p. 225-226.

不再意味着沿着直线走；顺着风向前，历史可能会转着圈或者交叉前行。人们参与了进步的世俗化，跳出其单一的轨迹，并遵从于一条新路线，后者时不时就会效仿一下不久前的进步的欣喜。人们步入了共时优于历时的时间性之中。事件在一个趋于被凝固和封存的"当下"里堆积。对大多数理论家来说，这就是1945年以后时代的主要特点。1988年赫尔曼·吕伯指出："从来没有哪个当下像我们今天一样如此依赖过去。我们为保护过去的当下性所做出的巨大努力在历史上是前所未有的。"① 揭示这一演变的，并非仅有后现代主义者。后殖民主义批评也同样担负起了将历史逻各斯主义去神圣化的任务。霍米·巴巴在《文化的定位》（1994）中写道："今天我们的生存带有幸存的晦涩意义，后者位于'当下'的边缘，对于边缘来说，唯一合适的名字似乎得包含'后'这个前缀，它体现了现实而矛盾的不稳定性：后现代主义，后殖民主义，后女权主义……"②这是文化史上真正的第一次，一个时代不再以自主的方式被定义，或者不再与革新（neo-）有关，而是在一种包含的超越（post-）中被定义。这个漂

---

① Hermann Lübbe, «Der verkürzte Aufenthalt in der Gegenwart, Wandlungen des Geschichtsverständnisses», in *Postmoderne oder Der Kampf um die Zukunft*, Peter Kemper（ed）, Frankfurt am Main, Fischer Taschenbuch Verlag, 1988, p. 145.

② Homi K. Bhabha, *The Location of Culture*, London New York, Routledge, 1994, p. 1.

浮的术语对应着不确定原则，在过去几十年中，该原则一反常态地处于统治地位。

微时间的语义学：空时多变的形态

这一对于"当下"的断裂的认识必然会对空间的解读产生重大的影响。另外，后现代乃至现代时间性再现的构建原则同统领整体存在的原则是一致的。由此产生了统一的分裂和多元化，继而导致同质向异质的过渡。在人类时间和科学时间不计其数的平行线中，普里戈金和斯唐热尽力呈现其中一对平行线绝对的并存性，并证实这一观点："每个复杂的存在都是由巧妙多样节点联系起来的时间的多样性构成。历史，无论是个体生命史还是社会史，永远无法被简化为一个单一时间的单调简单性，即使该时间呈现出一种不变性，或指向进步或堕落的道路。"① 不论其目的是后现代、后殖民、新人文主义或是其他，当代的认识论和美学都一致承认时间河流隐喻的终结并开拓了新的探索时代。时间的隐喻在重现中获得了更多的形式。一些人指出深刻的时间性危机和其为人熟知的形象危机（深度、厚度等）。另一些人以点到线的联结替代瞬间与延续的关系，为时间

---

① Ilya Prigogine, Isabelle Stengers, *La Nouvelle Alliance*, *op. cit.*, p. 366.

机制向空间机制的转变作出了贡献。最完善的隐喻使一些模式和图解普及化，它们归纳出对世界及其坐标最复杂解读的相互联系。

我从没执意否认过去的那些时间性的空间隐喻，它们的深度（有时候是厚度）曾是那么显著。几乎所有的新小说作家都描述和揭示过这些形象。早在1953年的《零度写作》(Le Degré zéro de L'écriture)中，罗兰·巴特(Roland Barthes)就指出过这一点。再到后来阿兰·罗伯-格里耶(Alain Robbe-Grillet)的《为了一种新小说》(Pour un nouveau roman，1961)开辟了"通向未来小说之路"，并呼吁"舍弃有'深度'的旧神话"，因为在他看来这些只是"作家把世界圈禁并将其交付给社会"[1]的圈套。这一深度曾借助简单过去时、第三人称以及所有的异化标记得以表现，这些标记构筑了应资产阶级社会而生的资产阶级写作。一代人以后，弗雷德里克·詹姆逊(Fredric Jameson)又回到了这个隐喻，在《后现代主义或晚期资本主义的文化逻辑》(Post-modernisme or The Cultural Logic of Late Capitalism)中，他把历史性概念的衰弱和缺乏深度联系在一起，因为后者是形象文化和拟像文化的第一维度（或没有维度）。在比较文森特·梵高的《农夫的鞋》(Les Souliers，1886)和安迪·沃霍尔(Andy

---

① Alain Robbe-Grillet, *Pour un nouveau roman* [1961], Paris, Minuit, coll. «Critique», 1986, p. 22.

Warhol)的《钻石粉尘鞋》(*Diamond Dust Shoes*，1980)时，詹姆逊指出了后现代中时间和延续概念所特有的衰弱，因此出现了一种单纯的共时性。这样一来，深度的隐喻让位于表面的隐喻。照片和电视荧屏曾被归于无可辩驳的文学财富。尽管长久以来电视被视为书籍的敌人，但是它还是激发了很多文学隐喻的灵感。确实，电视屏幕成为后现代时代中扩张的"当下"在空间维度上的理想隐喻。它把纯平面的表面性和一种线的几何(主要指一帧图像有 625 条扫描线)和点的几何(光像素的无限性)联结在一起，并几乎还原了现实中的时空对照。让-菲利普·图森(Jean-Philippe Toussaint)的《电视》(*La Télévision*，1997)是陷入这种有趣交织的有力例证。这部小说(袖珍版)的封面呈现了一个噼啪作响的空屏，一堆混乱无色又转瞬即逝的圆点指涉一个平面。从混沌状态到屏幕显像，故事为了自我呈现，需要色彩与反差，它们赋予这些原点和线条以意义和秩序；故事出现在由屏幕传导的生动平面图像中。最终，点与线炽热的光亮中心勾勒的图形成为故事。它生成于一种简单而主观的感受，即视网膜感受，由我们的视网膜能够抓取停留的十分之一秒的图像连续叠加而成。这种感受和保罗·利科(Paul Ricœur)在《时间与叙事》(*Temps et récit*，1985)第三卷中描述的历史进程相关。利科曾提到过滞留现象(phénomène de rétention)，即"在一个既延续又正在消逝的当下中,停滞的过去与当下点的结合"[①]。历史同样也是视网膜感受的产物,此感受在过去和现在之间建立了一种摇摆的关系。历史曾一度是孩子的游戏:它经历点(事件),通过一连串提供意义和秩序的递增数字(日期)关联这些点。在终点处,我们获得一幅绝妙的画面,人们可以凭着意识为其着色。就像1964年乔治·普莱在《人类时间研究》第三卷的序言中指出的:"历史的特殊任务在于建立不同时刻间的连续性,并展现出不同时刻得以前后衔接的某些准则。但是一系列的非连续时刻不能构成历史。"[②]不久后,他明确谈到,个体感受到的不是时间,而是瞬间:"拥有给定的瞬间,我们就能造就时间。"[③]一切都不再精确!但是新的游戏在于抓住这些点——瞬间,并消除所有的等级化的排序,以致线性消失、分解,摆脱意义和单位的束缚。路径是自由的,亦如迷宫般复杂。从特定的瞬间到时间——或者直到历史——路途变得曲折迂回。

　　在20世纪60年代,点和线曾极大地引起了形式逻辑学家们的兴趣,特别是阿瑟·普莱尔(Arthur Prior)、乔治·冯·赖特(Georg von Wright)等时间逻辑学家的关注。在这些学者中,

---

①　Paul Ricœur, *Temps et récit* [1985], vol. 3, Paris, Seuil, coll. «Points», 1991, p. 61.

②　Georges Poulet, *Études sur le temps humain* [1964], vol. 3, Paris, Plon, coll. «Presses Pocket», 1989, p. 12.

③　同上,第40页。

玛利亚·路易莎·达拉·恰亚拉·斯卡比亚曾在其于 1973 年
发表在《哲学杂志》上的一篇著名文章中阐述了其观点，认为瞬
间让位于微时间（tempuscule）是可以设想的。瞬间是同质又不
可分割的点，而微时间则被理解为"时间的间隙（特定的 Δt），它
与指涉的理论背景相比'相当地短暂'"①。微时间对应着限定
的门槛，在该门槛之外，"指涉理论背景的命题的真假是不确定
的"②。根据这个假设，瞬间舍弃了其（狭义上的）点的状态，以
赋予场域以自由，为最小意义单位打开大门。在该理论的深化
过程中，达拉·恰亚拉·斯卡比亚构思了传记线条（ligne
biographique）的原则，这条线串接起不同的微时间。每一条线
都能够融入一个传记线谱系，它聚合了不同的个体系统，而这些
个体参与相似的历史活动（除非这些活动不被共享）。说实话，
我相信我们可以在这条路上继续冒险，并且可以认为这些具有
最小自主性的时间整体脱离了任何既有的等级，后者将由更高
权威决定（这种权威担负着勾勒传记线条的任务）。只要稍微对
微时间概念进行探究，我们会发现传统的从瞬间到延续、从点到
线的关系被一种相互联结的关系所超越，这种关系，根据不定多
元的模式，将一系列具有最小意义的（区间的）单位结合起来。

---

　　①　Maria Luisa Dalla Chiara Scabia，«Istanti e individui nelle logiche tem-
porali»，in *Rivista di Filosofia*，n. 64，1973，p. 99.

　　②　同上，第 99 页。

这样的语义学假设了一种在微时间内的自由循环,一种穿越可能性群岛的不规律航行——这或许是一种持久的航行。微时间的彼此互动就像吉尔·德勒兹定义的"事件","一种震动,带有一种谐波或约数的无限性,仿佛一种声波,一种光波,或者甚至是在越变越短的时间里越缩越小的空间的一部分"[①],为了仍然可被感知,时间在可理解性之外展开。那么微时间的语义学能够支配后现代时间群岛的逻辑吗?至少它等同于把这种时间性空间化的新的表达方式,因为这些隔开的组、这些摆脱了线性的微时间必然会在一个包含着多重路径选择的被时间化了的空间里散布开来。微时间的语义事例不胜枚举。德国著名作曲家卡尔海因茨·施托克豪森(Karlheinz Stockhausen)以分散在纸上的音群来替代古典音乐谱表,并呈现出新的乐谱,他以自己的方式对抗直线的连续性,对抗五线谱,提供一个可替代的路径。从某个意义上讲(但是哪个意义?),在这一失范的环境里,唯一能够想象的直线就是德勒兹和瓜塔里从格伦·古尔德(Glenn Gould)身上发现的:"当格伦·古尔德加速演奏一段音乐时,并不仅仅意味着演绎的精湛,他还把音乐的点转化为线,使整段音乐激扬起来。"[②]扩散的线逐渐被并入一系列行将消失的点,这

---

① Gilles Deleuze, *Le Pli. Leibniz et le baroque*, Paris, Minuit, 1988, p. 105.

② Gilles Deleuze, Félix Guattari, *Mille Plateaux. Capitalisme et schizophrénie* 2, Paris, Minuit, 1980, p. 15.

就是消失的线。

　　文学中空-时关系的多变性成为一些理论的研究对象，其中有些理论并不属于后现代范畴，甚至在后现代问世以前就已建立。我们知道在《美学与文学问题》（1975）中，米哈伊尔·巴赫金曾把音乐中的复调原则运用在文学中，文学由此成为组合的载体，成为声音和声部的结合。在巴赫金那里，我们从传统历史学的严格的单线性逻辑过渡到多线性逻辑。巴赫金还认为，多条线贯穿于小说之中，它们脉络交错、彼此对话。在通过换称法（antonomase）构建的现代复调小说中，我们可以辨识出一条源自骑士小说（如《帕西法》《阿玛迪斯》）的脉络和另外一条源自充满悲壮色彩的巴洛克时期（《堂吉诃德》）的截然不同的脉络。这些脉络并存，而且能够在后面的故事中"再次突出"不同的人物特征。它们构成了文本间性的根源。巴赫金式的复调把小说转化为一种"多语主义的缩影"[1]。但在巴赫金这里，我们无法从线的隐喻中解放出来。当然，线不止一条：比如欧洲小说中的两条脉络，再比如乐谱中的五条线，但不管它是什么样的，进步依然是线性的。巴赫金于 1975 年去世，其主要著作当然完成于 1975 年前。收录在《美学与文学问题》文集中的作品主要创作于 1924—1941 年间。作者命途多舛，曾一度被禁足于苏联的古拉格，因此文集的出版被搁置了。在我看来巴赫金应位列现代主

---

[1]　Mikhaïl Bakhtine, *Esthétique et théorie du roman*, op. cit., p. 223.

义者阵营,是一位杰出的理论家。然而当涉及后现代时,他的理论就不具有很强的操作性了。因为后现代主义确立了从直线、多条直线向微时间语义学的过渡,在该语义学中,点在杂合和绝对对话的背景下避开了任何线性运动。我们一下子就可注意到,这一适用于时间性和衰弱历史性上的假设可以延伸到空间。

自 20 世纪 40 年代起,该语义学以隐含的方式催生了庞大的隐喻系统。"分叉"和"熵"则成为新的空-时感知中最普遍的两个隐喻。豪尔赫·路易斯·博尔赫斯(Jorge Luis Borges)同往常一样走在前列,提前数十年,于 1941 年构想了一个小径分叉的花园,收录在《虚构集》(Fictions,1944)中的最著名的一篇小说就以此为名。小说中的花园是由崔彭用象牙雕刻的中式迷宫。象牙花园构成崔彭时间观的外化:"他认为时间有无数系列,背离的、汇合的和平行的时间织成一张不断增长、错综复杂的网。由互相靠拢、分歧、交错,或者永远互不干扰的时间织成的网络包含了所有的可能性。在大部分时间里,我们并不存在;在某些时间,有你而没有我;在另一些时间,有我而没有你;再有一些时间,你我都存在。"[1]尽管涉及的是一种"时间的而非空间的分叉"[2],但是我们不禁会想这样的时间之网也只能在空间的

---

[1]　Jorge Luis Borges, *Fictions* [1944, 1956], traduit de l'espagnol par Paul Verdevoye, Nestor Ibarra, Roger Caillois, Paris, Gallimard, coll. «Folio», 1974, p. 103.

[2]　同上,第 100 页。

布局中展开。据我所知，博尔赫斯在此给出了首个明确的由大量时间线膨胀而催生出时空交错的范例。人们再次意识到，时间线性结构的解构会产生时间性的空间化。在和克莱尔·帕尔奈的《对话》(1996，遗著)中，德勒兹在对精神分析进行长篇分析后，又回到多样线性的问题，并得出这个空间化的结论："我们是由线构成，每个瞬间都在改变的线，以不同的方式结合的线，大量的线，经线、纬线、回归线、子午线等等。没有单一的流动。对于无意识的分析应属于一种地理而不是历史。"①事实上，个体的进步可能既不是在这种无意识中，也不是在空-时的框架中，如今，对空-时框架的感知属于地理的范畴，而曾几何时它是历史话语的特权。

不管怎样，小径分叉花园的隐喻依然是直线的一部分。我们就这样走向一种绝对的结合，它撼动了决定论最后的意愿，甚至说它把决定论变成了特例。可是这违背了微时间语义(sémantique des tempuscules)的准则，因为它始于能动的点而非能动的线、迷宫的线。熵的隐喻则无疑最能够表达这种"点画法"，它所依据的是一种粒子的逻辑。众所周知，作为热力学第二定律相关的熵有衡量体系混乱程度的功能，体系达到一种新的状态，混乱就会增强。这种变化和能量的消耗息息相关。普

①　Gilles Deleuze, Claire Parnet, *Dialogues*, Paris, Flammarion, coll. «Champs», 1996, p. 122.

利戈金解释了尼古拉·莱昂纳尔·萨迪·卡诺（Nicolas Léonard Sadi Carnot）在 1926 年描述的熵，它要么源于外部世界的流量，要么来自被观察体系的内在产物。在第二种情况下，熵增是不可逆的。未来则变得可以限定：就是"熵增长的走向"[①]（但也正是在这个时刻才能达到平衡的状态，与之相伴随的是系统内所含能量的最大消耗）。每当时间被认为是熵的，它就会回到空间维度：时间被置于一个以体积展开的布局。此外，当熵起作用时，两个辩证的要素就必然会被联系在一起：混乱创造要素和秩序创造要素。普利戈金说道，不久以前我们把平衡联想为秩序（晶体），把非平衡联系到无序（湍流），并补充道："现在我们知道这是不对的：湍流是一种完美的结构现象，里面有不计其数的粒子在相当紧密的运动中前赴后继。"[②]非平衡是结构严密的，根本上讲它比平衡更引人关注，因为后者是被剥夺了历史的："它只能在这种状态中持存，这种状态是没有变化的。"[③]总之，平衡等同于没有历史，所以变化和平衡不兼容。至于不平衡，它可能有非常复杂的历史，相当于在不断分叉的非稳定点（不是线！）构成的图表中所把握的轨迹。就此，普利戈金指出：

---

① Ilya Prigogine, Isabelle Stengers, *La Nouvelle Alliance*, *op. cit.*, p. 189.

② Ilya Prigogine, *La nascita del tempo* [1988], Milano, Bompiani, coll. «Saggi tascabili», 1994, p. 42.

③ 同上，第 44 页。

"在平衡中总能够线性化，而远离平衡我们就有了物质行为的非线性化。非平衡和非线性化是相关联的概念。"[①]从 20 世纪 60 年代开始，隐喻层面上的熵定律为一些文学作品带来了活力。[②]所以就有了托马斯·品钦（Thomas Pynchon）的《V.》（1963）或者《拍卖第四十九批》（*La Vente à la criée du lot* 49，1965）。另外，他有一部创作于 1958 或 1959 年的题为《熵》（*Entropy*）的短篇小说收录在《慢慢学》（*L'Homme qui apprenait lentement*，1984）小说集里。品钦通过他的作品使文学中的熵定律得到了很广泛的普及，并影响了他之后的很多作家。让-菲利普·图森的一些熵"结构"小说，如《浴室》（*La Salle de bain*，1985）或者《先生》（*Monsieur*，1986），以及一系列的美洲小说，如伯纳德·马拉默德（Bernard Malamud）的《上帝的恩赐》（*God's Grace*，1982）或者库尔特·冯内古特（Kurt Vonnegut）的《加拉帕戈斯群岛》（*Galápagos*，1985）。当然还可以列举更多的例子。我只是察觉到大部分有关热力学第二定律的叙述故事的结构都很复杂。可如果人们考虑到分叉点是结构的关键，那就一定不会感

---

① Ilya Prigogine, *La nascita del tempo*［1988］，Milano, Bompiani, coll. «Saggi tascabili»，1994，p. 71.

② 这个定律引起了很多现代作家的关注。在 1923 年，在剧作《亚努卡，菲兹科德的女儿》（*Yanulka, fille de Fizdejko*）中，斯坦尼斯瓦夫·伊格纳齐·维特凯维奇（Stanislaw Ignacy Witkiewicz）提到了"熵的超越"，影射了爱因斯坦的理论。

到吃惊了。被解构的时间性相当于一个爆炸的空间，往往表现为地理学的大量投入。从这一点看，如让·艾什诺兹的小说作品，就是这个定律的极佳例证。微时间的语义产生了时间和空间的群岛感知。它理想的隐喻绝对是熵现象。这个领域是各向同性的：其身后的动力不会优待任何方向、任何形态。进展避开了一切标准正交的体系，它从属于一个 $n+1$ 的范畴，这一范畴并不预示着任何 $n+2$ 的到来。

后现代时间的空间化

很多理论家都关注写作——落在纸上的文字所能把握的时间与空间效果。同样，很多作家都惊愕于自己在空-时层面带来的影响。在与乌克兰作家尤里·安德鲁科维奇（Yuri Andruk-hovych）合著的随笔集《我的欧洲》(*Mon Europe*, 2000)中，波兰小说家安杰·史达休克（Andrzej Stasiuk）就欧洲的身份认同展开了思考。然而，他避开了对波兰和乌克兰边境地区的探寻，而对自身的作家身份展开追问。书写揭开他空-时根基的不稳定性和脆弱性："我描写了一些圈子，一些迂回，我的离题就像前往巴德杰维契路上的勇敢的士兵帅克似的，像他一样，我找不到一条能够正确讲述故事的笔直的路，一条线性的路。我不断地偏离，我的目光时常中断，一种强迫的视觉冲击着我，那是占据我视网膜的地理网格……生活归根结底就是寻找能让我们存在于时间或空间中的借口。"①因为假如书写在时间里流转，它也同样在纸张的空间中展开。感知美学专家皮埃尔·韦莱特把书比作一个在阅读的节奏中产生起伏的平原（flatland）②。但是这些把书籍空间化的假设并不是普遍或永恒的。正如最负盛名的后现代文学理论家布莱恩·麦克黑尔指出的那样："一本书曾经是一件物品，它的物质特性和它的物理尺寸必定要和世界产生相互作用。然而，身处现实传统的小说并不挖掘这种相互影响的关系，而是逐渐地将这种影响消除或中和。"③麦克黑尔的观点建立在恒久的一般性区别（*distinguo*）上，他提出，空间的思辨是诗歌的固有特性，因为诗歌致力于将诗句呈现在纸上，并根据间隔的逻辑排列诗节，而小说则通过无空间性（spacelesness）得到定义。20世纪初以来，诗歌强调了其空间倾向。我们不能不想到纪尧姆·阿波利奈尔（Guillaume Apollinaire）的《图画集》

---

① Yuri Andrukhovych, Andrzej Stasiuk, *Mon Europe* [2000], traduit de l'ukrainien par Maria Malanchuk et du polonais par Maryla Laurent, Montricher (Suisse), Les Éditions Noir sur Blanc, 2004, p. 150.

② Pierre Ouellet, *La Poétique du regard. Littérature, perception, identité*, Limoges, Québec, Pulim, Septentrion, 2000, p. 337. Dans *Écrire L'espace*, Saint-Denis, Presses Universitaires de Vincennes, 2002, p. 14. 关于这一点 Marie-Claire Ropars-Wuilleumier 指出："如果写作是空间，在其原始的反掌握中，写作通过它在后退时留下的印迹创造了空间；不可分开的二重性，这种悖论等着被打开。"

③ Brian McHale, *Postmodernist Fiction*, London, New York, Routledge, 1987, p. 181.

（*Calligrammes*，1915），他打破了诗句的顺序，赋予其一种图画的形式。图形诗增强了符号的空间性，文字渗透其间。到 20 世纪末，诗歌跨越了新的高度，发掘信息工具所带来的超文本资源。如今，计算机可以创作诗句，并呈现在其屏幕上。电子诗歌探索变化流动空间的一切潜在性，它将多维度的词汇和超前的共通审美手段，包括音乐、照片和极富创造性的符号感融入空间。但是后现代小说并无如此新意，它只是借助一些手段以能更好地适应其物质载体——纸张。

　　时间的河流溢出河床便形成沼泽，当小说的脉络不再以纯直线的方式展开，就会从匿名走向显现。传统时间的去定位（dis-location）会导致文本在空间中的重新定位。可以说，拉丁语的说话者（*locutus*）与位置（*locus*）相似，希腊语中的路（*tropos*）与场所（*topos*）相近。当然，这一过程中的变化是多种多样的。小说的篇幅一般都比诗歌更长，所以它几乎不适用于图画形式或动态图像。但这没有妨碍小说家们通过凸显分岔点和岐路的偶然性进行革新。后现代小说同诗歌一样，开始"安排间距"。从这个方面讲，人们经常谈到的碎片化审美就是调动段落间留白的空间，展开对页面物质空间的真正探索。在副标题为"美国再现研究"的《动》（*Mobile*，1962）一书中，米歇尔·布托尔（Michel Butor）安排文本结构以实验性地重现麦克黑尔所指的美国"区域"，"一种位于世界间的空间"。[①] 除布托外，麦克黑尔还引用莫尼克·威蒂格（Monique Wittig）的《女游击队员》（*Les Guérillères*，1969）。该书表面上线性的文本是围绕着大写、多义的字母 O 展开的。O 不仅体现了女性性别，还影射了意味着宇宙运转和政治革命的月经的周期：从头开始，始于零（0），潮期汹涌（法语的 eaux 和 O 同音）过后，再次回到 O 的历史。女性的圆反对男性的线：女性主义书写，战斗式的书写，常常经历重新定位的路径，由此，对于该种创作而言，线性的连续代表的是男权至上。在《雅典卫城的野餐》（*Le Pique-nique sur L'Acropole*，1979）中，魁北克女作家露姬·贝尔西娅妮克（Louky Bersianik）对柏拉图的《会饮篇》进行了改编，仍然是利用页面空间的整体性为女权或单纯的女性话语开创空间，消弭异化的纯线性结构。另外，露姬·贝尔西娅妮克似乎就莫尼克·威蒂格关于子宫 O 给出了她自己的定义：这是个"在地理学上被称为'整体环境'的

---

① Brian McHale, *Postmodernist Fiction*, London, New York, Routledge, 1987, p. 58. 参见 Roland Barthes, «Littérature et discontinu», in *Essais critiques* [1964], Paris, Seuil, coll. «Points», 1981. 在这篇发表略晚于《动》的文章中，巴特为布托辩护，后者因为很明显地按照任意的美国州名字母顺序安排了文本而招致批判："从形式上来说，字母顺序还有另外一种效力：它打破和放弃了各州'自然的'密切关系，迫使人们发现其他关系，它们和前一种关系一样聪明，因为这种领土组合的涵义在被列入《宪法》壮观的字母表之后就表现出来了。总之，字母表的顺序意味着，在美国，除了抽象的空间，没有连续的空间"，另见此书第 180 页。

场所"①。一个无所不包的地方？

通过作品页面的空间符号化来破除叙事直线的文本比比皆是。但仍可能有其他更加巧妙的策略来质疑直线的至高地位，以在空间意义中去除文本的时间顺序，并重新赋予其逻辑性。从这个角度看，一些当代小说中时间河流隐喻的命运则至关重要了。安德烈亚斯·奥科彭科（Andreas Okopenko）在《辞典小说》（*Lexikon Roman*，1970）中展现了奥地利瓦豪区的一段多瑙河，借以打破叙事的线性推进。本应成为作家笔下固定坐标的河流的直线被条序分明地解构，分散的各个部分依照词汇系统被重新归类。这种词汇系统再现字母的顺序，标准是任意的。因此，微时间语义就以惊人的方式取代了以河流为象征的时间顺序。继奥科彭科以后，匈牙利小说家彼得·艾斯特哈兹（Péter Esterházy）在《公爵夫人哈恩-哈恩的一瞥》（*L'Œillade de la comtess Hahn-Hahn*，1992）中也采用了同类操作，不过没有采用字母的分类学。多瑙河再一次被作为试验场所。反对直线约束的抗争似乎成为后现代的定义元素之一。这种解构的空间化形态不计其数又变化莫测，且几乎都很精妙。我们想到胡利奥·科塔萨尔（Julio Cortázar）让其读者从《跳房子》（*Marelle*，1963）的一章踮脚蹦到另一章；其他作家更喜欢在棋

---

① Louky Bersianik, *Le Pique-nique sur l'Acropole* [1979], Montréal, Typo, 1992, p. 55.

盘上呈之字前进，或如乔治·佩雷克（Georges Perec），在他的《人生拼图版》（*La Vie mode d'emploi*，1978）中，在一栋巴黎建筑的仿棋盘格剖面图上前行。还有一些作家，如在《命运交叉的城堡》（*Le Château des destins croisés*，1973）中，伊塔洛·卡尔维诺（Italo Calvino）如同在中世纪酒馆的桌子上摊开塔罗牌一样展开叙事，讲述世间的各种故事（俄狄浦斯，珀西瓦尔，哈姆雷特，浮士德，朱斯蒂娜，等等）。最执着于这一精妙表现形式的作家莫过于米洛拉德·帕维奇（Milorad Pavić），他的作品涵盖了辞典小说、填字游戏小说《用茶水画成的风景画》（*Paysage peint avec du thé*，1988），以及塔罗牌小说《君士坦丁堡最后的爱情——塔罗牌教程》（*Le Dernier Amour à Constantinople. Manuel des tarots*，1994）。

　　为了使这样一个快速的文本回顾更为多元，我们还是要提及几部向读者呈现分叉的作品，读者可以根据自己的选择在文本中勾画出一条路径。这些小说中最负盛名的就是《微暗的火》（*Feu pâle*，1962）。弗拉基米尔·纳博科夫（Vladimir Nabokov）在小说正文（一首诗）和虚构注释之间做了一个巧妙的附注游戏，按照盎格鲁—撒克逊的惯例，这些附注被置于文末而不是页末。《伦敦大火》（*Le Grand Incendie de Londres*，1988）也采用了类似手法，作品中雅克·鲁波（Jacques Roubaud）引入了一系列的插入文字和分叉，为叙事平添了一分超文本的厚度（回归厚度的隐喻，超文本的……深度的胜利？）。阿林娜·雷耶斯

(Alina Reyes)的《门后》(*Derrière la porte*, 1994)用不同的方法鼓励读者自己决定一条路径,取道通往不同章节的门,章节的编号变得随机,且每扇门后都有情色的快感。"这场历险的主角是你们",书的护封上如是写道。再回到鲁波,他也不无幽默地概括了作家所面临的直线的挑战:在《漂亮的奥尔堂斯》(*La Belle Hortense*, 1985)中,同名女主人公在一段楼梯前踟蹰不前,这段楼梯要么把她带向右边,要么把她带向左边。责任意识便落在叙事者的肩上,根据他的选择,叙事将会改变方向:向左而不是向右,反之亦然,可能会对女主角的命运产生影响。叙事趋从于选择,这种选择会把线性的单一逻辑原则加之于文本。因此问题就在于要使这两种选择并存,减少线状时间性导致的分裂。面对这种限制,米洛拉德·帕维奇在《大马士革:电脑和指南针的故事》(*Damascene. Récit pour ordinateurs et compas*, 1998)中走向了超小说。读者在电脑屏幕前跟随作者巧妙构思的树状结构步入文本脉络。帕维奇的尝试绝非孤立无援。在 2001 年,洛伦索·希尔瓦(Lorenzo Silva)就致力于最大众化的超文本探索。早前他就已有几部非常优秀的侦探小说被译为法文。在《幸运尽头的小岛》(*La isla del fin de la suerte*)为期十周的创作过程中,作家让读者在网上依照自身喜好选择其安排的叙事段落。所以最后他的故事就按照网络读者的推选结果展开。去线性的符号表现,与传统线性叙事不同的趣味旅程,呈现出分叉点和超文本结构的建构:所有这些手段都表现了趋于一致的逻辑，即将叙事时间空间化。

空间的反击

　　主张时间/历史优先的理论家和认为空间/地理是构成世界
镜写主要坐标的理论家的交锋曾时断时续，有时又异常激烈。
历史曾长久把持着话语和关注，妨碍了人们对于地理的关照。
马克·布罗索（Marc Brosseau）概括这种局面为："诚然，文学研
究著作长期重视时间问题而忽略了对空间的考问……即使今后
我们关注小说中的空间，但仍有人固守康德哲学的教育，赋予时
间作为感觉的先验范畴超越空间的优越性。"① 约瑟夫·布罗
茨基（Joseph Brodsky）就是这些人中的一员。他于 1987 年获得
诺贝尔文学奖。在《逃离拜占庭》（*Loin de Byzance*，1986）一书
中，作者专门为伊斯坦布尔和君士坦丁大帝留出几页篇幅。街
头的游荡激发了他对空间和时间关系的思考："空间，对我来说，
实际上既没有时间重要，也没有时间宝贵。空间不是那么宝贵，
并非因为其不重要，而是因为它是一个物体，而时间，是一个物

---

① 　Marc Brosseau, *Des romans-géographes*, Paris, L'Harmattan, 1996, p. 79. 布罗索并不是唯一注意到这个现象的人，也不是第一个。例如，参考 Otto Friedrich Bollnow, *Mensch und Raum*［1963］, Stuttgart, Berlin, Köln, Mainz, Verlag W. Kolhammer, 1980.

体的观念。在物体和观念之间，观念才是至高的，优先的。"①我们就这样步入了康德的后尘。但正如我想说的，这一情况最终在 60 年代后发生了转变。时间的空间化成为空间反击时间、地理反击历史的手段之一。某些情况下，发起的赌注不再是时空坐标的重新平衡，而是确立空间的绝对统治。卡尔·豪斯霍费尔（Karl Haushofer）位列首批宣称空间优越性超过时间的学者中，他是两次世界大战之间地缘政治学的创始人之一。在此，我并不打算研究在评论者中产生了很多争议的地缘政治学的学理。② 还要提一句：费尔南·布罗代尔（Fernand Braudel）于二战期间被关押在德国集中营，在其构想历史地理学理念时，曾忆起豪斯霍费尔的断言："空间比时间更重要。"③他按照记忆，对豪斯霍费尔的观点进行了解释："我们能说得更好吗？年复一年，几个世纪过去了，但景象依旧，人类在其中上演着无休无止

---

① Joseph Brodsky, *Loin de Byzance* ［1986］, traduit de L'anglais par Véronique Schiltz, Paris, Fayard, 1988, p. 363.

② 参见 Franco Farinelli, *I segni del mondo. Immagine cartografica e discorso geografico in età moderna*, Firenze, La Nuova Italia, 2000, p. 249："归根结底，从近处看，地理批评不是别的，它是公开对既定政权给以绝对意识形态支持的资产阶级地理的最初形式。"圣贤们是不会对这个领域感兴趣的。豪斯霍费尔在 1944 年被监禁于达豪，在同年 7 月 20 日反希特勒的袭击后，他于 1945年 11 月被撤掉了荣誉教授的头衔和待遇。1946 年 3 月，他和配偶一起自杀。

③ Fernand Braudel, *Les Ambitions de L'histoire* ［1997］, Paris, Le Livre de Poche, 1999, p. 59.

却又重复开始的喜剧。"①空间获得地位是因为它与时间不同，它是不变的吗？当然，一年又一年，几个世纪过去了，但是景象也在变化。布罗代尔在其著作中曾论证过这一观点。这些著作相比其讲座更加全面，后者多为在不稳定的情况下临场发挥而成。

直到三十多年以后，空间观最积极的捍卫者才出现。在他们中，约翰·伯格在《外观》中写道："从今以后，预测建立在地理投射而非历史投射之上。向我们隐藏后果的，是空间而非时间……任何忽略这一维度完整倾向的当代叙事都是不完整的，它采用了寓言的概要技巧。"②社会学家丹尼尔·贝尔的著名论著《资本主义文化矛盾》③（1976）为其带来很大声誉。在他看来，空间的结构提出了20世纪下半叶文化建筑的基本美学问题。在《后现代主义或晚期资本主义的文化逻辑》中，弗雷德里克·詹姆逊本人曾表示，日常生活中的文化语言从今以后将由空间范畴而非时间范畴支配。当代盎格鲁—撒克逊的一些文学、社会学、地理学理论大家都认为空间已走在时间前面。还可

---

① Fernand Braudel, *Les Ambitions de L'histoire* [1997], Paris, Le Livre de Poche, 1999, p. 59-60.

② John Berger, *The Look of Things*, New York, Viking, 1974, p. 40.

③ Daniel Bell, *The Cultural Contradictions of Capitalism*, New York, Basic Books, 1976, p. 107-111.

以毫不客气地说：爱德华·索亚（Edward Soja）提出的"空间转向"①（*spatial turn*）并不仅仅是美国思想家们的倾向。吉尔·德勒兹不遗余力地重申"生成是地理的"。像其他理论家一样，他把美国文学所表现的地理生成和法国文学的宏大历史形式划分开来："在法国并无对等的形式。法国人对将来和过去都过于人道、过于历史、过于挂心。他们不知道如何生成，只思考历史的过去和未来。"② 人们可以反驳说这种判断过于尖锐，几近刻板。但对德勒兹来说"重要的是，生成-现在：是地理，不是历史；是中间，不是开始或结束；是位于中间并在中间成长的小草，不是有冠有根的大树"③。幸福将会在草地里吗？不时得到瓜塔里声援的德勒兹罗列出空间的所有形式及无形式，从消失的直线到平滑空间，再到跟平滑空间相对立的条纹空间。就存在的空间或地理维度而言，米歇尔·福柯（Michel Foucault）并没有展现出像德勒兹一样的热情，但他撰写了一些重要的文本，如1984年10月发表在《建筑、运动与延续》（*Architecture-Mouve-ment-Continuité*）上的《另类空间》（*Des espaces autres*）［1994年被收录进《言论与写作集》（*Dits et écrits*）］。福柯在这篇简短的

---

① Edward Soja, *Thirdspace. Journeys to Los Angeles and Other Real-and-Imagined Places*, Malden, MA, Oxford, Blackwell, 1996, p. 169.

② Gilles Deleuze, Claire Parnet, *Dialogues*, *op. cit.*, p. 48.

③ 同上，第31页。

文章中指出,如果 19 世纪被历史的顽念支配,当今时代则是空间性的纪元。

　　为什么? 为什么空间在被视为"物体",被作为"物体观念"的时间所吞噬后,在这个时刻得以重获价值? 如果说今天空间这个词有所"膨胀"①,其中的缘由很多。当然,厌恶空无的自然、传统历史性的式微、时间和进步的分离都构成提高空间价值的重新解读的前提。但这些都不足以解释一切。我们首先注意到在整个 20 世纪,全球范围内产生了大规模的人口迁移。正如卡伦·卡普兰(Caren Kaplan)的口号,这些"四海为家的散居者"(disporas cosmopolites)迁移的理由很多,且这些理由并不都是互补的。最受关注的自然是工业和后工业时代由于经济或特殊政治原因而产生的大量移民,还有去殖民化进程中产生的人口流动。流动的意识在全球范围内产生了巨大影响,在其作用下出现了一种前所未有的空间感知。空间成为逻辑和边界文化支配下的一种"两者之间"(entre-deux)。在其他情景下,流动性彰显出其积极性和自发性。当代个体在全球的移动能力很强。20 世纪的旅行者乘坐火车、汽车和飞机,交通越来越快捷频繁,也越来越便宜。他们通常在行程中转变为游客,成为繁荣工业的系列产物。但我们仍要继续书写和描述另类的空间。尽管异国情调概念的相对性逐渐增强,但是游记继续流传,仍旧会得到

---

① Marie-Claire Ropars-Wuilleumier, *Écrire l'espace*, *op. cit.*, p. 8.

阅读。旅行者不再满足于世界的唯一感性景观，他还意识到旅途中空间的抽象特征，建立起对人类空间本质的真正思考。总之，空间表现出跟时间一样的异质性。所有的移居者、旅行者以及将土、水、空气甚至是火尽收眼底的人都能意识到这一点。

　　乔治·佩雷克不是一个普通旅行者；行走于巴黎之时，他投身于借由文本构建的世界中。《人生拼图版》凝聚了这种双重位移，既有地理铺陈的谦逊，又有其假设物质屏障消失的雄心壮志。在比其代表作早四年问世的《空间物种》（*Espèces d'espaces*，1974）中，佩雷克曾尝试将巴黎和文本相融以揭示"城市的一个部分，并由此推断出显而易见的事实"[1]。但这种努力被提前宣告失败。一块接着一块，我们发现显而易见的事实是具有欺骗性的，空间变成碎片，瞬息万变、捉摸不定。"总之，"佩雷克写道，"空间增多，分裂成块，变得多样化。今天的空间有着适应各种用途和功能的一切尺寸与类型。活着，就是从一个空间到另一个空间，并尽力避免撞到自己。"[2]因此场所的表面就好像时间的线一样：两者都解了体，为点状的布置留下位置，点状，这个定语具有空间和时间的双重意义。和时间一样，空间也被纳入同样的分裂动态。二者都在维度的危机中找到它们的冲动，这正与法国后现代主义的重要代表人物之一保罗·

---

① Georges Perec, *Espèces d'espaces* [1974], Paris, Galilée, 1985, p. 71.
② 同上，第 14 页。

维利里奥的观点如出一辙。他在 1984 年出版的《批评的空间》一书中指出："维度概念的危机似乎成为了整体的危机，即起源于古典几何的实体（连续的和同质的）空间让步于偶然（非连续的和异质的）空间的相对性，在后者中，每个部分、每个碎片（点或者不同的碎片）重新变得重要起来，如同瞬间、时间的碎片和断片一样。"[1]为了证明空间持续增长的非连续性，维利里奥使用了一个可以表达 1945 年以后时间线碎片化的古怪术语。空间已经开始反击，但是这种进攻表现为一种无法企及的东西。在近几十年里，时间和空间的维度被重新平衡；无论是在文学中还是在其他对真实的模仿艺术中，它们最终被结合在一起，无论结果好或坏。极坏的状况是容易想象的。在《新的联盟》中，普里戈金和斯唐热回忆起《自然哲学》（*Philosophie de la nature*，1817）第 261 节中的一段，黑格尔提出个体的命运就是拿砖砸向自己的头："一块砖不会杀死一个人，因为它是一块砖，但它能杀人是由于它获得了速度；这就说明人是被空间和时间杀死的。"[2]黑格尔的玩笑话仍然有道理；更何况当今从某处（伊拉克或阿富汗）天上掉下来的物体比砖或者瓦更危险。把时间从空间中分离和把空间从时间中分离似乎都很困难。

---

①　Paul Virilio, *L'Espace critique*, *op. cit.*, p. 42-43.

②　Ilya Prigogine, Isabelle Stengers, *La Nouvelle Alliance*, *op. cit.*, p. 150.

时间和空间的新安排

21世纪初,时间和空间的坐标需要被结合起来;一些人甚至认为,时、空坐标以牢不可分的方式混在一起,纠缠不清。如果仍然可以设想一种能让时间独立于空间或地理独立于历史的研究,那似乎是故意将两者分离开来的不智之举。一方面我们认为时间隐藏在空间背后,如皮埃尔·韦莱特认为:"时间戴着面具前进,伪装成场所,场所是时间的面纱,遮盖了我们看不到的东西。"[①]另一方面,我们如玛丽-克莱尔·罗芭-乌伊鲁米尔(Marie-Claire Ropars-Wuilleumier)那样,反对空间吞噬时间,认为空间"就像概念的混杂,混合了所有与它相区分的事物——时间、主体、运动"[②]。但不论怎样,我们把两者联系在一起。至高又独立的时间性的统治已经终结;空间的反击创造了势均力敌的全新局面。从今以后要把时间倾注在空间里并让位于空-时。即便我们决定忽略自然科学世界及其有关时空的各种假设,我们还是能在文学、地理及哲学中发现很多有关空-时性联合研究的理论。

纵观全部人文科学和社会科学,文学理论在空-时研究方面

①　Pierre Ouellet, *La Poétique du regard*, *op. cit.*, p. 333.

②　Marie-Claire Ropars-Wuilleumier, *Écrire l'espace*, *op. cit.*, p. 9.

显现出很多不足之处。我再次以米哈伊尔·巴赫金和他的时空体理论为例。该理论形成于1937—1938年间,巴赫金本人也表示时空体的定义受到了爱因斯坦相对论的启发。时空体是一个综合性很强的定义。它是有关"时空关系的本质关联,这种关联被融入文学"[1]。众所周知,时空体首先是一个文体理论的结构元素。每个时期,被归纳为一类文体的主流文学形式是由它们所处的特殊的空间和时间坐标决定的。同类范畴的出现体现在一个时空确切的点上。比如,当巴赫金研究希腊小说时,他发现这类小说特有的时空体是一种"位于空间和时间之间的抽象的技巧关系",表现为"时间序列中的时刻因在空间中可能改变位置而体现出的可逆性"[2]。巴赫金认为,希腊小说中情节和事件的连贯是发生在一个时空信息以近乎偶然的方式被安排的背景中。这位俄国形式主义理论家深化了文本的空间研究,但并没有考虑到指涉空间,这在古希腊小说的背景下是可以被理解和接受的(如赫利奥多尔、以弗所的色诺芬、朗格斯、阿基里斯·塔蒂乌斯等的作品);在现代小说中,这种方法仍可被运用但已不再占据主导。巴赫金并没有考察指涉空间,他重点关注了社会空间,即在单一的向心独白和复杂离心的对话间摇摆不定的时空环境。作为反对独白唯一性的多样对话拥护者,他成为系统

---

[1] Mikhaïl Bakhtine, *Esthétique et théorie du roman*, *op. cit.*, p. 237.

[2] 同上,第251页。

乃至体系性越界的发起人。基于朱利安·霍洛威(Julian Hollo-way)和詹姆斯·克纳莱(James Kneale)的观点,巴赫金提出了"一种狂欢的地理"①。但是这种地理赋予时间以优先权。巴赫金仍是现代主义者。尽管姗姗来迟,巴氏的时空体获得了巨大的成就。它不仅被运用在文学上,还被应用于建筑、城市规划和地理上。当时空体被应用在后几种学科中时,它发生了改变:该理论应要能更好地适用于感性的现实。正因如此,埃维莉娜·加尔文(Evelina Calvi)在1991年发表的一篇有关建筑设计时间性的短文中,依托于时空体理论把经验空间定义为一个场所:"这个场所不是别的,正是一个空间和时间相互衔接、相互关联进而互相相对化的产物。"②

继1930—1936年被流放至哈萨克斯坦后,巴赫金又被流放到位于莫斯科北部的萨维洛沃。费尔南·布罗代尔于1940年6月被俘房,其先后被关押于美因兹代号为XIIB和吕卑克代号为XC的军官战俘营(Oflag)。巴赫金和布罗代尔不仅有被囚禁的共同痛苦经历,还秉持同样的夙愿,以期正确地看待历史和地理,时间性和空间性。布氏的历史地理学与巴氏的时空体暗自

---

① Julian Holloway, James Kneale, «Mikhail Bakhtine. Dialogics of Space», in *Thinking Space*, Mike Crang, Nigel Thrift (ed), London, New York, Routledge, 2000, p. 84.

② Evelina Calvi, *Tempo e progetto. L'architettura come narrazione*, Milano, Guerrini, 1991, p. 22.

呼应,其思想体系是他在面向其他囚犯演讲中形成的。怎样排除被监禁在监狱空间中的经历对存在坐标的整体解读所产生的影响?对布罗代尔而言,历史地理学包含两个互补的涵义。首先,"历史地理学就是环境不断作用于人类的历史"①。换句话说,历史地理学需要在长时段的研究中把握地理环境,比如(布罗代尔的)关于地中海史的长时段研究。空间是历史事件过后的存续。事件是要被超越的,如同巴伊亚州的萤火虫一样,布罗代尔曾在那里度过了一段美好时光,事件照亮了我们,但光亮又不足以使我们能够重新构建周围的风景。但是,"历史地理学也同样是人类与空间斗争的历史,人类用尽艰辛和努力,终其一生与之抗争"②。历史地理学调动着空间环境中的事件与人与该环境的关系史之间的关系。诚如布罗代尔所言:"历史地理学是从自然到人类再从人类到自然的双重关系研究,是在每天的现实中,有关行为和反应交织融合又周而复始的研究。"③同时空体一样,"历史地理学"为一些有关时空或史地的研究提供了方法论的基础。它唤醒了文学领域的希望。达尼埃尔-亨利·巴柔在论及该理论时,如是发问:"在这个宏大又跨学科的基础上,

---

①　Fernand Braudel, *Les Ambitions de L'histoire*, *op. cit.*, p. 102.

②　同上,第 102 页。

③　同上,第 103 页。

是否有文学和文学史的一席之地？"①但是，与巴氏的时空体不同，布氏的历史地理学仍未完全树起威望。按照埃马纽埃尔·特利科尔的观点，"这门日渐独立的学科未能创造出该领域内特有的概念工具。这个学科能够让'历史地理学'不再是一种边缘化的好奇，一门学生知之甚少，绝大部分史学家都不接受的学科，就像是一个排除在地理学家研究之外的计划"②。

文化地理领域出现了令人为之振奋的时空相连的多种尝试。从词源学看，历史地理学中的地理对应词为 *tidsgeografi*，该词是由托尔斯腾·哈格斯特朗（Torsten Hägerstrand）和隆德学派在 20 世纪 60 年代和 70 年代初发展形成的。*Tidsgeografi* 可以被理解为"时间地理"（géographie temporelle），甚至可以将其称为"时空-地理"（chrono-gréographie）。"时空-地理"的诞生或可对历史地理学做一补充。事实上，费尔南·布罗代尔和托尔斯腾·哈格斯特朗并无太多交集，后者及其后继者提出了完整且有操作性的理论。哈格斯特朗更像米歇尔·福柯、米歇尔·德·塞尔托（Michel De Certeau）或皮埃尔·布尔迪厄（Pierre Bourdieu），因为他们把位移的修辞同关于权力机关

---

① Daniel-Henri Pageaux，«De la géocritique à la géosymbolique. Regards sur un champ interdisciplinaire : littérature générale et comparée et géographie», in *La Géogritique mode d'emploi*，*op.cit.*，p. 129.

② Emmanuelle Tricoire，«Géohistoire» in *EspacesTemps. net*，*Mensuelles*，18 juin 2003.

控制下社会空间中身体在场的思考联系在了一起。[①] 哈格斯朗特的模式实际上属于个体与时空斗争的表现。他对城市时空中的个体为实现一项计划所完成的路径给予了特殊的关注。时间中的空间发展受到诸多限制。其中，第一个限制与生物载体有关（非普遍存在，位移的非瞬时性，交通方式的相对性）；第二个限制来自个体的人际关系，个体在某个地方停留的时长可能会受到周围环境的支配（如谈话或某项任务的时长等）；第三个限制来自权力机关的指令，该指令可以决定进入或禁止进入某个地方。哈格斯特朗的理论在相关领域产生了重要影响，如城市规划或社会公平研究（应残疾人士需要对空间进行改造，根据性别对空间进行调整等）。经过改造，tidsgeografi 的经验成果在文学领域可能会相当有用。根据隆德学派提出的一些标准，很容易构建出一个人在城市穿梭路线的时空分析。但据我所知这仍有待落实。然而，如果大家了解哈格斯特朗和其立意新颖的理论，某些人一定会从该研究中获得启发。我想到了弗朗哥·莫莱蒂（Franco Moretti）的《欧洲小说地图：1800—1900》（*Atlas du roman européen*，1997），该著作就 19 世纪文学中的几位主人公在伦敦或巴黎等大都市的活动展开了细致入微的考察。人

① 参见 David Harvey，*The Condition of Postmodernity. An Enquiry Into the Origins of Cultural Change*，Cambridge，MA，Blackwell，1990，尤其是题为《Individual spaces and times in social life》的第 13 章，p. 211-225.

们能否想象一场 tidsgeografi 实验中的小白鼠可能是拉斯蒂涅或是夏洛克·福尔摩斯?

　　从 20 世纪 90 年代初开始,戴维·哈维(David Harvey)有关后现代状况的马克思主义研究(代表作为《后现代的状况:对文化变迁之缘起的探究》)得到了广泛传播,是时空压缩分析的一个顶峰!在哈维看来,这种压缩构成 1848 年欧洲革命以后各个时代的特点。它随后又在两个时间段内得到增强:一次是在 1910 年前后,现代主义(连同泰勒制和福特主义)树立威望;第二次是在 1973 年经济危机以后,由后现代主义阶段向后福特主义灵活累积体系的过渡时期。哈维如是描绘了这种时—空压缩:"由于空间萎缩成远程通信的'地球村'和经济、生态相互依存的'地球飞船'——此处使用了两个广为人知的日常形象——又因时间的视域缩小为一个所有人的'当下'(精神分裂症的世界),我们应该学会适应空间和时间的世界里无法抗拒的压缩感。时空压缩的体验是一种挑战;它既紧张刺激,又会使人时时深感不安。"[①]哈维所说的压缩和全球化的开端极为相似。另外,他的这部奠基之作与柏林墙的倒塌处于同一时期。从社会层面来说,当哈维的关注点集中到可理解的时空连续体危机对于个体产生的后果时,他便步了保罗·维利里奥的后尘,后者揭

———————

　　① David Harvey, *The Condition of Postmodernity. An Enquiry Into the Origins of Cultural Change*, Cambridge, MA, Blackwell, 1990, p. 240.

露了人类环境的非物质化。正如维利里奥及其他学者一样，哈维也遇到了布罗代尔在军官战俘营作出的高明预言："除了这场战争，我不认为我们仍然能够阻止和限制这个世界。它将在自我收缩的同时向自身展开每个孔隙。这也许是个伟大的时刻。"①世界收缩了，但它能否展开每个孔隙呢？哈维的假设之所以获得巨大的成功，原因在于它支撑了有关全球化现象加速的分析，认为全球化是对灵活累积过程中的整体性（或阶段性？）的肯定。和时间地理一样，时空压缩也可以对文学产生影响，假如它真的构成全球化浪潮下的新马克思主义后现代分析的基石。它还可以应用在被我们称为"世界文学"或"世界小说"的研究中。时空压缩还是当代小说家叙述策略展开的框架，这些作家中有法国的让·艾什诺兹[《格林尼治子午线》，1979；《高大的金发女郎》(*Les Grandes Blondes*)，1995 等]、米歇尔·里约(Michel Rio)[《特拉库乔》(*Tlacuilo*)，1993]，还有西班牙的雷·洛里加(Ray Loriga)。洛里加在 20 世纪 90 年代后期于伊比利亚半岛出名，在 1999 年出版了《东京不再爱我们了》(*Tokio ya no nos quiere*)。在一个近乎是未来主义的背景下——该背景与我们熟知的地理环境并不违和——匿名主人公贩卖有助于遗忘的药丸。潜在的消费者人数众多，市场被严格地监管。但是主人公自己却服用该药物成瘾。从亚利桑那到日本，从泰国、越南到柏

---

① 　Fernand Braudel, *Les Ambitions de L'histoire*, *op. cit.*, p. 113.

林,在其颠沛流离于世界各地以前,他便丧失了全部的时间意识。这些不同的地理或精神栖居地间的逻辑关联是跳跃的。时间标志的意识被抹除;空间似乎完全是开放的,因为距离几乎消失。《东京不再爱我们了》的主人公在时空压缩的压抑下,成为或多或少自愿的受害者。当下就是一切,精神分裂症伺机潜伏。

这个对于时空研究的简要概括目的并不在于穷尽所有的既有研究。如果意欲做一尝试,那就需要打开更广的天地,因为很显然,文学领域的时空研究如同其他社会和人文科学领域的研究一样,是多元中心的……抑或不是。第二个观察涉及理论探索的跨学科性质。此处给出的几个例子来自不同领域,如文学、历史以及列居首位的地理。还涉及其他学科,如建筑、城市规划、哲学、人类学等。仅仅考察空间或时空在单一文学场中的再现体系是不够的,除非将文学与世上的其他事物隔绝开来。对文学地位的追问仍将是下面几章的真正主题。在以下部分,我将为跨学科研究的动力提供一些论据和观点,这自然会动用时间与空间研究的各类进路,暂且不论各个学科的理论支持者的初始学科背景如何。

对空间和时间的跨学科把握:
地理、建筑、城市规划和文学

本研究的跨学科延伸势在必行。没有必要详尽地了解相对论，也不一定要了解土地占有规划的法规，但是得知道如何衡量它们的隐喻效果。我认为深化对于地理、城市规划、建筑，甚至是人类学或历史中所涉及的空间问题的理解是值得期待的。文学的边界时刻处于变化之中。任何一张路线图都不能确定其走向。后现代理论家深知，大写的文学的象牙塔已被包围。同其他人文学科和社会学科一样，地理学早已给相对论让路。通常来说，决定论确立了文学和非文学之间严格的划分标准，这样的划分在进入 21 世纪以后还合理吗？争论已起。哪怕是从侧面回应，本文也试图尝试为此争论贡献观点。我们再回到学科间的相互渗透。爱德华·索亚曾高呼倡导系统性地、坚定不移地采用跨学科手段。在《第三空间》中，他指出："空间曾是那么重要，以至于我们不能仅把它局限在专门的空间学科内（如地理、建筑、城市规划），也不能把它转变为单纯用来填补空白的事物或对历史学家、社会研究专家或马克思主义社会学家有用的事实背景。人类生活的空间性同人类生活的历史性和社会性一样都已渗透在所有的学科和话语中。"[1]早在 1943 年，让·季奥诺（Jean Giono）就在《活水》中流露出和索亚一样的观点："我们不可能只通过一门地理学科就了解一个国家。"[2]二人观点的合理

---

[1]　Edward Soja, *Thirdspace*, *op. cit.*, p. 47.

[2]　Jean Giono, *L'Eau vive* [1943], Paris, Gallimard, coll. «Pléiade», tome 3, 1972, p. 205.

性毋庸置疑。随着空间性话语日渐获得跨学科的整体关注，对其避而不谈是非常困难的。没有大局观，分析将会变得片面而不完整，还会使有学识的读者感到沮丧。从各个方面来说，专家们都呼吁跨学科。当然，学者重视索亚指出的地理、建筑、城市规划的结合。但是文学也应该和其他学科相互联系，如今，以上列举的相关学科专家已对此表现出极大的好奇心和关注。

在文化地理方面，文学的地位不容忽视。海格诺德认识到："总之，正如一些实践者的观点，地理不只是一门社会科学，还是一门自然科学，画家或作家同科学家们一样涉足于此。"[①]在《一些地理小说》(*Des romans-géographes*)中，布罗索指出："在有关地理的大量书面文献中，文学作为探索领域至今都占据着重要的地位。如果说关于文学的地理研究直到20世纪70年代初才取得真正的发展，如果说借助于文学资源的合理性在当时仍未得到一致认同，那在今天来看，文学与地理学的直接关联性则无需再证明了。"[②]确实，直到20世纪20年代，在约翰·柯兰特·赖特(John K. Wright)的发起下，两个学科才在偏向地理的角度上了产生了第一次融合。赖特在1926年发表于《ISIS》杂志上的一篇文章中提出了"地理知识论"(géosophie)一词，它建立在这样的原则上，即地理学不为专业地理学家所特有，而是

---

① Hervé Regnauld, *L'espace, une vue de l'esprit ?*, op. cit., p. 9.

② Marc Brosseau, *Des romans-géographes*, op. cit., p. 17.

一个由传统的（明确的地理学知识）或非传统的（非明确的有关场所的认识）地理思想史孕育出来的"思想领域"。[1] 因此地理知识论的部分讨论对象是小说，有时是神话。直至 70 年代，地理才和文学结为一体。布罗索提到，1979 年英国地理学家协会决定举办讨论二者关系的年会。从 80 年代后期到整个 90 年代，一些知名地理学家如丹尼斯·科斯格罗夫（Denis Cosgrove）、斯蒂芬·丹尼尔斯（Stephen Daniels）、詹姆斯·S. 邓肯（James S. Duncun）和戴维·雷（David Ley）都为巩固这层关系做出了巨大贡献。德里克·格利高里（Derek Gregory）的《地理学的想象》[2]（1994）则经常被盎格鲁—撒克逊式的评论引用。尽管有朱利安·格拉克（Julien Gracq）这位在文坛上赫赫有名又举足轻重的地理学家，但在法国，仍需历经很长一段时间才能达到这一结果。1985 年，在朱利安·格拉克《城市的形状》（*La Forme d'une ville*）中，文学与地理在南特相遇，这里既是格拉克青睐的地方，也是儒勒·凡尔纳出生的地方。在布罗索看来，地理学家对文学感兴趣的原因有三个：文学为区域地理提供补充；文学可以记录场所（感知方式）的经验；文学表达了对现实或主

---

[1]　参见 John K. Wright，«A Plea for the history of geography» [1926]，in *Human Nature in Geography*，J. K. Wright（ed），Cambridge，MA，Harvard University Press，1966，p. 11-23.

[2]　参见 Derek Gregory，*Geographical Imaginations*，Cambridge，MA，Blackwell，1994.

流意识形态的批判。困难在于很多地理学家必须将文学当作一种文献。对现实主义文学的文献偏好是来源专业化的明显标志。从这个角度看,福楼拜和超现实小说家一样可以被"深挖"。就像布罗索提出的那样:"主要问题在于了解小说家是不是优秀的地理学家。"①为了使互动有效,就需要这两门学科及其空间观在共同的语言中被理解:"如果地理学和小说截然不同,在没有预先或中途构建一门得以使一方传达给另一方的(解码的)元语言的情况下,又如何让这两门学科互通有无?"②又是个好问题,一个名叫玛利亚·德·法妮斯的地理学家在《文学地理学:北亚得里亚海的地方感》(Geografie letterarie. Il senso del luogo nelL'alto Adriatico)中对此进行了回答:"艺术家占有一个场所,并积极参与对这个场所的探索,除了打破常规,还把它从背景中拉出来,在阐明规则时,还创造了其他规则。从这个角度看,贬义的人造物不再是对真实的简单复制,而是一个逻辑的、概念的结构的产物……在带着敏感性对世界上看起来混乱的事物进行重新整理时,文本揭示了……无限生成的潜力,这表现在文本提出新秩序时所带来的每个前所未有的概念节点上。"③因此,文学文本成为生成者。我认为小说的逻各斯特征小心地揭

---

① Marc Brosseau, *Des romans-géographes*, *op. cit.*, p. 31.

② 同上,第59—60页。

③ Maria De Fanis, *Geografie letterarie. Il senso del luogo nelL'alto Adriatico*, *op. cit.*, p. 36.

示了被隐藏起来的敏感现实和真实的褶子，因此得到地理学家和文学家们的共同关注。

　　跨学科尝试意味着两门学科相互作用，这是不言而喻的。文学家们已经进入角色；他们把目光投向地理及其展现人类空间的方式。当然，要避免文类的混淆，甚至还要警惕对立的结合，它会让我们将决定论的认知和文学研究方法等同对待。我们一再强调：文学不是其他人文科学和社会科学的从属。文学可为其他学科所用。作家是最先意识到这一点的。安杰·史达休克认为："地理和想象这两个相距如此遥远的领域，它们之间的关系比愚蠢和智慧之间的关系更加紧密。其中一个原因便在于：构建世界——这一最高尚的白日梦——始终要求我们占据空间。"[1]此外，文学始终对地理效忠，仅有的例外，便是跨学科性。这里，关键不在于抢夺地盘。跨学科不是寄生虫的王国；跨学科身处于一个狭长而薄弱的地带，那里践行着夸富宴（pot-latch），这种仪式至少在象征和精神层面上丰富了整个共同体和全部的共同体。在盎格鲁—撒克逊国家，从文学到地理学的脚步很早就迈出了，与之相应，从地理学到文学也亦如此。这一时间上的"超前"是因为文学和文化的结合在芒什海峡以外和大西洋以外的区域被更好地建立起来。简单的结合关系有时会被一种提喻关系所取代，由此产生的文学现象涵盖于广阔的文化领

---

[1]　Yuri Andrukhovych, Andrzej Stasiuk, *Mon Europe*, *op. cit.*, p. 83.

域中。在《旅行的问题：后现代话语的位移》中，卡伦·卡普兰毫不避讳地写道："如今有关身份形成和社会实践的跨学科研究日新月异，地形学和地理学则重新切分了对该领域进行探索的文学和文化批评。"①这种交叉绝不是贬低文学。不过，它位于文学传统领域的边缘区域。如果我们坚持文学一贯的领域范畴，就会发现文学和地理还有其他类型的联系。在《欧洲小说地图：1800—1900》一书中，弗朗哥·莫莱蒂自引言部分起就提议我们逐渐走向"文学的地理学"。接着他又从两个不同的层面证实了这一直觉。从微观地理层面看，他绘制了属于拉斯蒂涅、福尔摩斯或奥利弗·退斯特的巴黎和伦敦。从宏观地理的层面看，他研究了不同人物在不同国家或殖民地的活动。这些地形学统计在该书 1997 年发表时颇具独创性。从某种意义上说，这并不令人吃惊！它们为对大都市的感知和再现的地理学反思提供了坚实的基础。这些统计还为小说兴起史、历史小说的跨历史模式、文化空间的非共时性等研究提供了宝贵借鉴。莫莱蒂的著作之所以成为跨学科研究领域的典范，是因为他将文学和地理学融会贯通，并将其置于一个更广阔的史学视角之下。

有必要指出文学与地理学或地理学与文学间的联系。如果说探索人类空间的可能性是地理学的特性，那么文学也具有同

---

① Caren Kaplan, *Questions of Travel. Postmodern Discourses of Displacement*, Durham, NC, Duke University Press, 1996, p. 144.

样的特性，因为任何文本都在空间里，文本主题的展开也在空间中进行。当然，联系不仅涉及地理学。在其他空间科学中，建筑和城市规划与文学的交集也日益扩大，联系也越来越频繁。它们与文学的联系方式同文学与地理学的结合关系类似，即建立了一种相互性。文学走进城市规划，建筑渗透文学。埃维莉娜·加尔文将建筑设计定义为"衰弱的"设计，她界定的"衰弱"与基阿尼·瓦蒂莫"衰弱的思想"中的定语同义，该设计为一种倾向于实验主义、对话主义和开放的设计。文学可以在这个过程中找到自己的位置，因为它是想象过程的拱顶石，想象过程实际上是建筑和城市规划过程的补充，是一种强有力的（而不是软弱的）补充。加尔文的构想首先在弗莱维亚·斯齐亚沃（Flavia Schiavo）的《巴黎、巴塞罗那、佛罗伦萨：形状与讲述》（*Parigi*，*Barcellona*，*Firenze*：*forma racconto*，2004）中获得了实际应用。为了研究19世纪以来这三个大都市的演变，斯齐亚沃搜集了一系列可以提供地理参考的文学再现。她所依据的原则是：城市空间不仅仅是我们圈画在地图上的抽象框架，还是一个文学得以在时间中去探索的思想和情感框架。她问道："通过假设，我们可以赋予文学再现另一个创造性的角色，但这种创造性将会与传统的资料来源和正统的文献融为一体吗？"[1]她在后面

---

[1]　Flavia Schiavo，*Parigi*，*Barcellona*，*Firenze*，*forma e racconto*，*op. cit.*，p. 56.

几页继续写道:"不可否认,文学本身也意欲揭示某个真实——但这一真实通常是主观的,并由一种修辞的力量激活,一般来说,这种力量不能辐射普遍的、规范的或全部的领域。和城市设计的规范相反,文学描述并不是普遍适用的(*erga omnes*)。"[1]那么再回头来看客观与非客观间的差距。弗莱维亚·斯齐亚沃沿着与瓦蒂莫和后现代派同样的路径,通过把决定论相对化而克服了困难:"但是不是真的能够确定存在着可以再现真实的描述系统? 如果真的存在(我们对此表示怀疑),为什么它们应该要参考技术语言? 另外,难道不是每个再现系统都只表达一种内在的和相对的真实,一种其独有的真实吗? ……小说中出现的想象的地形学和地图上真实的再现间的差距真的是不可逾越的吗?"[2]这段话预见了时时困扰着我们的有关指涉性的争议问题。它还引发了另外一个仍然含混不清的问题:文学视角的横向迁移性问题,文学向整个空间性研究领域的拓展可能问题,以及文学的中心性问题等。

文学的无序与秩序

为什么,突然之间,文学在之前它毫无地位的几个学科引发

---

[1] Flavia Schiavo, *Parigi*, *Barcellona*, *Firenze*, *forma e racconto*, *op. cit.*, p. 67.

[2] 同上。

了如此多的关注？这是个新现象，留给批评的距离还不够，我们不能给出一个合适的答案。认为在一个趋于相对的本体论和认识论的语境中，在一个失去了主导秩序和意义的环境中，文学进入一个不同的、甚至是前所未有的年代，这仍旧不合适（因为请不要忘记：对于古希腊人来说，文学是如此根深蒂固地存在于世界认知的具体形式中，以至于它并不具有独立的存在形式）。存在坐标的破碎导致了时间和空间的错乱。如果这里涉及的是一种"可能性"而不是一种无差别的肯定性，那是因为这种错乱产生于地标的丧失。但地标并不是必要的。至少，它们并不总是符合欧几里得或笛卡尔的观点。地标在点中，在无数的点中，它们在知识的视阈中显出轮廓。知识的视阈是不可计数的视阈中的一个，这些视阈在强大知识的唯一直线——进步的直线步入歧途后膨胀发展。这种（有益的？）破裂的后果并不仅限于文学领域。在对于世界的解读中，我们可以感受到这些后果。断言决定论已死是不是有些不合时宜？假如可做此论断，那么它将为文学带来不同的结果。第一个结果便是让文学实践者和理论者安心的馈赠。确实，文学在每次跨越决定论领域的限制时所冒的风险将会部分消除甚至是完全消除。我们将在一个不确定的框架中发展，远离一切决定论意愿。文学仍扎根于熟悉的相对的世界中，而那些"硬"科学，"强大的"、"绝对的"、决定论的学科将被卷入第二次世界大战以后笼罩着我们社会的模糊不清之中。边界将变得可渗透，它会被一个可被无限次越过的门槛所替代。第二个结果是由第一个演变而来的：文学的传统范式成为矩形。作为软弱本体的象征性载体，文学被再次拉回中心并重新在男性和女性的认识论世界中找到荣耀的位置。很显然，文学在这个整体中的位置与人们赋予世界的相对性的程度绝对地相关。

其他学科能从文学中得到什么"教诲"？从前面的讨论可以明显得出文学的特点在于其纯粹的话语性，除此以外就没有什么更先验的独创性了。这一虚构的、自我指涉的话语性，经常远离世界，对世界没有影响，但最终会呈现出其教育意义。真实观的倍增与后现代同存。这种真实感曾一度集中在决定论的绝对之中和文学话语的无限延展性里。文学话语在变化的点和分叉的线之间构成一种熵的进步范式，而后转变为生命线，在人类的手中刻下命运。在《希罗多德的镜子》（1980）中，弗朗索瓦·阿尔托格认为研究员就是土地测量员，"是古希腊的游吟诗人，即这个词的第一重含义：是把一些空间和另一些空间缝在一起的人，是关联者，所关心的是把一些空间和另一些空间持续不断地联系起来，直到人类居住世界的尽头"[1]。缝纫一直都是文本的特点，它既是质地也是面料，现如今，所有的科学类别都参与到舞台装饰幕的赶制中，这个装饰幕反映了当今世界难以估量的

---

[1] François Hartog, *Le Miroir d'Hérodote* [1980], Paris, Gallimard, coll. «Folio», 2001, p. 505.

现实。在这个意义上，所有的学科都涉及这种以文学为范例
（exemplun）的学科交叉。在一系列以饱和为传统特征的学科景
观中，文学承担起不稳定载体的作用。决定论尝试穷尽世界，寻
求绝对的全面彻底性。这正是为文学所痛恨的。文学所追求的
是世界的创造和其魅力的不断再现（réenchantement）。但，文
学范式不止步于此，当其滋养理论时，它就能够提出解决方法和
适应可变环境的再现模型。在《时间与叙事》中，保罗·利科一
再阐述模仿的辩证法，它使处于模糊中的预塑的整体成为由叙
述塑型的整体，继而又成为由读者重塑的整体。这三重运动是
自发的，就像思想一样，在它希望的地方吹动。文学的话语性也
具有这个本质。它自由地分叉，但是始终可以进入理论的元话
语而不是将其独占。正像利科所说的那样："只有小说能够让自
己处于微醺的状态，因为即使是在映射和描绘经验的时候，它仍
然是虚构的。"①醉酒状态有助于越界，当醉酒持续，但仍然不足
以致命时，醉酒——这种"微醺"——会在越界中建立话语。

---

①   Paul Ricœur, *Temps et récit*, vol. 3, *op. cit.*, p. 245.

第二章　越界性

灵魂破碎的行人

地理批评理论的首要前提规定,时间和空间注入同一个平面。该平面遵从一个彻底的波动逻辑——最基本意义上的逻各斯(logos)的布局(arrangement),即片段不再以一个协调的整体为导向。各向同性(isotropie)①,这个指代系统的不确定性的科学名词,首先体现在后现代的时间性中,之后又扩展到空间的再现上。我们要注意,不要混淆各向同性和同位性(isotopie)。亨利·列斐伏尔(Henri Lefebvre)等人认为,同位性是从前欧几里得所定义的几何空间的特征,空间的每一部分都是等同的,平稳的,类似的。各向同性是一个处于运动和张力中的空间对象的

---

① 各向同性指物体的物理、化学性质不因方向而有所变化的特性,即在不同方向所测得的性能数值是相同的,具备各向同性的物体称为均质体。——译者注

特性，任何更高的准则都无法迫使该空间屈从于一个等级结构。各向同性标志从仍以衰落的宏大叙事为指导的阅读向已经实现的后现代性所催生的随机性阅读的转变。地理批评理论的第二个前提认为存在这样一个空间，其再现与真实的相似程度是不确定的。与其认为任何空间或时空的再现都不是"真实"的，我们认为每一种再现，不论是文学的、符号的还是其他种种再现，都指向一个被普遍理解的真实，由于其极度地扩张，这一真实遭受了某种本体论意义上的削弱。从上述两个前提，我们归纳出空间只能在其异质性中被感知。当然，这也让空间的再现变得复杂，不过我们得承认，时代无论如何都不会归于简单。作为长期以来指导人们阅读世界的首要准则，欧几里得提出的同质性（homogénéité）就此破灭。我们无法再像 19 世纪时那样，如皮埃尔·奥里奥尔在《旅行的尽头》中所写，强行施加"那个将世界的每寸土地都纳入我们以为的全人类唯一命运之下的意愿"①。那些怀有这种意愿的人，显而易见，逐渐开始借助轰炸机来推行这种意愿。这个话题就此打住吧。在德国军官战俘营的数次讲演中，费尔南·布罗代尔以其特有的风格对人类景观的稳定性进行相对化地思考："鲜活世界的草图是多么不幸和脆弱！颜料都还没干，实物就和画像不一样了。探索，再探索，描绘，再描

---

① Pierre Auriol, *La Fin du voyage*, Paris, Éditions Allia, 2004, p. 20.

绘,工作永远也做不完。"①就像某些犹太教经文描述的上帝的工作一样。在失败了26次之后,他又重新开始创世。普里戈金和斯唐热在作品里曾让上帝开口,之后接着评论道:"'但愿这次能成'(Halway Shéyaamod),上帝创世时高呼,这一意愿伴随着世界和人类之后的历史,它从一开始就表明,这一历史带有根本上的不安全迹象。"②没过多久,那些被赶出伊甸园的可怜造物因鲁莽而犯下罪行,这就不足为奇了。他们的灵魂虽不是无瑕的,但其动机是纯洁的。尽管米歇尔·塞尔并没有想到我们的远古祖先,但却概括了他们的命运,概括了全部后现代男女和其祖先的命运:"我们是居无定所的漂泊者,最后都变成了灵魂破碎的行人,把所到之处的思想拼凑、混合,不分好坏。"③

原因在于,这种根本上的不安全性不仅会控制时间,也会影响空间。似乎上帝没有把那些本该让世界变成一个坚固、统一整体的碎片好好粘合起来。也许上帝在一系列本该由他缝合起来的零散世界里感受到了一种共同演化的愿望,正是这微乎其微的一致性使这些世界成为可能。马克思主义者列斐伏尔——我们有理由怀疑,他对上帝隐秘的意图有所担忧——对于空间

---

① Fernand Braudel, *Les Ambitions de l'Histoire*, *op. cit.*, p. 71.

② Ilya Prigogine, Isabelle Stengers, *La Nouvelle Alliance*, *op. cit.*, p. 392.

③ Michel Serres, *Atlas* [1994], Paris, Flammarion, coll. «Champs», 1996, p. 64.

异质性的思考贯穿《空间的生产》(*La Production de L'espace*)
全书。与其他人一样，他致力于击破空间一致性的神话，并认为
这种神话是"菲勒斯"(phallique)的标志，也就是政治权力——
警察、军队和官僚主义的主子——的标志。"路石底下，就是海
滩"(Sous les pavés, la plage)，在列氏著作出版的六年前，人们
正在巴黎和外省的街头高呼这一口号。在如火如荼的行动中，
人们发现，空间是一个混合物。"正如白光，看似同质，却可分解
成光谱，"列斐伏尔论道，"这个（抽象的）空间可以被解析，但这
一认知行为可能会暴露那些看似同质、严密之物的内在冲
突。"①不妨玩味一下"光谱"一词②，并从字面上去理解作者，我
们可以说《空间的生产》是整体空间这个古老帝国的墓志铭，是
实证主义、殖民主义的墓志铭，也是某种有时带有专制色彩的非
人道压迫的墓志铭。1974 年，这个空间的幽灵现身了。不过列
斐伏尔避免去分离出可能的空间类型。他认为，确实只存在一
个空间，我们可以观察到它"在同质化主导趋势下的矛盾特
征"③。同质中的矛盾包含着异质性的开端。列斐伏尔还说：
"因此并不存在一面是整体空间（构想的）而另一面是碎片空间
（经验的）情况，就好像这里有一块完好的玻璃而那里有一面破

---

① Henri Lefebvre, *La Production de l'espace*, *op. cit.*, p. 407.

② "光谱"(spectre)一词在法语中也有"幽灵"之意。——译者注

③ Henri Lefebvre, *La Production de l'espace*, *op. cit.*, p. 473.

碎的玻璃或镜子那样。空间的'存在'既是完整的也是破碎的，既是整体的也是断裂的。正如它被构想、被感知、被经验。"①异质（社会层面上开放的）空间中有一个恒定部分逃脱了政治权力的控制，对该空间定义的探讨持续了整个 70 年代。

吉尔·德勒兹和费利克斯·瓜塔里区分了平滑空间（espace lisse）和条纹空间（espace strié），即异质空间和同质空间。同质空间受制于各种形式的重力："它因物体跌落、重力垂直线、物质被分成平行的薄片、流体的片状或层状流动而产生条纹。正是互相平行的垂直线构成了一个独立的维，这个维能够传播到任何地点、组建其他各种维、将整个空间条纹化，并由此使其趋于同质。"②所以，条纹空间即被国家机器占据的空间。这是城邦（polis）的空间、政治的空间、被治理者和治理的空间，与律法（nomos）的空间相对，后者是平滑空间。这是 Hadara，即城市性（citadinité）空间，与 Badiya，即游牧性（bédouinité）空间相对，正是借用 14 世纪阿拉伯历史学家伊本·赫勒敦（Ibn Khaldoun）的术语，地中海另一侧的德勒兹和瓜塔里才有了挖掘这两个空间的想法。当然，平滑空间、异质空间、游牧空间才是最受他们二人青睐的叫法，因为"定居空间因墙、围栏以及围栏之间的道路而条纹化，而游牧空间是平滑的，仅仅印有一些'痕迹'，

①　Henri Lefebvre, *La Production de l'espace*, *op. cit.*, p. 411.

②　Gilles Deleuze, Félix Guattari, *Mille Plateaux*, *op. cit.*, p. 458.

它们会随行程轨迹而抹除和迁移"①。他们试图给平滑空间圈定范围，而非将其束缚在一个既定的定义里。"平滑空间正是具有最小间距的空间：其同质性只有在无限相邻的点之间才成立，而相邻点的接合独立于所有指定路径"。我们回到了点状逻辑，德勒兹和瓜塔里认为该逻辑具有间奏曲（*intermezzo*）性质。我们还回到了各向同性，因为"方向的多变性（variabilité）和多重声音（polyvocité）是平滑空间的一种本质特性……"②平滑空间是不对称（*dispars*）的标志，它在点与点之间延展，不管点有多少都能被等量的线连接起来。平滑空间潜在地向无限开放，它安排了每个个体生命的每一分钟。每一分钟、每一寸土地都有其叙事吗？这或许需要真正征服月球，因为我们将不得不在月球上储存这座生命图书馆里数不清的书籍，正如若泽·萨拉马戈在其首部小说《罪孽之地》中调侃所言。③ 这位葡萄牙作家将后现代主义的整体本体论发挥到了极致（仅仅是可以设想的整体化），并自此认为，生命的航线数不胜数，处于叙事所能触及的范围之外，因此他最终在他的小说中规避了一切表示句子结束的标点，规避了一切指导性要素，也即减损性要素。萨拉马戈的所为与同代人一样，碎片化策略表明他们意识到了一场失败：即

---

① Gilles Deleuze, Félix Guattari, *Mille Plateaux*, *op. cit.*, p. 472.

② 同上，第 474 页。

③ 参见 José Saramago, *Terra de pecado*〔1947〕, Lisboa, Caminbo, 1997. 此书暂无法语版。

通过叙事来包围在平滑空间的流动框架内移动的一切存在物的失败。德勒兹和瓜塔里着手对平滑空间进行了初步盘点。他们的盘点支持了文学空间中的主题学方法。这些空间当然包括海洋，也包括冰原和沙漠。"冰块的碎裂声和沙砾的鸣呖"①。然而还要涵盖经度的计算、沙漠制图学以及冰原学。海洋同时还是一座实验室；"海洋，是平滑空间的原型，同时也是平滑空间中所有刮痕的原型……起初正是在海洋上平滑空间才被驯化，人们才找到了排布和施放条纹的模型，这个模型后来又被应用到别处"②。平滑空间永远处于条纹的威胁之下，这些条纹是整个文明社会对其施加的。必须不惜任何代价度量（métriser）平滑空间。而平滑和条纹的差别最终也变小了。德勒兹和瓜塔里再次借助爵士乐显而易见的价值指出，"米勒在克里希或布鲁克林的一次散步，就是平滑空间里的一次游牧，他让城市吐出一场拼凑式演出，速度快慢不一，或延迟或加速，变化多端持续不断……"③条纹空间可以变得平滑，平滑空间也同样会暴露在条纹中。与列斐伏尔所述一致，我们在此得出结论，空间在本质上是异质的，但受到同质化力量的作用。无论如何，它是一个处在长期多样性之中的整体。条纹空间，平滑空间：正是在这个混合

---

① Gilles Deleuze, Félix Guattari, *Mille Plateaux*, *op. cit.*, p. 598.

② 同上，第 599 页。

③ 同上，第 601—602 页。

空间里，位于新墨西哥州的阿拉莫戈多白沙缓慢移动，这是一片石膏汇成的荒漠，在晚风的吹动下，某些条纹——绝大部分——在沙丘之巅飞散，而其余的则在沙丘间的水汽中凝结。百万年来始终如此。

为平滑空间寻找一个并非唯一的定义，并不是 70 年代的专利。很少有人再征引同质性了。面对萨达姆·侯赛因，两代布什政府从沙漠风暴行动到得出迟到的结论（"我们必须结束这项任务"），并致力于将德勒兹和瓜塔里所构想的平滑空间条纹化，这种条纹化旨在将伊拉克式的沙漠变成类美国式、类民主化的空间。不过，其他一些更可信但不为人所知的观点认为，当下的空间注定要走向异质化。这是整个后殖民主义或法语主义批评派的观点，他们认为空间受制于相互矛盾的不同张力，这些张力产生自互不兼容的再现系统。这也是所有后女性主义、多种族主义和"多-族际-跨-种族主义（multi-inter-trans-ethnique）"[1]批评理论的观点，是不用大写字母署名的贝尔·胡克斯[2]的观点，是认为性别、种族间的隔阂造成了对于空间的多重感知的格洛丽亚·安扎杜尔（Gloria Anzaldúa）的观点。这也是那些注意到全球化的进展伴随着大卫·哈维（David Harvey）所说的时空压

---

① 该术语引自 Paola Zaccaria，in *Mappe senza frontiere. Cartografie letterarie dal Modernismo al Transnazionalismo*，Bari，Palomar，coll. «Athenaeum»，1999，p. 18.

② bell hooks 是 Gloria Jean Watkins 的笔名。

缩（compression spatio-temporelle）的人的观点。"存在于彼处延展"①，米歇尔·塞尔写道，随之而来的是渗透一切的趋势，是使被征服者一致化的趋势，是"通过部分失效的距离及时间的精湛技艺"来"编织"空间的趋势。② 时代于是进入了泛托邦（pantopie），进入了整体空间（espace total），按塞尔的说法，整体空间就是"所有场所存在于每个场所，而每个场所又存在于所有场所，是中心也是边界，是整体连接"③的场所。有一类使者体现了这种与周遭环境的联系：神的使者、送信人都让塞尔很感兴趣。比如赫耳墨斯或墨丘利，比如众天使："同样地，虽说吵闹的天使像苍蝇和原子一样往来、飞舞，但他们正是这样织起了耶稣无处不在的宇宙。他们是通过哪些路径将消息四处散布的呢？通过混沌之路。如此，经过混合，所有颗粒编织了各个场所和整个天地；经过莫测的变换，在里面的，不在里面的，共同造就了全球。"④似乎全球化的过程走了混沌之路，似乎其借用了天使的通道。不过，稍稍搁置一下对此事的怀疑，我们还面临着一个无法避免的问题：天使真的存在吗？必须尽快回答此问题，以免有个天使恰好经过，我们却回答：据我们所知，天使不存在。全球化，是以天使的话语对抗摇摆不定的理性话语，理性的残余，尽

---

① Michel Serres, *Altas*, *op. cit.*, p. 12.

② 同上，第 186 页。

③ 同上，第 130—131 页。

④ 同上，第 106 页。

管不是全部，仍保存了其合法性。全球化预设了空间的同质性，然而空间在本质上是异质的。塞尔在提到但丁、提到进入一个人们往往不愿推门进入之地时说："放弃一切希望吧，未能跨过新世界门槛之人；享受彻底的自由吧，刚跨过门槛之人。"[1]一切界限都在呼唤跨越。后现代生命是灵魂破碎的行人，除了投身于绝对混杂的世界别无他选。异质是这个世界的信条。越界是它的宿命。凡入此门者，弃绝一切希望（*Lasciate ogni speranza，voi ch'entrate*）。但丁描绘的地狱所吸引的读者，始终多过炼狱和天堂所聚集的读者。此外，当所有的可能世界混为一体，地狱边境，这个路西法——往日的天使——最初的居所，成了一个极负盛名之地，住满了伟大的思想越界者。"我们离那儿还很远，/不过我已经隐约发现/令人尊敬的贤人都住在这儿。"[2]但丁一路上遇到了荷马、苏格拉底、俄耳甫斯。人们忘却了地狱是阴森可怖的；人们羡慕但丁。

从越界到越界态、舟状空间

动词越界（transgresser）源于拉丁语 *transgredi*，原本是空

---

[1]　Michel Serres，*Altas*，*op. cit.*，，p. 141.

[2]　Dante，*L'Enfer*，IV，70—72，traduit de l'italien par Jacqueline Risset，Paris，Garnier-Flammarion，1985，p. 53.

间上的意义。在罗马人口中,当人们从边界或河流的另一边通过,或从一个论据讲到另一个论据,就叫作越界。超过了限度,也叫越界。*Transgressio* 是从谓词 *transgredi* 派生而来的名词。名词体现动词的含义,但 *trangressio* 还是一种修辞手法(在西塞罗的作品中),我们今天将其译作"词序倒置"(hyperbate)。不过词序倒置一般是颠倒或拆解原本正常连缀的词语,造成句法混乱。另一些人认为,词序倒置特有的修辞效果其实是"自然而然地将某种事实或明或暗地插入看似结束的句法结构中"①。也许这种效果同样存在于越界(transgression)中,它在围栏之外布置了一片秘密海滩。越界还可能是一种违抗:我们在跨越界限时不可能不脱离准则。不过罗马人对越界的这一层含义用得并不多。他们和先前的希腊人一样,将越界视为空间中的动作:"越界指有恃无恐地跨出自己的空间,从而进入一个陌生的空间"②,弗朗索瓦·阿尔托格提到。随着时间的推移,*transgressio* 一词的含义愈发明确了。在现代法语(及现代拉丁语族的其他语言)中,越界一词从其词源不常用的含义发展出了一个新含义:越界更多是指逾越道德的而非物质的界限。比如逾越了法律。我们口中的越界所逾越的空间不再是罗马人

---

① Bernard Dupriez, *Gradus. Les procédés littéraires*, Paris, UGE, coll. «10/18», 1984, p. 237.

② François Hartog, *Le Miroir d'Hérodote*, *op. cit.*, p. 487.

的所指。对于罗马人而言,越界或许是去观察门槛以外的事物,甚至门槛本身也可以从两个角度来观察:它既是限(*limes*)——即停止线,也是阈(*limen*)——即注定被越过的有孔隙的边界。限在某种意义上是两种物态间的边界,一种获得认可而得以存在,另一种则被抛弃……而(在正式场合)不存在。当奥维德(Ovide)被放逐到黑海之滨的小城托弥时,展现在他面前的正是这个交替空间。对于奥维德和当时的罗马人而言,托弥是世界尽头,是终极之地(*ultima tellus*)。当奥维德观察达西亚人、萨尔马提亚人这些他通晓其语言的"野蛮人"的世界时,又或许当他观察希斯特河的对岸,即多瑙河时,他的目光投向了西徐亚①的虚无。带有孔隙的阈是向未知新世界开放的边界,但它是开放的而不是闭合的。可能奥维德将帝国的限变成了阈。仅仅是可能,因为我们对此一无所知。按照这个猜想,不同于那个令他终生流放到相对罗马而言天寒地冻的极北之地的罪行(什么罪?),奥维德兴许犯下了别的重罪。越界并不专指逾越有空隙的界线。它预设了一个严密地条纹化的空间,以及一种想要穿透它的意愿,这种意愿将被国家机器(德勒兹、瓜塔里之语)定义为一种潜在的入侵。条纹空间有时是众神的领地,他们高居于奥林匹斯山或天界之上,管理着各种场所和存在。入侵他们的

---

　　①　历史地名,指古代欧洲东南部以黑海北岸为中心的一地区。——译者注

领地是冒险之举，同破坏政治规范一样危险。当波斯王薛西斯借助船舰搭桥，穿越赫勒斯滂（今达达尼尔海峡），并从陆路入侵希腊时，他犯下狂妄之举，记载在埃斯库罗斯的《波斯人》(*Perses*)中。狂妄就是一种入侵，因为它让神性和人性之间不再有所区分。用阿尔托格的话来说，"这种空间上的越界也是对神之空间的僭越，是对神的侵犯。"[1]显然，行动和越界之间的间距十分狭小。在德勒兹和瓜塔里笔下，这个间距有个名字：容越轨度（épistrate），即可被容许的越轨限度。在针对德勒兹学术词汇的评述著作中，马克·邦塔和约翰·普罗特维将其归纳为"对于背离某项规范的行为的不同容忍限度"[2]。天使们就曾经历过这种变化无常的限制。其中路西法便以堕落收场：他在未"衡量"容越轨度的情况下越界了。尺度不会存在于越界中，因为越界与丈量截然相反。人们不会丈量越界之物。人们会用锐利的目光盯着它。

很显然，罗马人对于新生事物的关注超过了禁忌之物。随着时间的演变，人们或许已经相信，新生事物只会存在于被入侵的空间内。在这种不断变动的背景下，谈论越界的空间不是件容易的事。一方面是这一越界的空间，套用"词序倒置"的定义

---

①　François Hartog, *Le Miroir d'Hérodote*, *op. cit.*, p. 487.

②　Mark Bonta, John Protevi, *Deleuze and Geophilosophy. A Guide and Glossary*, Edinburgh, Edinburgh University Press, 2004, p. 82.

来说，它在某种程度上是在一个看似闭合的结构之外开放的私密地带。"我将去往那里，一直向那里去"。我们可以从社会诗学的视角来审视这一空间。那就要确定有可能被逾越的界限周围的通行规范，以及施行、破例或违背这些规范的方式。许多种规范都造成了限制：热情待客的规范就是一例。交集，即不同社会行动者之间的接触地带，受到一些明确规范的支配。这些规范预设了一个共同的节奏，一种时空的协商一致。若是缺少共同节奏，越界便在所难免。在某些情况下，越界是大规模的，会演变为不受约束的侵袭——战争便是政府的大型越界。越界是不协调的：这甚至是它的固有属性。不过它仍然遵循为数不多的几个既定规范。因而只有当有人违背了某个规范或仪式，越界才会发生。只有同时满足两个要素越界才会发生：违规者以及目击违规行为的证人。有时两者是同一个人。鲁滨逊在孤岛上划出分界线，并愉快地兼任裁判和选手。但鲁滨逊自己很快就从这种隔绝状态中抽身：必须有"星期五"这个角色登场，或许是因为越界本来就产生于互动中。人们是否过快地沦为了自己私人法庭的专属辖区？规范在原则上是独断的。它在口头或书面话语中被阐明，总之会被宣布，也就是在一连串的法律条文中被领会，这些条文也会留下尽可能小的解读空间。规范的独断性当然也会扩展到周围环境中：它规定每个瞬间都具有同质的时限，每个场所都从属于统一的空间。时间直线的替代物一旦形成，越界便出现在被治理空间里那些过于规矩的图形中。它采取侧移步（sidestep），使无法计算的时空变化能够被感知。规范将时空变成一个独一无二且注定始终如此的整体。而越界造成了异质性，也就造成了多时性（polychronie）（不同时间性的联结）和多地性（polytopie）（不同空间性的组合）。多地性是在多元性中被感知的空间。然而空间的多地性视角为个体保留了一片私密海滩，个体可以在此抵御外部侵袭。这是秘密的空间，词序倒置的空间，在这里，个体展现出私密的真实，不受世界之眼和规范制约的侵扰。一面希望被规范认可，一面需要游离于规范边缘的自由，两者间的张力将个体置于一个共存着一系列步调不一、勉强合拍的节奏的社会中。并非所有人都生活在同一速度下。况且速度本身就是个相对概念。对于印第安霍比人来说，为了建一条高速公路而破坏新墨西哥州西北方的沙漠景致是不值得的。造路有什么用呢？霍比人生活的慢节奏与白人的狂热截然不同。多时性和多地性孕育了一种多节奏性，在人类学上已经有所研究。在文学理论中，多节奏性的概念差不多被遗忘了。这令人遗憾，因为时空中纪录的多元性和由此带来的节奏增殖尤其奠定了社会诗学的研究方法。书面规范的确是一个独断的实体，但它会被一些非书面的规则加以完善甚至是补充，这些规则旨在管控前者留下的空余，保障平稳过渡。

越界并不一定是主观意志行为的结果；它同样来源于未协调好的过渡及不受控的压力，这种压力会演变为骚乱。我不无担忧地思量着，在我寄居的利摩日地区，当客人拒绝遵守"别进来！"(*Chabaz d'entrar*！)的指令时，会发生些什么。一些实实在在的仪式的作用正是将本来被视为越界的行为变为可被接受的过渡。类似机制的一个绝佳例证发生在科索沃边境的拉佛什地区。那里曾通行著名的《卡努法典》(*kanun*)，这是一部氏族习惯法，被认为是勒克·杜卡吉尼(Lek Dukagjini)所编，他是阿尔巴尼亚的英雄，曾与乔治·卡斯特里奥蒂(Georges Castriote)在15世纪末组织抵抗奥斯曼人。该法典于阿尔巴尼亚独立时(1912年)被记录成文，它所确立的行为规范被认为是阿尔巴尼亚人生活各个方面的准则。其旨在为各种各样的问题给出答案。比如，如果一个外来者希望进入一栋住宅，要如何处理？在受控的前提下是可以靠近的，同样地，从前在希腊，异乡人(*xenos*)有神灵(*theos*)的美誉。但是，不受当事人掌控的通行则构成了一种越界，被认为是侵犯。因此，越界就沦为了时空界面的管理不当(不同步)以及行将夭折的互动行为(不一致)。一般来说，越界行为有多种动因：有时出自恶意，更常见的是不易察觉的、极其微小的偏差，这往往是因为施动者对规范不够了解。在其最著名的作品中[《H档案》(*Le Dossier H*)、《破碎的四月》(*Avril brisé*)等]，伟大的阿尔巴尼亚小说家伊斯梅尔·卡达莱(Ismail Kadaré)就受到了这种规范的多个变体的启发。用爱德华·霍尔的话来说，他实际上探讨的是"个体是如何相互连接、又因为不可见的节奏体系和隐藏的时间墙而彼此隔绝的"①。时空界面的管理是任何一个致力于调控通行路径、断绝越界行为、让外来事物变熟悉的合法团体最关切的事，这种管理表现为节奏的一致或不一致——当人们靠近门槛、靠近紧密结合的（社会）单位之间的分界线时，不一致的情况更有可能发生，也更加可怕。这当然就是热情待客规范的作用，即尽可能避免弄混客人（hospes）和敌人（hostis）的身份。

不过界面类型学并不局限于对热情待客规范的研究。它囊括了逾越界限行为的各个方面。越界与运动性（mobilité）是同外延的。越界是塞尔笔下灵魂破碎的行人、德勒兹和瓜塔里所说的游牧者，以及所有厌弃停滞与定居之人的本质特性。空间的越界发生于小型单位，甚至于私密范围内。与此相反，它涉及的却是大型团体。从宏观层面来说，任何位移都能引发越界。传统上对"规范"的定义，即不能逾越的标准和参照的纲要（compendium），正是这种解读的依据。的确，根据法律，"规范管辖一个领域"。当然，立法者所说的是分类法中的某个应用准则的领域。但"领域"也可以从空间意义上理解。那么领域指的就是一个开阔的地点单位，其一致性由一个意义共同体和一

---

① Edward T. Hall, *La Danse de la vie. Temps culturel, temps vécu* [1983], traduit de l'américain par Anne-Lise Hacker, Paris, Seuil, coll. «Points», 1992, p. 11.

种约定俗成的共时性所保障。如果这个规则是通用的，围绕这
种规则的讨论亦是如此。的确，越界行为显然可以与空间化为
一体，并适用于大型团体。空间总体上会在稳定状态下被感知
（除非它遭到试图改变现存状态的战争的破坏）。按照赫拉克利
特的观点，可以说空间在本质上就是要被逾越的。它并非固定
的，它会波动，会受到力的作用（或产生动力），它造成了（或源
于）空间的永恒波动。或许，这种永恒运动（perpetuum mobile）
所认可的与其说是越界，不如说是一切空间的、一切对场所的感
知的内在越界性。哲学致力于研究这种永恒运动。赫拉克利特
早已说过，"万物皆流"（Panta rei）。在文学领域，这一观点被尤
里·洛特曼用在他论"符号域"（sémiosphère）的作品中，被伊塔
马·埃文-佐哈（Itamar Even-Zoha）用在他构建的多元系统理论
里，还被德勒兹和瓜塔里采用，他们开创了一种真正的辖域（ter-
ritoire）辩证法。这种越界性的影响还以一种更为具体的方式，
促使每一种以受限制的少数派（民族、性别、宗教等层面）的话语
为依托的文学去对抗主导话语以获得话语权。根据研究方法的
不同，这一领域的名称也有所不同。对于洛特曼这样的符号学
家，它是"符号域"；对于德勒兹和瓜塔里，它更多的是一种辖域；
而对于女性主义研究的领军人物、同时也是一名奇卡娜（chica-

na）①的安扎杜尔而言，它则是脱胎于一切越界和一切过渡的边界（*Borderlands*）或荒界（*La Frontera*）。但无论如何，不稳定性构成了这一单位的区别性特征。在此情况下，任何一种再现都不能以停滞状态去定义空间。熵似乎蔓延到了存在物的各个层面。越界是一个伴随着运动和动机的过程。与私密领域里所发生的事情相反，这不再是作为参照的固定规范。在这里，越界对应的是一个交迭，后者产生自一个扰乱关键性平衡的运动。在某种意义上，越界是振荡的结果，这种振荡同大陆的偏移、地质基底的冲撞一样无法归因于个体责任和单方面行为。当越界被认定为永久现象，它就不再是某一次孤立的自发行为的结果；它成为了一种状态。越界性状态构成了作用力的特征，作用力持续不断地对各个异质空间起作用，使其成为了保拉·萨卡利亚（Paola Zacaria）口中的复式"发芽辖域"（territoire de germination）。

越界性原则内在于空间的一切动态再现（与静态再现相对）之中，对大部分从宏观层面进行空间或空间化思考的文学、符号学和/或哲学理论而言，这一原则居于核心地位。大多数关于空间的后现代表述下的自然环境都具有异质性特征。与其将这一假设相对化，我更愿意完全肯定它，因为，如果说时间线的解构

---

　　①　在当代欧美"批判性种族研究"领域，奇卡娜（chicana）/奇卡诺（chicano）特指美国西南部墨美混杂族裔，分别指代男性和女性。——译者注

是后现代审美的关键标准，那么对于空间异质性、越界性的感知则是另一个标准。所以我要修正一下我的话：一切关于空间的后现代表述中的自然环境都具有异质性特征。描述多样性的词汇毕竟贯穿了几乎所有的空间性研究，还更为全面地覆盖了逻各斯的不同空间化形式。我们早已习惯于"场域"（champs）"领域"（domaines）及其他支撑研究话语并使其趋于专业化的"场"（aires）的表述。从此，我们在这种分类地理学中纳入了一个以流动性和互动为前提的更为完善的语义。在其 1984 年出版的作品《数量与地点》①中，严格意义上并非"后现代主义者"的弗朗索瓦·达戈涅提及了"多层嵌套"（multi-emboîtement）又或是"多元包围"（pluri-enveloppement）的逻辑，他创造的这两个表述是用来论述荷兰绘画的。其他人谈到"合生"（concrescences），即属性不同的物种最终共同生长。还有人提到了"布局"（agencements）。正如一切辖域都试图稳定化其自身空间的再现，空间也是——借用德勒兹和瓜塔里的妙论——"异质元素的集–合体②"（un tenir-ensemble d'éléments hétérogènes）。该"集–合体"并不是因结构脆弱导致的症状，也不是易碎情况下含糊不明的权宜之计；而是一些微妙的机制，它们让当代空间得以同时从所有穿过它的、各种各样的动力中获益。流动化的空间

---

① François Dagognet, *Le Nombre et le lieu*, Paris, Vrin, 1984.

② Grilles Deleuze, Félix Guattari, *Mille Plateaux*, *op. cit.*, p. 398.

因此成为了"存在于物质系统中的各种动力的交互地点"①。不过还有另一种表述方式，也许更有诗意。15 世纪时，伟大的莱昂·巴蒂斯塔·阿尔伯蒂（Leon Battista Alberti）在其作品《桌上谈话》（*Intercoenales*）中论述过构成他的家乡，也即分裂的意大利的众多小邦国，他在论述时为这些小邦国创造了"舟状的"（*naviculae*）这个修饰语。从 15 世纪舟状的邦国（les États naviculae）到后现代空间的舟状状态（L'état navicule），其间经历了几百年。但越界性始终如一，因为在一个向越界、偏离、扩散、分散、异质开放的环境中，它是唯一的常量。

大型集合的地质和越界性 1：多元系统与符号域

大型集合的地质在形成前需要经历至少两类运动的考验。一类是偏离运动，它内在于每个基底和同一系统的所有构成元素中，该系统在这种运动下即为"辖域"，地质震动将不可避免地遍布这块辖域，并抹除任何稳定的、同质的再现意愿。另一类是越界运动，当隔离多块大陆、多个竞争系统的边界被打破，越界运动便发生了。关于这一点，埃文-佐哈谈到了单一系统中的内部关系（intrarelation）和不同系统间的相互关系（interrelation），

---

① Mark Bonta, John Protevi, *Deleuze and Geophilosophy*, *op*, *cit*., p. 17.

即"一个系统与受其他社群控制的不同系统间的关联"①。不管采用哪套术语，在第一种假设下（内部关系），两种或多种动力会相互竞争。这些动力是可调节的，人们却将其归入了德勒兹和瓜塔里提出的解辖域化（déterritoralisation）概念下，甚至归于将中心和边缘对立起来的双极性概念下——埃文-佐哈曾从符号学层面专门探究双极性，而所有曾思考过阈限（liminalité）问题（空间、身份、文化意义上）和边界问题的人都从文学层面探讨过这一概念。至于第二种假设（相互关系），我们要简要回溯一下尤里·洛特曼所描述的符号域的冲撞在一个处于绝对活动状态的环境中所引发的效果。不过，内在关系和相互关系间的差别当然不是既定的，因为正如埃文-佐哈所指出，"'内部'和'相互'两个概念本身既不可被视为静态的，也不能被认为是一劳永逸的"②。

越界是指逾越某个界限，该界限以外存在着一定的自由余地。当越界变为恒定的原则，它就变成了越界性。对于规范和作为规范适用"领域"的辖域（管辖范围、区域划分等），越界式的审视始终带有解放的意味。但越界同样存在于差距中，存在于新的、出乎意料的、难以预测的轨道上。它是离心的，因为越界

① Itamar Even-Zohar，«Polysystem Studies»，in *Poetics Today*，11：1，1990，p. 23.

② 同上，第 24 页。

意味着逃离系统的核心，逃离指涉空间。社会学家米歇尔·马费索利在其有关游牧生活的研究中指出："我们来自一个场所，并以此为基点建立联系，但为了让这个场所和这些联系完全获得意义，它们不论在现实中还是幻想中都必须被否认、被逾越、被越界。这是存在之悲情的标志：任何事物都无法在综合性的超越中得到解决，但一切都活在压力与不满足中。"①换句话说，越界是脱轨的，因为其衍生出不同的岔路，正如崔彭的花园里所有的岔路都通往他处。越界，脱轨："移动"的含义体现在词缀 *gredi* 里，"趋向他者"和"不满足"的含义则体现在 *trans* 和 *dis* 这两个表示非固定性的前缀中。在拉丁语中，*dis* 的本义是实现完成和饱和状态前的分离，仿佛"不-同质"（dis-parate）在古代是被看重的。*Dis* 也是形容土地富饶、肥沃的修饰语。最后，*Dis* 还指冥王普鲁托，他是掌管升天入地、在地上和地下之间徘徊的神。因此 dis 在但丁的《神曲》中也用于指代"魔鬼之城"②。对大集合体而言，越界性原则表现得与众不同。它指代的不再是逃离中心和逃避"法规"，即国家机器定下的带有综合性、甚至是侵略性的条例规定，而是要正面对抗规定。因为，正如让·鲁多

---

① Michel Maffesoli, *Du nomadisme. Vagabondages initiatiques*, Paris, Le Livre de Poche, 1997, p. 73.

② "狄斯"在但丁的《神曲》中同时是撒旦及其领地的名称；"狄斯之城"位于地狱第六圈，其存在是为了惩罚那些活着时犯罪的人，例如持异端邪说者、杀人者、自杀者、亵渎神灵者、篡夺者等。——译者注

着重强调的："长久以来，中心原则似乎是各个领域唯一的一致性原则，例如精神力量（唯一的神）、政治拉锯（掌握神授之权的君主）和语言扩散（宫廷用语）；但同时它又只是众多神学本质观点中的一种。"①中心并非总是系统的动力。当它躺在自己的地位上沾沾自喜的时候，中心便已失去了中心性。中心是过去某一时刻的结晶；它在一个具体的瞬间确立了自身的地位，在那一瞬间，它凭一种动力将记忆烙印在自己身上：就是记忆，这是一种矛盾的确认，它可以通过拟像的、空洞的、虚无缥缈的力量使"当下"转向。于它而言，边缘代表对债务的一种简单的承认，这种承认确认了过去的存在，确认了曾经存在却不复存在之物的力量。总之，中心是乔吉奥·阿甘本在其 1977 年的著作《诗节》②中所定义的诗节，即一种庇护着不合时宜之物，并将其视为最宝贵财富的虚无。一个幽灵，一个幻象。自此，正如置身朱利安·格拉克笔下那座本身也是一个中心化系统的城市那样，我们得以目睹"一种无序的增殖，这种增殖始于一个生殖细胞，它未必与其神经的或功能的'中心'相吻合"③。这个生殖细胞

---

① Jean Roudaut, *Les Villes imaginaire dans la littérature française*, Paris, Hatier, coll. «Brèves», 1990, p. 132.

② 参见 Giorgio Agamben, *Stanze* [1977], traduit de l'italien par Yves Hersant, Paris, Rivages, coll. «Poche», 1988 (1981). 原作的副标题为 *La parola e il fantasma nella cultura occidentale*（西方文化中的语词与幽灵）。

③ Julien Gracq, *La Forme d'une ville*, Paris, José Corti, 1985, p. 28.

通常——也许"总是"？——处于边缘。的确，边缘的实体将目标对准中心，旨在缩小、消除与中心之间的距离，乃至取代中心。同样地，脱轨具有向心的趋势。再强调一次，原动天（primum mobile）①是一个时间范畴内的认定：共时性不是同质的；它被大量的历时线条所穿过。明白地说，现实是由多种力量排布而成的，这些力量多少有些互相矛盾（与熵类似），扰乱了同质的"当下"的协调状态。"当下"是由过去复合而成的。这意味着作为本体论参照的空间中心和现实是相互吻合的，但这种吻合是即兴的、虚幻的，并且无论如何都是暂时的。共时性受制于起干扰作用的历时力量，同样地，（一个看似单一系统的）单数中心与总是呈复数形式的边缘联结在一起。埃文-佐哈指出，"这就是为什么单一系统十分罕见，但是，必然存在一个多元系统——一个复式系统，一个由多个相互交叉的不同系统混合而成的系统"②，他给出了多元系统的如下定义："多元系统也即'系统的系统'，它在多元系统理论中被视为一个多层化的整体，在这个整体内，中心与边缘的关系是通过一系列对立建构起来的。"③显然，这种方法包含了越界的概念，某种程度上也排除了该概念中的一切否定性内涵。越界是系统的一部分。同样是它将一个

---

① 托勒密"地心说"中的天体第十层，也就是最外层。——译者注

② Itamar Even-Zohar，«Polysystem Studies»，*op. cit.*，p. 11.

③ 同上，第 88 页。

看似同质化的系统变成异质化的多元系统。它与永久确立了参考极点的静止态相对立，所谓参考极点就是中心和边缘，前者是享有特权的点，后者则是由多少有些远离中心的点构成的无限序列。在跨越这种双极性的语境下，我们所说的越界态指的是中心和边缘之间持续不断的振荡，是边缘力量向中心靠近的尝试。它符合为我们所探讨的实体赋予活力的运动性原则。总的来说，它不会进入受既有合法性和等级制度认可的价值观范畴。界限被纳入了一个活力场域，在场域边缘演变的力量旨在遵照某种干扰法则来靠近中心。于是，越界被抵消了：它不再必然被负面系数影响，而仅仅是系统或"系统的系统"所固有的简单的跨越行为。

这项理论令人振奋，尽管理论发起人从未将其推演到极致。埃文-佐哈主要致力于该理论在两个领域的实际应用：文学价值研究和翻译问题。他认为，文学经典是一个幻象，因为"没有一个研究场域，不论是宽泛意义上还是严格意义上的'科学'研究场域，可以根据喜好标准来选择研究对象"①。歌德等人在他之前就注意到了这一点。但埃文-佐哈的表述更具符号学上的概括性，对现象的思考也更加系统："经典文化和非经典文化间的张力放之四海而皆准。这种紧张关系存在于一切人类文化中，

---

① Itamar Even-Zohar，《Polysystem Studies》，*op. cit.*，p. 13.

因为不存在没有分层的人类社会，即便在乌托邦内也不存在。"①这种针对文学经典的思考带来了一个相关问题：翻译在多元系统中的位置（埃文-佐哈以从俄语到希伯来语的翻译为例进行探讨）以及翻译在一直被责难未对翻译学予以足够重视的比较研究中的地位（此类批评实际上并非毫无根据，尽管近年来相关人士付出了大量努力以填补空白）。不过，将多元系统理论引入更广泛范畴的做法极具诱惑力，这当中蕴含了对受制于相互竞争的文化系统的人类空间的思考。我们可以考虑将多元系统理论以及脱胎于俄国形式主义的各类假说移植到后殖民研究和盎格鲁—撒克逊世界发起的其他文化与性别研究当中。因为可以说阈限（liminalité）是上述每种研究方法的核心，即便这看似是个悖论。"的确，每当有至少两种文化建立了联系，每当不同人种占据了同一片辖域，每当最底层、下层、中层和高层阶级间有了接触，每当两个个体间的空间变成私密区域，边界的形态便出现了"②，格洛丽亚·安扎杜尔这样说道，她描绘了这样一个多元系统，置身其中的人能够汲取日常生活的活力。文化地质学中大集合的宏观平面图在边缘少数群体同多数群体的多义性规范作斗争的实际过程中找到了解决方法，该多数群体的领

---

① Itamar Even-Zohar, «Polysystem Studies», *op. cit.*, p. 16.

② Gloria Anzaldúa, *Borderlands - La Frontera. The New Metiza* [1987], San Francisco, Aunt Lute Books, 1999, p. 19.

导权（核心地位）永远是临时的，也只能是临时的。

　　作为俄国形式主义的直接继承人、著名的塔尔图（位于爱沙尼亚）符号学学派的开创者，尤里·洛特曼在其符号域理论中进行了一项可以比拟埃文-佐哈的研究。洛特曼认为，空间分布不均的能量之间的斗争性不再内在于系统，而是在多个系统整体的交汇中显现。关于这一点无需多言，显然，"系统内部"和"系统之间"的差异很微妙。除此之外，有一些似乎让埃文-佐哈无能为力的案例在洛特曼这里却得到了解决：符号域系统并非依托于一个简单的认知基础，它还包含了情感。正如雅克·封塔尼耶所说："这些（关于文化事件的）感知引出了两个补充性的方向：第一是认知层面的方向，它主要涉及文化和话语的内部结构，尤其是各部分和整体之间的关系（这种关系有时和谐有致，有时则混乱无序）；第二是情感或感情层面的方向，它主要涉及'他们'的存在对'我们'造成的影响（安全／威胁）。"[1]这种认知／情感的双价结构催生了对符号域的空间感知，符号域被视为一个空间化的意义单位，或者按照洛特曼的说法，"不同语言存在和运行所必需的一个符号学空间"[2]。跟巴赫金一样，洛特曼构想了一个对话，只不过是有关宏观领域的对话。在这一点上，封

---

　　① 　Jacques Fontanille，«Formes tensives et passionnelles du dialogue des sémiosphères»，in *La Géocritique mode d'emploi*，*op. cit.*，p. 119.

　　② 　Youri Lotman，*La Sémiosphère*，*op. cit.*，p. 10.

塔尼耶提供了一个有用的观点:"对话的概念并非完全恰当,因为参与者是人与非-人:'我们'和'他们';这就是为什么复调概念可能更为适用。没关系,正是在'我们'和'他们'的互动中诞生了不同的意指层级。"[1]此外,洛特曼的符号域还部分仿照了弗拉基米尔·伊万诺维奇·沃纳德斯基(Vladimir Ivanovich Vernadsky)提出的生物圈概念:空间因而在矩阵中得以很好地呈现。在洛特曼看来,对于由符号域开辟并围绕符号域存在的空间,为其赋予活力的符号学系统"处于一个恒定的流动状态"[2]。越界还成为了"边缘文本"里神话、传说等故事类型的主人公体现的行动原则,这类文本中"重构了一幅由偶然和无序主导的世界图像……一幅混沌的、悲剧的图像"[3]。在梳理一系列文学例证时,洛特曼又重提了但丁《地狱》第二十六章中的奥德修斯,他认为后者是沉浸于真实地理空间的旅行者的原型。洛特曼还阐释了真实空间和再现空间的关系:"真实空间是符号域的符号再现,是一门让其中的非空间意指能够得到表达的语言,而符号域则将我们所置身的空间的真实世界变成了其形象的再现。"[4]这个观点十分关键,因为它假设了真实与非真实间的交

---

[1] Jacques Fontanille, «Formes tensives et passionnelles du dialogue des sémiosphères», *op. cit.*, p. 118.

[2] Youri Lotman, *La Sémiosphère*, *op. cit.*, p. 55.

[3] 同上,第73页。

[4] 同上,第124页。

流，甚至是真正的互动。在这一理论语境下，洛特曼得出了与德勒兹相似的结论就不足为奇了，即空间图像是一种"如整体一样运转的异质混合物"[1]。

大型集合的地质学和越界性 2：解辖域化、再辖域化

关于空间再现的活动性，在我看来最完备的宏观理论恰恰是德勒兹的理论，这套理论大部分是他与瓜塔里共同创建的。与洛特曼和埃文-佐哈一样，德勒兹与瓜塔里同样实现了越界概念本身的中立化，因为"不必再从变量中提取常量，而要让变量本身处于持续变化的状态"[2]。当变化持续进行，局部的越界行为（即还未成为常量的变量）就进入了永恒的越界性状态，该状态会影响辖域，即一个身份与空间的指涉系统的别称，该系统希求同质……却并不同质。越界专属于那些基于同质性和唯一性的系统，这些系统具有明确的、稳定的、可能被忽视的边界。越界在异质的、多重的系统内会改变属性，这些系统自有其专门的对策。因为如果在一个整体内规则的出台构成了一个选项，如果该整体被视为一片可供解域、可供逃避的辖域，那么越界在该整体内就难以被观察。正如德勒兹和瓜塔里所说，这样一片辖

---

[1]　Youri Lotman, *La Sémiosphère*, *op. cit.*, p. 147.

[2]　Gilles Deleuze, Félix Guattari, *Mille Plateaux*, *op. cit.*, p. 458.

域"向所有阶层索取，它腐蚀这些阶层，尽管遭到入侵时不堪一击，它仍然牢牢控制着这些阶层。它内有住宅区和庇护区，外有管辖区，还有收缩自如的界线和外膜，有居间区甚或中立区，还有仓库或储存能量的附属区域"①。词序倒置始终是这块私密领地中主导的修辞形式，这种形式是公开的，无须在有待逾越的界限以内隐秘进行。一层简单的膜，必须是可收缩的膜，就足以保护这块领地免受某种规范的攻击，这种法规试图与该领地过度亲近。德勒兹和瓜塔里明确指出："关键在于人们在规范和辖域之间发现的差距。"②然而，一个接纳和确认差距存在的系统便据此杜绝了越界行为。不再有中心和边缘之分；除了源于两种空间观之根本区分的等级外，不再有其他的等级体系：条纹空间、平滑空间。每个系统的内在属性趋于模糊。德勒兹式的辖域在其外观和表征上是不可预测的，也是没有根基的。它甚至没有以胚根系统的形式出现，在这种系统的最边缘（in extremis），一切秩序都在无序状态下归于消散。它如同一个块茎，像一个既无始也无终的球茎或块根："块茎的任意两点都可以连接，也理应相互连接。这与固定一个点、一种秩序的树或根极为不同。"③块茎状的辖域受制于时间的去线性化，受制于形成-表

---

①　Gilles Deleuze, Félix Guattari, *Mille Plateaux*, *op. cit.*, p. 386.

②　同上，第 396 页。

③　同上，第 13 页。

层(faire-surface)。这个失去秩序的时空十分符合后现代的流动形式。由于其块茎形状，辖域在时间中毫无稳定性可言；同样的，其空间性也是变化的，乃至捉摸不定的。一条条逃逸线覆盖了辖域，并在其中引起了"反意指裂变"(une rupture asignifiante)。逃逸线孕育了一种不可预测、非永久性的动力，这种动力作用于整块辖域。德勒兹和瓜塔里认为，逃逸线之所以是"分子的"，是因为它"不再环绕边缘，而是穿行在物体之间，穿行在点之间。它属于平滑空间"①。与其相对立的是条纹空间中的"克分子"线(ligne "molaire")，其"可数的多元性在高等的或补充的维度上始终臣服于唯一性"②。无序能量的排放会影响辖域，以至于将其中稳定的同一性全部排尽。受制于一个避开了合法化宏大叙事(即利奥塔汇总的各类"宣言式"意识形态)的辩证法，辖域不再是单义的。逃逸线引发了解辖域化。受到解辖域化能量的促动，辖域会经历短暂的再辖域化，而再辖域化本身随后又会解辖域化，如此往复。正如永久性的越界最终会变为越界性，一个被置于无止境活动状态的辖域终将受制于(可以这么说)一种几乎无法察觉的、能够解辖域的辩证法。于是，辖域将被遮蔽以获得不断发展的辖域性，一切划定界线的尝试都注定昙花一现。至于解辖域化，它在引向新事物时是绝对的；当最

---

① Gilles Deleuze, Félix Guattari, *Mille Plateaux*, *op. cit.*, p. 631.

② 同上。

终与传统重建联系时,解辖域化则是相对的,尽管辖域如同赫拉克利特所说的河水,其同一属性从不会出现两次。这种辩证法不属于任何价值论系统。再辖域化也有可能导致糟糕的后果。因此,在1991年出版的《什么是哲学?》中,德勒兹和瓜塔里提到了马丁·海德格尔的例子,他"在再辖域化的道路上迷失了,因为这些路上既无路标也无护墙"①。在护墙之外倒有很多闪光的铜片。海德格尔在弗莱堡大学穿的纳粹制服就属于这种情况。将一切解辖域化是危险的。事实上,对于身份的解辖域化感知是部分人的特征,他们在缺乏参照物的情况下也不会试图寻找替代的"根基性"秩序,即围绕某个"根基"建立的秩序。糟糕的境况只出现在替代根基中,它们在倒退中谋求进步的烙印。然而这是条窄路:将旧事物解辖域是乏味的行为;将新事物解辖域是有雄心的、必要之举,也是冒险之举。德勒兹和瓜塔里试图阐明解辖域化这个概念:"是否存在绝对的解辖域化? 首先必须搞清楚解辖域化、辖域、再辖域化和土地之间的关系。首先,辖域与在其内部起作用的解辖域化矢量是不可分割的……其次,解辖域化与相对应的再辖域化也是不可分割的。因为解辖域化从不是单一的,而是多重的、复合的……而作为原初行为的再辖域化并不会反映向辖域的回归,而是反映解辖域化内部的区别

① Gilles Deleuze, Félix Guattari, *Qu'est-ce que c'est la philosophie*? Paris, Minuit, 1991, p. 104.

性关系，以及逃逸线内部的多样性……最后，土地绝不是解辖域化的对立面：在'故乡'的谜团中我们已经可以看到这一点，作为炽热、偏远或热烈的策源地，故乡的土地处于辖域之外，且仅仅存在于解辖域化的运动中……可以说，被解辖域化的土地本身就与解辖域化有着严格的相关性。以至于解辖域化堪称土地的创造者——新土地、新世界，不再仅仅是再辖域化。"①德勒兹和瓜塔里在此处定义的基本原则与空间的动态再现十分匹配。人类空间——不管是具体到政治、哲学、地理、文学还是其他语境——受到一种表现出强烈运动能力的辩证法的驱动。接下来要知道的是，我们如何对待解辖域化所引向的"新事物"，如何对待这种转瞬即逝的"辖域性"所体现的"现代性"。

德勒兹的地理哲学（géophilosophie）对近年来的一系列空间概念影响很大。诚然，这种地理哲学也招致了一些抨击。卡伦·卡普兰指责德勒兹（她忘了瓜塔里）构想了一项助长帝国主义的研究方法，或者应该这样说：它只会助长帝国主义，因为"殖民空间被再解码或再辖域化的过程中，有可能不产生新殖民主义吗？"②我认为这个问题提得令人诧异，因为卡普兰丝毫没有考虑到德勒兹和瓜塔里发展其理论的本体论和认识论环境。如果说解辖域化是进化所必需的行为，在线性进步的概念遭到质

---

① Gilles Deleuze, Félix Guattari, *Mille Plateaux*, *op. cit.*, p. 635.

② Caren Kaplan, *Questions of Travel*, *op. cit.*, p. 90.

疑的语境下,其并非像卡普兰所认为的那样,将注定发展成一次有害的再辖域化,更不会演变成(蓄意的)帝国主义性质的再辖域化。德勒兹和瓜塔里是公认的(身份、学术和文化的)游牧主义的集大成者;而游牧者涵盖了一切少数群体。在其有关西徐亚游牧者的研究中,弗朗索瓦·阿尔托格对于游牧者与国家机器及同质化的中心性之间的关系表现得比德勒兹、瓜塔里更为谨慎。[①] 他强调了一个奇怪的现象:赫耳墨斯是阿戈戈斯城(*agrós*)的主人——这片土地是游牧民族的必经之地,他却在托弥(奥维德的托弥)以北的游牧居民中没有对应形象。然而赫尔墨斯却是游牧之神……正如威尼斯是游牧之城。前者用带有飞翼的脚踏遍世界;后者则浮于表象之上。"一只脚用于降落地面,飞翼则用于离开地面,在冒险的本能强烈到自己无法再满足于日复一日的常规时逃离。赫耳墨斯的形象与威尼斯的面具相得益彰,这是自给自足的表象面具,是狡猾与伪善的面具。这种面具扰乱、同时也促成相遇。它是一场逃离的诱饵和前兆。赫耳墨斯指涉的是掠过地面而不被束缚的流浪。"[②]赫耳墨斯和威尼斯之间的这种不谋而合是米歇尔·马费索利的杰作。不过为了继续讨论西徐亚人中的赫耳墨斯——或他的缺席,我们暂时先把威尼斯放到一边。实际上西徐亚人的主神是灶神赫斯提

①　参见 François Hartog, *Le Miroir d'Hérodote*, *op. cit.*, p. 212 et s.

②　Michel Maffesoli, *Du nomadisme*, *op. cit.*, p. 88-89.

亚，她是家庭空间的中心，是稳定、永恒、持久的象征。为什么是赫斯提亚而不是赫耳墨斯呢？阿尔托格认为，这是因为赫斯提亚是王权的象征，这一猜想似乎很有根据。换句话说，在西徐亚人的体系中，国王处于权力的中心，君王所在之处便是世界的中心。因此，再辖域化发生于这样一个中心，该中心在游牧的相对空间中移动，但保留了在其规范所再现的绝对空间内的位置。皮埃尔·保罗·帕索里尼（Pier Paolo Pasolini）在其1970年的电影《美狄亚》（*Medea*）中完美呈现了这一（明显的）悖论。与伊阿宋一起登上了阿尔戈战船的科尔基斯公主美狄亚一直保有游牧者的身份，直到她终于确定了自己世界的中心。她踏上希腊的土地，一片没有符号的、龟裂的土地，既没有树，也没有石头，却失去了世界之轴（*axis mundi*）的衡量尺度。正是从此时起，她对伊阿宋的爱产生了最初的裂痕。与此同时，伊阿宋以为能够包围其伴侣已经舍弃的中心。阿尔戈英雄企图夺取金羊毛及其所在的那棵树，以此确立新的翁法洛斯（*omphalos*），也就是世界的肚脐。然而这一企图是徒劳的，过分的，总之是混杂的。美狄亚的眼神渐趋阴暗，而这一次，又或许是第一次，伊阿宋的眼神显出困惑。肉欲之爱曾一度重建了两人之间的平衡，然而好景不长：后面的故事我们都知道了。这个剧情引出了两个发现。一方面，解辖域化并非一定是越界性的，因为正如恶狼会出现在许多羊棚中，权力也存在于大量的褶皱中。另一方面，德勒兹和瓜塔里理论的边缘带有摩尼教色彩，因为平滑性和条纹性并不是完全对立的：平滑性也有可能隐藏了一些条纹，而这些条纹会在使用中显露出来。后现代的游牧者突破了游牧主义的传统范畴，后者的定义便建立在活动和静止的对立关系之上。游牧者代表了全部少数群体。他们的空间是平滑的，或脱胎于某个条纹空间的平滑部分；套用德里达的术语来说，他们的历史是"交-替的"（alter-native）。从这一视角来看，后殖民的空间一定是游牧的，历史亦然。二者不断被解辖域化、再辖域化，遵循着一个不是、也不应该是新殖民主义的逻辑——或者说，我们应该对世界，而不是对德勒兹和瓜塔里感到绝望。

　　仅仅作为时空沉积物的辖域存在吗？援引某种只会诞生于动力、诞生于永恒运动、诞生于伴随任何运动的责任感中的"辖域辩证法"难道不是更好吗？地理哲学提出了这个问题，并试图做出回答。也许正是通过这种方式，地理哲学才成为了历史化哲学走向空间化哲学的决定性标志，时间上的进步概念也让位于空间上的解辖域化概念。它或多或少地启发了许多学科的大量思考，这种影响始于哲学。在意大利，马西莫·卡西亚里于1994年出版了《欧洲地理哲学》一书，他曾任威尼斯市长，该市是解域化城市中的典范。① 我们发现，该书法译本的标题《欧洲

<hr />

① Massimo Cacciari, *Geo-filosofia dellL'Europa*, Milano, Adelphi, 1994. 法语版：*Déclinaisons de L'Europe*, traduit de l'italien par Michel Valensi, Éd. De L'Éclat, 1996.

之变格》(*Déclinaisons de L'Europe*)抹去了一切与地理哲学的关联。或许他们认为，当一场流血冲突席卷波斯尼亚时，欧洲更关注宾格的变化而不是地理哲学吧。卡西亚里对德勒兹的理论做了有趣的补充。他首先将地理哲学的原则运用在了作为欧洲之序幕的希腊时期，并朝着现代时期一路思考下去。沿着这条路径，卡西亚里借助意大利语提供的微妙差异（谓语 *essere* 和 *stare* 合流为同一个分词，即 *stato*）来区分两种存在的属性，一种是动态的，一种是静态的。为了存在（*essere*），欧洲与所有空间一样，都要反抗静止（*stare*）；欧洲应该动起来。卡西亚里认为，欧洲动了，不过是单向的动——向西运动，这符合一种被希腊人称之为出海（exokeanismos）的古老冲动。"出-海"（exocéanisation）反映了 *neoteropoioí*，也就是革新者在文化边界（生者的王国）和/或地理边界（赫拉克勒斯之柱）之外的身份探寻，在卡西亚里那里，但丁笔下的奥德修斯成了革新者的典范，这与之前洛特曼的观点一致。[①] 作为可感知空间的欧洲从未静止过；它曾经存在过（été），但从未存在（être）于静止（stare）中；用卡西亚里的话来说，它是既有又无之邦（*tópos átópos*），是居无定所的（*áoikos*）、以精神为家的雅典人渐行渐远的故乡，如同伊塔克人的浮岛，任凭风和众神的喜怒无常摆布。这很好地解释了一段总是带有悲剧色彩的历史的兴衰变迁。就像卡西亚里所

---

① Massimo Cacciari, *L'arcipelago*, Milano, Adelphi, 1997, p. 65.

补充的，西方也是黄昏之乡。在所有缓慢的解辖域化进程中，也许要数欧洲的解域化消耗了最多的创新能量。年迈的欧洲？西方，这片夜晚之地，也是人们在一天漫长劳作之后的休憩之地，人们在这里休整以恢复精神。① 斯嘉丽·奥哈拉的迷人身影始终飘荡着："明天又是新的一天。"但卡西亚里并未仅局限于欧洲的地理哲学上；他还汇总了观念的历史，有时也包括有害观念的历史上指涉空间运动性的术语。他以詹巴蒂斯塔·维柯（Giambattista Vico）的观点为支撑，领着读者回顾了黑格尔的"流动性"（Flüssigkeit）、尼采的"动变"（Bewegtheit）、卡尔·施米特（Carl Schmitt）的"去场域化"（Entortung）乃至恩斯特·荣格尔（Ernst Jünger）的"总动员"（totale Mobilmachung）等概念。"去场域化"（去-区域化，乃至解-辖域化）和"总动员"（处于全面活动状态）这两个充满吸引力的表述，自然而然就被视为德勒兹地理哲学的根基。然而事实并非如此。荣格尔认为这些离心力所特有的活力引发了一场由改革国家（lo Stato）重大建设的不可能性所导致的危机，也使得律法被固定下来，施米特更是如此

---

① 参见 Vaclav Havel，«Le défi historique de L'Europe»，traduit du tchèque par Milena Brand，in *Transeuropéennes*，n° 8，automne 1996："我认为我们现在应该停下来反省一下了。我们面临着一个巨大的历史性挑战，它需要我们弄明白黄昏的含义，并尽可能给出这个词的最佳注解。也就是说，要停止将欧洲现状解读为能量进入黄昏期，而是要解读为回归自我、自省的状态，解读为物质上的嘈杂暂时停止、思想上的控制随着夕阳蔓延的状态"。

认为。对卡尔·施米特①而言，正如对希腊人而言一样，律法就像被征服的牧场，必须对其进行划分（希腊语词源为 *némein*，指分配应得的奖罚，德语词 *nehmen* 与之相近，意为"获取"），并且要知道如何居住在这里。这里的"知道如何居住"（savoir habiter）指的是在秩序（*Ordnung*）和场域化（*Ortung*）之间建立严格的等价关系。然而，在德勒兹和瓜塔里看来，律法是差异（dispars）而不是比照（compars），是游牧空间而不是逐渐定居下来的征服者的空间。另辟蹊径的（该表达原指开辟小路，如今多用其转义）游牧之旅"将人类（或牲畜）分配到一个开放空间内"②。相反，限定之旅——即限定了路线的旅程——却"分配给人类一个封闭的空间"③。德勒兹和瓜塔里式的律法存在于令人愉快的游牧性中；施米特式的律法则存在于令人不快的定居性中。归根结底，去场域化与解辖域化毫无关联。

在其多重潜能尚未被完全预料的边缘地带，地理哲学还启发了相邻的美学和文学研究。的确，卡西亚里不断将文学素材化为己用，正如德勒兹此前所为。在意大利，路易莎·博内西奥则借助其口中的地理哲学构建了一种当今城市风景的生态批

①　参见 Carl Schmitt，*Le Nomos de la terre*［1950］，traduit de l'allemend par Lilyane Deroche-Gurcel，révisé par Peter Haggenmacher，Paris，PUF，2001.

②　Gilles Deleuze，Félix Guattari，*Mille Plateaux*，*op. cit.*，p. 472.

③　同上。

评……她所依托的是荣格尔和鲍德里亚的论述。借用鲍德里亚的"拟像"概念,她称后现代的风景是"不复存在之物的一种语文学的与拟像的修复"①。路易莎·博内西奥与肯尼斯·怀特(Kenneth White)及地理诗学之间的相似性似乎超过了其与德勒兹和瓜塔里的相似性。借助"地理哲学"这一术语可能是受到了潮流效应的驱使。同样地,走向极端解域的地理哲学有可能被判为解域方向僭越了其所属范围。创造是否会存在于混沌之中?在《新的联盟》(*La Nouvelle Alliance*)一书中,普里戈金和斯唐热研究了中心和边缘之间的竞争关系,以及增强振荡("煽动性的革新")的机制和系统融合能力(这种革新的"回应")之间的竞争关系。邦塔和普罗特维将这类词汇纳入了德勒兹理论,同时区分了吸引者(attracteurs,行为图示)、分歧者(bifurcateurs,一个系统改变图示的临界)和在"感知区"②内打破对称性的各项事件。这些区分是有益的。它们带来了术语层面的补充。来看看化学家普里戈金是如何阐释这些区别的:"平衡状态下无关紧要的混沌逐渐取代了造物的混沌,后者曾被古希腊人提及,

---

① Luisa Bonesio, *Oltre il paesaggio. I luoghi tra estetica e paesaggio*, Casalecchio (BO), Arianna Editrice, 2002, p. 82.

② 参见 Mark Bonta, John Protevi, *Deleuze and Geophilosophy*, *op. cit.*, p. 20 et s.

这种繁衍力强大的混沌中能够出产不同的结构。"①这不过是后现代者和古希腊人之间众多关联中的一例。因为在空间层面上,后现代的越界性呼应着古希腊人口中的造物的混沌。不过,卡俄斯(Chaos)也是混沌之神的名字。它曾(单独)孕育了两个孩子:代表绝对黑暗的厄瑞玻斯和代表黑夜的诺克斯,后者同样有两个孩子:代表"太空"及光明的埃忒尔和代表"白昼"的赫莫拉。② 白昼和太空恰恰脱胎于造物的混沌。不知不觉中,有关这一惊人谱系的记忆滋养了后现代主义对于明天的并不稳定的信念。"明天又是……"

后现代地图绘制者的苦恼

宏观空间的这种越界视角产生的必然后果,便是在一个规范化的系统和一个无限延展的时刻内质疑一切稳定的、固化的空间再现。有两个目标首当其冲:地籍簿和地图,后者常被视为静态图画集。公元前 6 世纪,泰勒斯的学生、米利都学派的阿纳克西曼德曾指出,自其诞生之初,地图便是"对于世间秩序及和

---

① Ilya Prigogine, Isabelle Stengers, *La Nouvelle Alliance*, *op. cit.*, p. 243.

② 参见 Jean-Pierre Vernant, *L'Univers*, *les dieux*, *les hommes. Récits grecs des origines*, Paris, Seuil, 1999, p. 22 et s.

谐的思辨"①。但这种思辨并不是没有私心的。诚然，地图更好
地勾勒了世界的轮廓，并按照一个易于理解的再现系统组织了
对世界的认知，但认知并不是目的本身。按照雅各布的梳理，地
图的历史经历了侵占世界空间（或……西方空间）的三个阶段：
地中海外沿城市及口岸的建立（公元前 6 至公元前 5 世纪）；亚
历山大远征波斯和印度（公元前 4 世纪）；罗马帝国的扩张，这催
生了对家庭空间的测量，以及描写和/或制图计划的普及（这一
普及受到研究古希腊的地理学家们的推动，如斯特拉波或托勒
密——后者曾绘制了一张著名的地图，旨在成为"整个已知世界
的模拟图像"）。如果将这三个阶段排序，我们会发现地图有三
种功能：政治及贸易功能、军事功能（《伊利亚特》中出现的军队
目录已经有所体现）和税收功能（在地籍簿被发明之后）。德勒
兹和瓜塔里十分巧妙地将地图绘制与条纹空间的限制性构建以
及世界的封闭模型设计联系了起来。但在那些崇尚英雄的时
代，律法是由英雄制定的。世界地理仍然是不确定的。地图曾
经被认为将现实缩小到了可供人眼概览的尺寸，而真实与想象
之间关系是起伏不定的；地理空间尤其是一个英雄们（奥德修
斯、伊阿宋以及汉诺等传奇探险家……）所体验的人类学空间，
为此英雄们有时要付出代价，要付出巨大的勇气和墨提斯

---

① Christian Jacob, *La Description de la terre habitée*（*Périégèse*）*de De-nys d'Alexandrie*, Paris, Albin Michel, 1990, p. 21.

(*mètis*),也就是计谋。当被用来支持一个具体的决定时,地图具有双重性。在《古希腊地理学和民族志》一书中,克里斯蒂安·雅各布追溯了一则重要的轶事:公元前 499 年,爱奥尼亚人阿里斯塔戈拉斯面见斯巴达国王克里奥米尼斯,试图劝说他对波斯人发动一场战争;为此,阿里斯塔戈拉斯在国王面前铺开了一张地图,该地图本应充当其言辞的记忆辅助。不过他失败了:克里奥米尼斯发现从斯巴达去波斯需要在海上航行三个月;这在国王看来是力不能及的。[①]

中世纪保留了古希腊人的一部分思想,却将世界的一切再现置于上帝的庇佑之下。传奇修道士圣布伦丹的航行便足以解释这一视角,其从出生地爱尔兰出发,跨越了大洋。在《圣布伦丹之航行》(*Navigatio Sancti Brendani*)一书中,作者试图展示的并不是客观的物质世界,而是一个由上帝勾画并被人类认识的世界。因此,布伦丹途经的与其说是一片不知名海洋的海浪,不如说是一个圣历管辖下的空间。正如曾为中世纪的奇特之地绘制地图的朱塞佩·塔第奥拉所言,"世界的形象首先是神的形象,是充满信息、语录和意象(*senhals*)的密码,是上帝亲自打造、最终又回溯到他自己的范式。地理空间是一个需要解读的象征

---

① Christian Jacob, *Géographie et ethnographie en Grèce ancienne*, Paris, Armand Colin, coll. «Cursus», 1991, p. 44 et s.

网络；世界的形象是一本有待思索的符号大全"①。中世纪的地图学同样如此。当时的世界围绕在一条以耶路撒冷为起点的轴（*axis*）上（中世纪的 OT 形地图中有所体现，其中 O 代表圆形的大地，T 代表圆圈内三个大洲的分界线——亚洲将视线引向横轴上部，欧洲位于下方，非洲在其右侧）。随着不断地探索，地图也日趋完善，但上帝始终在场，那些《奥德赛》中就有的想象中的地标也一样。在那些环绕着飘忽不定的陆地的大海与大洋里，住着各种海怪。在塞巴斯蒂安·明斯特（Sebastian Münster）编于 1500 年的《宇宙志》（*Cosmographia*）中收录了一张地图，这张图专门描绘了各种海怪；还有另一张地图，收录在 1493 年哈特曼·舍德尔（Hartmann Schedel）的《纽伦堡编年史》（*Chronique de Nuremberg*）中，这张图则描绘了各种畸形的人类。翁贝托·埃科曾将这些畸形人类巧妙地用在了 2000 年出版的作品《波多里诺》（*Baudolino*）中，小说改编自祭司王约翰的传奇故事，据传这位信奉景教的君主在十字军东征期间曾经统治着印度和伊斯兰世界之间的某片土地。

　　自 16 世纪起，地图学取得了显著进展。我无意详细展开这段发展史。我只想说，在文艺复兴期间及之后的几个世纪内，关于世界的认知发生了改变。此前人们优先关注的是人间（和神界）环境的感性特征，而此后人们则试图对这一环境进行理性的

---

① 　Giuseppe Tardiola, *Atlante fantastico del Medioevo*, *op. cit.*, p. 14.

考量。中世纪的怪兽逐渐从星球上消失，一如此前的雷龙……但雷龙至少留下了化石痕迹。象征体系变得越来越抽象，而比例尺与垂直的制图视角则一同被运用。随着晚近的经度计算法的实现，到了17世纪，人类终于能够将新发现陆地的坐标确定下来；世界稳定了下来，与此同时，地图越发精细，殖民现象也日渐加剧。违背这一通行规范的行为十分少见，但仍然存在：18世纪下半叶，西班牙王室组织了一次重大的考察，目的是探寻圣布伦丹浮岛（San Borondón），也就是法语中的圣布伦丹岛（Saint Brendan），与加纳利群岛隔海相望。这次考察一无所获。圣布伦丹岛依旧神秘莫测……至今仍然如此。不久之后，约瑟夫·康拉德（Joseph Conrad）幸运地见证了世界地图中虚位以待的最后版块被着上色彩。在1902年的小说《黑暗之心》（*Au cœur des ténèbres*）中，主人公马洛回忆起年少时地图上的非洲还是几块空白，他接着说："的确，那段时间这里不再是一片空白了。从我小时候开始，这儿就被各种河流、湖泊和地名填满了。这儿不再是一片充满诱人奥秘的空白——专门给一个孩子做光荣梦的空白区域。后来却变成了一个黑暗的地方。"[①]不过还剩下最后一小块处女地：也就是库兹（Kurz）在丛林中央勾画的那块地。在19世纪的最后几年，此现象发展之快令人讶异，因为1886

---

① Joseph Conrad, *Au cœur des ténèbres* [1902], trauit de l'anglais par Jean-Jacques Mayoux, Paris, Garnier-Flammarion, 1989, p. 91.

年,在小说《征服者罗比尔》(*Robur-le-Conquérant*)中,儒勒·凡尔纳笔下的叙述者还在惋惜说,没有一个地理学家拥有"信天翁号"那样的飞行气球,否则"中部非洲的地图上就不会有大片真空地带,不会有灰白色的、画虚线的空白,也不会有那些含糊的标识,这一切都令地图绘制者绝望"①。19世纪末,那些认为边界永远在更远处,认为边界是会被逾越的、捉摸不定的、按理来说难以企及的人陷入了某种绝望。"地图就快要与土地本身重合并印刻在地表上了,而世界——到目前为止,关于世界的构想仍然基于已知和未知的分界线,对于世界的界定仍然借由一条不牢固的、流动的地平线,而这条地平线向着一块不断更新的辖域持续后撤、开放——终于可以被当作一个整体、一个自我封闭的事物来认知,因为整个世界都可以被描绘出来了"②,皮埃尔·奥里奥尔评论道。多么可怕! 当一切都被填满,就必须开辟新的空间,因为如果说自然对虚空感到恐惧,人类则往往对充盈感到恐惧。后现代性始终面对着一种普遍的满溢感。在这一语境下,文学与一切模仿艺术形式一样,成为了替代性现实的试验场,旨在重新赋予想象及滋养想象的指涉对象以生存余地。地图学也未逃脱这一倾向,因为其继续与地理学同步发展。我

---

① Jules Verne, *Robur-le-Conquérant* [1886], Paris, Le Livre de Poche, 2004, p. 152.

② Pierre Auriol, *La Fin du voyage*, *op. cit.*, p. 60.

们必须借用英国地理学家保罗·罗德威所谓的"超地图（ultra-carte），甚至是某种后地图（post-carte）"①，也就是卫星图像，来暂时（就一会儿）结束这番对地图发展史的回顾。地图学得益于当代社会对视觉性的偏爱：地图常常代替了空间的"现实"，同时强加了一种空间的宏观图景。总的来说，我们求助于地图是为了在一个无法即刻可及、整体可及的空间内出行：一个大学校园或一次展览会、一座城市、一个地区、同时去一个或多个国家。地图是空间之宏观再现的典范。可能正因为如此，后现代制图者备受折磨，这是沉溺于充盈之欣喜中的前人所没有体会的。是什么样的折磨呢？是因过度稳定、因拒绝越界性、因停滞成为常态而带来的折磨。

　　地图重名称而轻语句和变化。它指向的是世界的缩小版。弗朗哥·法里内利以一种惊人但不失雅致的方式，将施洗者约翰的受难与地图学联系了起来。这位约旦河隐士的（被缩小的）头被盛放在托盘里呈给希律王，而这个托盘构成了第一幅地图："将莎乐美的餐台变为一幅地图的看法的确来自'地图'这一术语带来的联想——甚至施洗者约翰受难的情节，也不过是对于我们今日草率地称为制图缩约过程可怕后果的第一次完整呈现——但它同样来自一种话语机制，希罗底的女儿（既不是她想

_____

① Paul Rodaway, *Sensuous Geographies. Body, Sense and Place*, London, New York, Routledge, 1994, p. 135.

杀约翰，也不是她出的主意）不过是这种话语机制的代言人：这是一种通过专有名称发挥作用的话语，它只存在于地图中。"[1] 施洗者被简化为一个专有名词，属于他自己的专有名词。放置施洗者头颅的餐台首次阐释了一个被简化的世界，这个世界被简化为一套无越界余地的命名体系。在看似相差甚远的语境下，这一逻辑同样推动了全部的殖民史，随着辖域的扩张，地图学也参与并认可了这段历史。何塞·拉巴萨认为，一旦被纳入地图，辖域便具有了单义的"语义性"。绘制了第一份世界地图册的墨卡托（Mercator）一上来就在自己伟大的地图作品中定下了欧洲中心主义视角。[2] 空间再现和隐迹纸一样，通过不断的"抹除和覆划"来起作用。指代土著居民的词源被抹除和替换了。在 2000 年出版的《蒂耶波洛的猎犬》一书中，德里克·沃尔科特在提及圣托马斯时谈到了这一现象，圣托马斯是安的列斯地区的一座岛，是画家卡米耶·毕沙罗的出生地："名称的帝国甚至连树木也殖民，/将我们的树叶与他们的相连；/这是我们思想上的霜霉病，一种带霉斑的病害。"[3] 没隔几行诗，他又补充

---

[1]　Franco Farinelli, *I segni del mondo*, op. cit., p. 9.

[2]　参见 José Rabasa, *Inventing America. Spanish Historiography and the Formation of Eurocentrism*, Norman, OK, University of Oklahoma Press, 1993.

[3]　Derek Walcott, *Tiepolo's Hound*, New York, Farrar, Straus and Giroux, 2000, XV, 1.

道:"现实被这些复制品/撕破,霉霉病蔓延/到所有名词上,直至我们被赋予的姓名,/直到我们研究的画作,我们爱读的书籍。"①有的时候,词源以隐含的方式被保留下来。图森市(Tucson)位于亚利桑那州南部,其具有典型大不列颠色彩的名称却与盎格鲁—撒克逊人毫无关联。图森的发音是[tus:n],被建造在托赫诺奥哈姆人②世代居住的辖域上,城市因此得名,但名称被英语化了。不过从长远来看,敷衍搪塞并非是一直有效的:"相反,不完美的抹除是按照土著视角进行世界重建或再造的一道希望之源。"③拉巴萨如是说。有时溯源是令人沮丧的。利摩日城自有考据以来便采用了古利摩日人的名称,但这有什么好处呢?有时地名保留了某个已消失族群的痕迹,有如包裹着生物化石的琥珀。拉巴萨将希望寄托在晚近的去殖民化,以及某个民族重归一个仍然存活的身份,这一身份的木炭仍然孕育着火苗。地图史中可以发现的层积现象在文学中有诸多印证。澳大利亚和加拿大是盎格鲁—撒克逊世界里一块肥沃的研究阵地。非洲则构成了另外一块。在一篇关于阿玛杜·库鲁玛(Ahamadou Kourouma)小说中的地名研究的论文中,科特迪瓦学者比·卡库·帕尔费·迪昂杜埃试图将其同胞作品中的古地

---

① Derek Walcott, *Tiepolo's Hound*, New York, Farrar, Straus and Giroux, 2000, XV, 1.

② 亚利桑那州南部最大的印第安人部落。——译者注

③ José Rabasa, *Inventing America*, *op. cit.*, p. 181.

名与殖民带来的地名联系起来。在无法更新这些原始的"地区方言"（topolecte，迪昂杜埃语）的情况下，库鲁玛再创了一门地名学。因此，其作品《人间的事，安拉也会出错》（*Allah n'est pas obligé*，2000）中所描绘的国家奥霍杜谷（Horodougou）便成为了一个"拥有移动边界的宏大-空间（macro-espace）"[1]，也是一个"王权的空间，古老非洲不可侵犯性的例证"[2]。还是在《人间的事，安拉也会出错》中，沃霍索构成了一片超国家的马林凯族空间，这一空间位于科特迪瓦和利比里亚的国界线上，实际上指的是 13 世纪的伟大君王松迪亚塔·凯塔所缔造的马里古国。这里的问题不在于在指涉对象和假想再现之间实现调和，而是要让以下这两个清晰有别的空间在历时性中实现重叠：殖民空间和后殖民空间。地理学进入了将成为地理批评研究构成元素之一的地层学逻辑中。归根结底，拉巴萨感到惋惜的是，作为制图艺术之纯粹产品的地图还未成为各类生成研究的对象，因为在一些主观认识中（比如地图不过是一种再现），地图似乎完美适

---

① Bi Kacou Parfait Diandué, *Topolectes* 1, Paris, Publibook, 2005, p. 44.

② 同上，第 49 页。

应了与其他研究的组合，并且对互文性分析十分有益。[①]

　　当殖民化亮出原本藏于袖中的底牌，并失去了最后的借口的时候，地图学也变得可疑。它原本注意避开的意识形态问题也终于变得显见。它用符号代替了它千方百计安排的现实。如此一来，地图便与世界割裂了：它不再处于真实之中；它丧失了一切本体论的延伸；它被纳入了无差异沉积的计划之内，德勒兹和瓜塔里的条纹空间正是这一计划的体现。而坦桑尼亚染上了一层橘色……如同它的地图一样。这正是沃尔特·阿比希（Walter Abish）的作品《按字母表顺序书写非洲》（*Alphabetical Africa*，1974）中的情节。坦桑尼亚本可以是蓝色的，如同安德烈·布勒东笔下的超现实主义橘子，或是绿色、粉色。在 60 年代，简·戈特曼[②]曾借助于地图，将美国东北部构思成了一个包含纽约、波士顿、费城、华盛顿和巴尔的摩的庞大都市带；不过只需要在上述都市之间移动一下，就能发现它们之间的联系过于

---

　　① José Rabasa，*Inventing America*，*op. cit.*，p. 186. 在 《Sémiologie et urbanisme»，in *L'Aventure sémiologique*，Paris，Seuil，1985，p. 261-262 中，罗兰·巴特也对这一点做了补充："人类的居所（L'habitat humain），即希腊语中的 *oekoumène*——我们透过阿纳克西曼德、赫卡泰等希腊地理学家最早绘制的地图，或透过诸如希罗多德这样一个人的精神地图学得以窥见其义——通过其对称性、其场所之对立、其句法及其范式，构成了一种真正的话语。一张希罗多德所在世界的地图，是被当作一种语言、一句话、一首诗来创作的。"

　　② 参见 Jean Gottmann，*Megalopolis. The Urbanized Northeastern Seabord of the United States*，Cambridge，MA，M. I. T. Press，1961.

松散,无法形成一个同一空间或多极空间。① 弗朗哥·法里内利评论道:"换句话说,它在不知不觉中遭受了再现的本体论力量,这种再现看似是一件简单的工具,实际上却被设置在上游,影响着我们世界观的方方面面。"② 就此我们又联想到了海德格尔提出的世界图像(*Weltbild*)概念。如法里内利所言,世界图像指的不是"世界的再现",而是"被作为图像构建的世界"。地图学界于这两者之间。

在文学中,沃尔特·阿比希小说中的例子绝不是孤立的。地图学、制图者和盗图者分别成为了当代文学和电影中的重要主题和人物,土地测量员的形象同样如此,其不仅仅局限于卡夫卡作品《城堡》(*Château*)中的主人公约瑟夫·K。当然,我们还可以列举出罗伯特·路易斯·斯蒂文森的《金银岛》(*L'île au trésor*)以及20世纪的模仿艺术中各种引发了血腥斗争的海盗地图。不过还有其他一些更晚近的变体,带有鲜明的后现代性。以下两部电影是其中的杰出代表:丹麦导演拉斯·冯·提尔的

---

① 图像和精神之间的这种区分现象可以拓展到地图学的其他方面。在《符号学与城市规划》(见 *L'Aventure sémiologique*, *op. cit.*, p. 264-265)一文中,罗兰·巴特揭示了以下问题:"社会心理学家开展的调查显示,比如说,在我们信赖地图、也就是信赖'真实'和客观性的情况下,两个街区是相毗邻的,而一旦它们具备了不同的意指,它们在这座城市的图像中便会彻底割裂开来:意指与客观数据截然相反。"

② Franco Farinelli, *I segni del mondo*, *op. cit.*, p. 70.

《犯罪元素》(*The Element of Crime*,1984)和彼得·格林纳威的《枕边书》(*The Pillow Book*,1996)。冯·提尔呈现了德国一个雨夜的场景,黑暗的画面令人联想到雷德利·斯科特于两年前在《银翼杀手》(*Blade Runner*)中描绘的未来洛杉矶的景象。这里是连环杀人案的案发现场。奉命查案的警探费舍尔采用了一种办法,将自己设想成凶手,即某个名叫哈利·格雷的人。凶手的作案地点似乎反映了某种几何学逻辑。起初地图显示作案地点构成了一个正方形,不过费舍尔最终发现凶手通过一场场谋杀描绘的图形其实是字母 H。此外,为达目的,凶手专门选取名字以 H 开头的城市或乡镇作案。费舍尔迅速赶往哈雷,案子最终在这里揭开了令人不安的谜底。在哈雷这座水边之城,费舍尔既是渔夫也是罪犯,他最终会采用格雷的身份吗? 在拉斯·冯·提尔的这部长长的电影处女作里,地图是一个丧失坐标的宇宙中唯一的锚定器件,在这一宇宙内,各种身份随着一个疏松的、缺乏流动的沼泽空间浮动。侦察和谋杀混淆在一起;也许二者的特点有所重合。至于哈利·格雷,其谋杀的动机似乎是让人们将他的姓名首字母纪录在一片纸上。地图具有一种危机美学的特性。同样的猜想也适用于以东京为背景的影片《枕边书》。诺子的父亲是一位知名的书法家,他曾在年幼的女儿的前额上写下带有占卜意味的文字。长大成人的诺子开始找寻一位能够接受自己的身体被当作地图或书法纸的男子。几经寻找未果之后,她遇到了年轻的英国男子谢朗,并且很快发现他正是导致自己的书法家父亲死亡的男出版商的情人。于是她利用谢朗的身体，以及其他男人的身体，来向出版商传递信息。于是，她写了一部十三卷的……且镌写在十三具身体上的作品。故事以悲剧收尾。谢朗死了，诺子在他入殓前在其遗体上写下了一首情色诗。出版商从墓中挖出谢朗的尸体，剥下写有诗句的皮肤，并制成了他的枕边书：The Pillow Book。尽管格林纳威作品的蓝本是宫廷交际花清少纳言创作于公元 1000 年左右的《枕草子》（Makura no shôshi），观者仍然再一次目击了人类身体的后现代的（也是批判性的）物化，见证了身体成为"信号台"和可以倾注的单纯空间的过程——冯·提尔笔下的倾注方式是暴力，格林纳威笔下则是艺术（和力量）。

　　在文学语境中，玛德莱娜·斯居代里（Madeleine Scudéry）绘制的"柔情地图"①衍生出了大量的变体，主要是在女性作家的笔下。在《地图比例尺》（L'Échelle des cartes，1993）一书中，西班牙小说家贝伦·戈佩吉虚构了一个精通地形学的地理学家塞尔希奥·普里姆，他的追求是为地上的凹陷设置地标，凹陷是他自身存在的附属隐喻，在美丽的布吕耶尔迟疑地光临时，这个凹陷才被填满。立足于"物质是不连续的，如同能源一样"和"根据某些猜想，空间和时间同样如此"的物理学原理，普里姆推测

---

①　法国女作家玛德莱娜·斯居代里在其 1654 年出版的小说中所描绘的地图。——译者注

在时间和空间的"方块"之间——"分别被称为'地形块'和'时间块'"——存在着"裂口、缝隙以及我们永远也不想跨越的界线，但我希望通过这条线钻进去"。[①] 总之，普里姆打算将空洞制成地图，这样他便能脱离空间……当然是在布吕耶尔的陪伴下："让空间停滞，从你身上弄出一个凹陷，这是一个休息场所，时间在这里与你一起穿行，而不会犯错。"[②]地图不再用于对满盈之物进行分区管理，而是用于探索虚空和凹陷，这里有可能孕育出一个自由空间。无论如何，这里涉及的都是一种有悖常理的地图学。在《人文地理学图册》(*Atlas de géographie humaine*, 1998)中，另一位西班牙女作家、以《露露的一生》(*Âges de Lou-lou*, 1990)闻名的阿尔穆德纳·格兰德斯(Almudena Grandes)也表现了地图学主题，不过相较于戈佩吉，她构建了更为严密的隐喻。在格兰德斯的作品中，人文地理学首先是四个女人设法在图册中记录的地理学，她们创作这本图册是为了在报亭中售卖。不过此种地理学同样复刻了她们充满危机的不惑之年中的自身存在所勾勒的轨迹，这一切正处于马德里新潮文化运动中。显而易见，地图的用途增多了，而这似乎可以归结为曾主导后现代社会的疑虑的削减。我们是否面临着制图"简化"的新转向？

---

① Belén Gopegui, *L'Échelle des cartes* [1993], traduit de l'espagnol par Claude Bleton, Arles, Actes Sud, 1995, p. 98-99.

② 同上，第 88 页。

身体和运动

有关制图学及其在文学和电影中应用的研究①，引发了大量关于宏观空间之关联及其再现——介于真实和虚构、当下和过去之间的再现——的启示。这项研究也处于罗帕尔·维耶米埃所谓的"私密性和无限性的关系"②中，处于宏观空间与私密空间的交汇处，以及德勒兹和瓜塔里归于国家机器的空间与身体在自由地带所占据的、被福柯称为异托邦的流动空间的交汇处。一切的"失位"（contre-site）都是异托邦，在这种状态下"真实的"地点被再现、否认、颠覆。福柯提出的异托邦正是文学所倾注的空间，文学将这个空间视为"可能的实验室"，视为整体空间的试验者，该整体空间时而展开在真实领域，时而展开在真实

---

① 　这些应用同样也会出现在绘画领域。在 2000 年巴黎瑟伊出版社出版的《对于无限的形象化表现——欧洲巴洛克时代》（*Figurations de l'infini. L'âge baroque européen*）中，贝尼托·佩莱格林（Benito Pelegrín）注意到在维米尔 24 幅室内画作中，有 9 幅里闯入了地图，并热忱地指出了"具有象征意义的窗户的作用"，这扇窗"向我们所发现的、在流动不定的边界上和历史的政治变化步伐中不断建成和解散的世界开放"（第 103 页）。佩莱格林还对地图和乐谱进行了对照，认为两者被一个梦所连结，这个"不可能实现的造物之梦试图通过有限的象征化再现来建立世界的无限空间，在有限中容纳无限，并在有限中使无限成立"（第 108 页）。

② 　Marie-Claire Ropars-Wuilleumier, *Écrire l'espace*, *op. cit.*, p. 56.

的边缘。异托邦使得个体能够将多个本应不兼容的空间并置在一处。因为异托邦遵循着一个双重开合原则，该原则让这些空间既可隔离、又可进入。因此，无论是在主导空间内还是与主导空间相比，异托邦都起到了一种实用功能。它设置了一个虚幻空间和福柯口中的"补偿异托邦"（hétérotopie de compensation），即一个比主导空间（还）更守规矩的空间：比如摩门教徒汇聚的犹他州、德裔（如阿米希人）聚集的宾夕法尼亚，以及被伏尔泰移植到作品《老实人》中和被罗兰·约菲（Roland Joffé）移植到电影《使命》（Mission）中的耶稣会教士聚居地巴拉圭。空间的这种异托邦视角是我们即将探讨的第三空间所固有的。但这一视角还促进了一个被重大的宏观理论撇开不谈的角色的回归：身体。既然漂浮是整体的、超个体的，并且往往是抽象的，那么身体会变成何物——等待着身体的命运是什么？马西莫·卡西亚里问道："后都市辖域的哲学似乎迫使我们变为单纯的灵魂或单纯的动力体（dy-namis），即知识能量。而且谁知道呢，也许我们的灵魂真的居无定所（a-oikos），正如柏拉图式的爱，但……我们的身体呢，我们的身体为何存在？"①我们是否注定东奔西跑，就如但丁笔下的灵魂在他们各自的天堂中那样？卡西亚里认为，我们已经沦落到希望能够"触摸土地"，即在一个趋向后人

---

① Massimo Cacciari, *La città*, Villa Verucchio（RN），Pazzini，2004，p. 42-43.

类的社会井井有条的非物质调度中寻得一席之地(place)。在他之前二十年,福柯指出异托邦依旧源于一个选择。异托邦由身体(主动)从公共空间、从受制于律法的空间中窃取的场域构成。我们在此再一次见到了修辞学家所说的词序倒置。异托邦是私密区域的别称,各种规范都很难定义它,每一个体都试图不受拘束地扩展它。这正是贝伦·戈佩吉笔下的地理学者试图研究的凹陷。身体展现隐私的空间毕竟是有限的,而身体掩盖隐私的空间也没有宽敞多少。米歇尔·塞尔则从他的角度——从他的位置!——提及了可怜的阿西西的圣方济各 (Le pauvre d'Assise)逼仄的居所:那是最小的部分(la portiuncule),"是除无可除的、残存的壁龛,是仅有的房产"①。保拉·萨卡利亚则从地理学,或更确切地说从地志学视角论道:"每个男人、每个女人都是一个地点,是一块无法被揭示、也无法自我揭示,或无法完全被揭示的土地;其边界线取决于对他/她进行描绘的地志学家(地志学家指描绘一块特定地理区域的人)。这就是为什么,那个为了在空间无限的形式中把握它而试图扩增自己视野的他或她,最终只能隐约瞥见自己的未知辖域。" ②

萨卡利亚赋予地志学的定义是准确的。虽然这门学科多少消失在了词典中,但其绝不是次要的。如果说地理学家是从微

---

① Michel Serres, *Atlas*, *op. cit.*, p. 51.

② Paola Zaccaria, *Mappe senza frontiere*, *op. cit.*, p. 8.

观的地球平面图上审视世界,地志学家则以更为宏观的视角聚焦于区域空间的认知。如果没有异托邦,没有身体化的最小的部分(la portiuncule corporelle),任何空间解读都是无法为人理解的。空间围绕着身体运转,同时身体也存在于空间之内。身体赋予环境一种时空坚固性;尤其是将尺度授予了世界,并试图向世界施加一种节奏,即它自己的节奏,这种节奏随后又烙入了再现的工作中。爱德华·霍尔致力于将驾驭各主流文化的不同节奏进行对照。他描绘了对于"节奏共识"[①](consensus rythmique)的追寻,即个体实现自身节奏与周围相互影响的节奏同步化的需求(即霍尔所说的人际"空间关系")。但不管是哈格斯特朗的时间地理学还是霍尔的空间关系研究都是一概而论,并未考虑到身体在空间中、或面对空间时所采取的姿态的极端多元性。由此可以联想到萨拉马戈和他的幻想,他幻想能够将表现人类生命无穷变体的书籍一直堆积到月球上。

对那些以空间的宏观方法进行研究的重要行动而言,身体与它们的抽象化是对立的,身体可以从最物质、最私密的层面来理解,也可以从社会层面来理解。一切的少数群体言论都围绕着身体性建立,身体性既是个体私密的领域,也是团体诉求的空间。从认知和社会的双重视角来看,性别研究有益于空间分析。认知视角并不是最引人注目的,因为关注两性的空间认知差别

---

① Edward T. Hall, *La Danse de la vie*, *op. cit.*, p. 197.

的研究于此意义不大。也就是说占优势的是社会学视角。近年来，这一视角在美国受到了吉利恩·罗斯、伊丽莎白·格罗斯以及其他人的关注。这些分析的出发点通常是一样的：任何对空间的同质化感知都否认所谓少数群体感知的独特性，而这些少数群体的感知只存在于权利话语中。罗斯援引女权主义的地理学者，以此解释说之所以产生歧视，并不是因为城市空间（通常被重点分析）是一个受制于无法终止的碎片化过程的整体（ensemble）。相反，造成社会性排斥的是对看待整体的霸权视角的怀念。[1] 歧视的发生需要指涉一种虚构的——或约定俗成的——整体性，一切特殊性都必须归于这种整体性。很久以前，希腊神话就呈现了这一点。在阿提卡的某条路边，普罗克鲁斯忒斯为过路人提供留宿之处，但是以他特有的方式：他给矮个子的人很长的床，给高个子的人很短的床；然后他强拉矮个子人的四肢使其与长床齐平，锯掉高个子人的四肢以防止其超出床沿。后来普罗克鲁斯忒斯被无法接受这种统一意识的忒修斯所杀。当空间被置于其运动状态中来审视，它滋养了对于中心之危机的思考，催生了一种少数派视角。格罗斯认为，异化随着身体在城市空间中的隐喻性物化而产生。城市化为了身体的拟像，同

---

[1]　参见 Gillian Rose, *Feminism and Geography：The Limits of Geographical Knowledge*, Minneapolis, University of Minneapolis Press, 1993.

时身体也被吸附到城市之中。[①] 这里的身体并不专门指代女性身体,但的确涉及女性身体。这种变形令我想到了海伦被绑架这个故事的一个版本,即希罗多德在《历史》第二卷中记载的版本。希腊人看到的漫步在特洛伊城墙上的女人并不是墨涅拉俄斯的妻子,而是一个简单的拟像[②],一堆面纱,曾陪伴她去往西顿和埃及的特洛伊王子帕里斯长途跋涉带回的正是这些面纱。而真正的海伦,那个美丽的海伦,实际上在埃及,被孟菲斯之王普罗泰所扣留。希罗多德认为,荷马知道故事的这个版本;罗贝托·卡拉索[③]甚至断言,荷马在《伊利亚特》第六卷对此有所影射:"缀满刺绣的面纱,西顿人的杰作"[④],特洛伊王后赫库芭还从中挑选了最精美的样品献给了雅典娜。十年特洛伊战争,交战双方也许是在为一块布争斗。这就好像女性身体,也就是海伦的身体注定要成为一个拟像,成为攻城拔寨的男人眼中唯一

---

① 参见 Elizabeth Grosz,«Bodies-Cities»,in *Sexuality and Space*,Beatriz Colomina(ed),Princeton,Princeton Architectural Press,1992.

② 事实上,这一传说发生在希罗多德之前的时代。柏拉图和伊索克拉底认为其出自公元前 6 世纪至 5 世纪的西西里诗人斯特希克鲁斯之口,据传后者因中伤海伦被致失明。欧里庇得斯则在《海伦》一书中记载了这一缺席的故事。不久前,克里斯塔·沃尔夫(Crista Wolf)又将其写入了《卡桑德尔》(*Cassandre*,1983)。

③ 参见 Roberto Calasso,*Les Notes de Cadmos et Harmonie* [1988],traduit de l'italien psr Jean-Paul Manganaro,Paris,Gallimard,1991.

④ Homère,*Iliade*,traduit du grec par Paul Mazon,Paris,Le Livre de Poche,1969(1962),ch. VI,v. 289-292,p. 161.

可以接受的设计。当然，围攻封闭场所始终是入侵行为的隐喻。攻破城门就如同攻破女人的生殖器。不过在特洛伊，一个情况扰乱了局势，让局势变得有悖常理：如何攻入特洛伊？ 如何闯入一座以乱伦罪扣押（或招待）海伦这个不可侵犯的女人的城市？也许需要将海伦去女性化，把她化为名贵的布，以此来维持特洛伊的情欲色彩。在这一视域下，奥德修斯的破解之道值得关注，因为特洛伊毕竟被一匹木马"攻克"了，而这匹木马还是被特洛伊自己的城民"引入"城内的（一同被带进去的还有藏匿在马肚子里的七个士兵）。女人对男人，人类对动物：奥德修斯在他的历险中需要面对的便是如此复杂的极性。他在战争之后又漂泊了十年并不为过！

女性身体还传递了另一种话语，即有色妇女的话语，奇卡娜的话语，棕色人种女性的话语，一切少数族群的女性的话语，也就成了双重少数族群的话语。在种族歧视始终存在、并继续存在的西方社会，黑人女权作家贝尔·胡克斯回忆了自己童年时从一个家庭辗转到另一个家庭的历程（从父母家到奶奶家），也就是从一个"抵抗之地"①到另一个抵抗之地的过程。"这一变动使我脱离了我们被隔离的黑人社区，进入了一个贫穷的白人

---

① bell hooks, *Yearning : Race , Gender , and Cultural Politics*, Boston, South End Press, 1990, p. 48.

街区"①。在这一过程中，她发觉自己的身体成了一件被他人注视的物品。到达目的地之后，在私密空间里，她才重新成为自己身体的主导者。同类问题也被多位非裔美国作家所探讨，用贝尔·胡克斯战斗性的语汇来说，这类问题是被种族主义统治（racist domination）所主导的白人至上社会（white supremacist societies）的特征，探讨此类问题的作家中最负盛名的或许是托妮·莫里森（Toni Morrison）。在小说《秀拉》（Sula，1973）中，争夺辖域是一个基本诉求，但这种争夺只是希望促成身体在空间内的和解式在场，并与公共领域建立可接受的亲密关系。格洛丽亚·安扎杜尔在《边土：新梅斯蒂萨》（Gloria Anzaldúa，Borderlands-La Frontera. The New Mestiza）②中表达了同样的朴素追求，但她是从奇卡诺的视角揭露了边界不仅存在于地理层面，还存在于文化、身份和性别层面："长达 1950 英里的外露伤疤/分裂了一个村庄（pueblo），一种文化，/爬满了我的整个身体，/在我的血肉中钉上了围闭的木桩/把我分为两半再两半/将我碾轧又碾轧。"③在法国，种族歧视的情形和研究角度都是不同的。我们评论移民文学，但移民文学的定义仍然存在争议，

---

① bell hooks, *Yearning : Race, Gender, and Cultural Politics*, Boston, South End Press, 1990, p. 41.

② 梅斯蒂萨和梅斯蒂索（Mestizo）指西班牙人和印第安人的混血儿，前者指女性，后者指男性。——译者注

③ Gloria Anzaldúa, *Borderlands-La Frontera*, *op. cit.*, p. 24.

因为如果我们追求过于精细的划分，就有可能把作家们限制在某个少数群体中。自 80 年代末以来，"阿拉伯"文学（littérature «beure»）逐渐兴起，它的研究范围同样存在这个问题。在美国这片民族交融不断加速的土地上，差异很显然越来越多、越来越精细。暂且不提本土美国人，我们发现在山姆·休斯顿（Sam Houston）于 1836 年带领得克萨斯独立并成立共和国之前（此时得克萨斯还未并入联邦、成为美国的得克萨斯州），安扎杜尔的先辈们就居住在这个过去叫作特哈斯（Tejas）的地方，甚至居住在阿兹特兰（Aztlán）（对于阿兹特克人来说这里是美国的西南部）。大洋彼岸这种严格的分类源自一种跨社群的文化，而在普遍推行（有时是强制性的）同化政策的法国找不到精确的对应物。在美国，贝尔·胡克斯是一名非裔美国人；而在法国，她很难谋求这个身份，这是同化政策导致的结果。在此勉强勾勒出的这一切意味着，目前"阿拉伯"女作家比奇卡娜更容易引起少数群体"壁龛"（即最小的部分）的共鸣。不过在空间中处理身体的方式是类似的，不论她们基于自己的群体身份抛出或提出怎样的解决办法。异位的身体是一个生殖细胞，在最理想的状况下，独特性能够从这个细胞扩散开——或是在不那么顺利的情况下满足于存活下来。

在女性视角下，对于空间和身体之关联的感知并非仅仅催生了文字作品。在艾利森·布伦特（Alison Blunt）和吉利恩·罗斯汇编的《书写妇女与空间：殖民与后殖民地理学》（*Writing*

Women and Space. Colonial and Postcolonial Geographies，1994)中有一篇文章，凯瑟琳·纳什(Catherine Nash)在文章里深化了女性身体和地图学之间互动的研究，并例举了生于1958年的爱尔兰女画家凯西·普伦德加斯特(Kathy Prendergast)的几幅作品，她于1983年创作了《身体地图系列》(*Body Map Series*)。普伦德加斯特在这一系列的多幅画作中将女性身体和地图进行了结合。在《开放空间中的封闭世界》(*Enclosed Worlds in Open Spaces*)里，她呈现了一个充当地图载体的被截断的女性身体。在这幅对于"柔情地图"的全新诠释中，胸部被勾勒成了火山，肚子成了沙漠，肚脐则成了火山口。地图并不单单是普伦德加斯特一个人的模特。纳什曾指出了地图化的身体与19世纪的解剖图和妇科图①之间的关联。普伦德加斯特作品的原创性可能存在争议，毕竟在巴洛克时代此类大杂烩创作比比皆是。我们想到了约翰·多恩(John Donne)的诗作，在这里，情夫被描绘成了女性身体上的航海探险家。至于《雅歌》(*Cantiques des cantiques*)，更是将作品中的未婚妻置于生机勃勃的风景、置

---

① 19世纪40年代，研究阴道的美国妇产科学家詹姆斯·马里恩·辛姆斯做出了等同于哥伦布发现新大陆的探索(参见 Louise Westling, *The Green Breast of the New World：Landscape, Gender, and American Fiction*, Athens, University of Georgia Press, 1996)。在小说《解剖学家》(*L'Anatomiste*)中，阿根廷作家费德里戈·安达吉再现了马泰奥·哥伦布——于16世纪发现了阴蒂的意大利解剖学家——的原型。当时的印第安人着实风流。

于百合花园等巴勒斯坦和黎巴嫩地貌中！这样的隐喻在全世界范围内都能觅得踪迹。在作品《血花瓣》（*Pétales de sang*，1977）中，肯尼亚大作家恩古吉·瓦·提安哥通过其作品叙述者的口吻提出，新世界"是一个女人。其地形起伏，其山谷、其河流、其丘陵、其高山造就了急促的转弯、陡峭的上坡、急剧的下落尤其是生命之秘密源泉的涌现。抛开男人们的牛皮大话，何等探险者才有资格吹嘘已遍及了这个世界的每一角落，并且尝尽了每一眼泉水？"[①]类似的例子举不胜举。通常情况下，充当媒介的是图像。在小说《财富的穹顶》（*Domes of Fortune*，1979）中，穹顶与财富女神之间存在借代关系：作者阿兰·布瑞恩（Alan Brien）逼真地刻画了被视作测地线穹顶的女人乳房，它们充当着小短诗的载体。将身体变为倾斜景物的事情通常来源于男性和女性之间的等级转换。在查尔斯·布考斯基的一个短篇小说中，男主人公遭受了身高缩短至二十多厘米的灾难之后，沦为了其伴侣萨拉的性玩偶。[②] 他先被插入萨拉的阴道中，接着又被领着爬上了她的胸部。由于害怕从这令人眩晕而非激起人情欲的高岬上摔落，这位"小清管工"决定用大头针杀死萨拉。相

---

①　Ngugi wa Thiong'o, *Pétales de sang* [1977], traduit de l'anglais par Josette Mane, Paris, Présence Africaine, 1985, p. 437.

②　Charles Bukowski, «Le Petit ramoneur», in *Contes de la folie ordinaire* [1967—1972], traduit de l'américain par Jean-François Bizot et Léon Mercadier Paris, Le Livre de Poche, 1983 (1977), p. 34-47.

同的桥段还出现在佩德罗·阿莫多瓦的电影《对她说》（*Parle-lui*，2001）中。男护工班尼诺看护着深度昏迷的阿丽西亚，他幻想着能够整个插入阿丽西亚的性器官中。在看了一部默片中一个梦幻般的极度露骨场景之后，这股冲动裹挟了他。对于班尼诺，这意味着翻越维纳斯之峰，即代表着欲望的中心地带。这些例子再次凸显了斯蒂芬·马尔库斯口中的"色情域"①（pornotopie）。色情域指的是空间的彻底色情化，空间在此处被视为一具女性身体。因为在所有的这些幻想中，被征服和/或被插入的身体总是女性身体。如此我们便进入了约翰·道格拉斯·波蒂厄斯（John Douglas Porteous）所命名的人体景观（*bodyscape*），其实这一名称与其说是拟人化的（景观比作身体），不如说是地貌化的（身体比作景观）。在绝大多数情况下，这种人体景观也是女性的。

现在我们再说回凯西·普伦德加斯特的（地貌化）制图术。与前文列举的作者相反，这位都柏林的女艺术家并未停留在对于人体地图的色情化解读。她将一种用于衡量女性身体的制图视角与另一种更为传统的视角相结合，而这另一种视角正是攻占辖域的序曲。她将故乡爱尔兰描绘成一片后殖民土地，并且

---

① Steven Marcus, *The Other Victorians. A Study of Sexuality and Pornography in Mid-Nineteenth-Century England*, London, Wiedenfeld and Nicholson, 1966.

克制地给出最少的解释和最少的进入画作的密码：这就需要观众去解读符号"信息"的寓意。凯瑟琳·纳什认为，"普伦德加斯特这一系列作品的模糊性——鉴于画家没有给出答案——同样具有一种颠覆性的效果"①。普伦德加斯特在绘制地图方面的探索在 80 年代之后仍未结束。1999 年，她创作了一幅美国和加拿大的地图，其中只出现了带有前置形容词"迷失"（*lost*）的真实地名，*Lost* 同样也是这部作品的名称。迷失的小溪、迷失的峡谷、迷失的泉水，迷失的湖泊，这些都是自然的所指，画家通过消失的地名录不遗余力地强调着这些所指的迷失。在其 1983 年出版的普伦德加斯特画作评述中，纳什在提及爱尔兰时已经提前涉及了对于《迷失》的解读："这些地点被命了名。这种命名与语言丢失的概念相关。语言的这种衰落又与一种明晰的生活方式和一种关系的消亡相关，这种关系被认为比时下盛行的关系更亲密、更真实。"②因此我们又回到地图学与后殖民主义的互动上来了。归根结底，地图与辖域、身体与少数族群话语构成了一个不可分割的整体，这个整体充当了一个交叉口，这里汇集了空间的宏观再现和异位再现。

---

① Catherine Nash, «Remapping the Body/Land: New Cartographies of Identity, Gender, and Landscape in Ireland», in *Writing Women and Space. Colonial and Postcolonial Geographies*, Alison Blunt, Gillian Rose（eds），New York，London，The Guilford Press，1994，p. 234.

② 同上，第 240 页。

第三空间

两种再现模式的亲近催生了一种新型空间性,而在两种再现模式的交汇处,我们最容易感知到喧嚣。这种喧闹受到正面信号的影响,因为人们总是不由自主地联想到造物之混沌的概念。存在之物是喧闹的;移动之物是丰饶的。辖域辩证法在真实性的增加中表露无遗,并且通过个体所选择的节奏来进行,个体从周围环境所施加的限制中获得了不完全的解放。解辖域化被加快,再辖域化更加多产,正是这些阶段和修饰语定义了宏观和异位交叉路口的交通。在道路的交会处,还散布着一个自相矛盾的阈限区,它同时既向世界开放、又可受个体掌控。该区域汇集了最多样的话语种类。它使得少数族群话语能够像主导话语一样自我表达,后者在此丧失了优先权。种族、性别、阶级或属性等层面的不结盟派都在这里找到了表达的空间。这里在某种程度上是边缘的中心,或更准确地说,是一个不断消解的中心和一个逐渐确立的边缘之间的接触地带。这片空间具备同质性以外的一切特质;它容纳了所有差异的合成,以及某些断裂的缩小。它的名称在过去十五年乃至二十年间一直在变化,因为反正它注定是不会保持稳定的。不断改变的名称术语恰恰证明了它独具的活力。在法国,我们有时会说"二者之间"(entre-deux),尽管对于很多人来说这个说法指的是两次世界大战之间，或者对于雅克·拉康的读者来说指的是两次死亡之间。[1]
更有甚者，"二者之间"还指英语里"无人之境"(*no man's land*)
所对应的模糊意涵。但这个词的含义不仅于此。在米歇尔·塞
尔的笔下，"二者之间"指的并不是抹去或耗尽，而是激活某种隐
藏的潜能，这种潜能在"一和他者"(L'un et L'autre)之间，在大
写的一和他者(L'Un et L'Autre)之间的平衡点上才会现身："它
尚且既不是一也不是他者，不过也许已经同时成为了一和他者。
它忧虑不安、悬而未决，就像处于运动中的平衡，它识别了一个
尚未被探索的空间，这个空间不存在于任何地图上，任何地图册
和旅行者都没有提及过这里。"[2]"二者之间"是行动中的解辖域
化，它在再辖域化的时候四处飘荡。它等同于一切决断、一切认
同的悬念；它造就了激烈又多产的微时间，微时间先于时间而存
在，而在时间中，异托邦又再次开始了与存在之宏观维度的斗
争。"二者之间"保留了一种可能，也就是塞尔所说的"第三人的
幽灵"[3]。这个第三人存在于不同观点的交会处，于一个"中间
空间"；它是纯粹的融合，将"二者之间"变为可以被延展至世界

---

[1]　参见 *L'Entre-deux-morts*，Juliette Vion-Dury (éd)，Limoges，Presses
Universitaires de Limoges，2000. 这一说法出自雅克·拉康的《拉康选集》
(*Écrits*)和围绕《精神分析的伦理》(*L'Éthique de la psychanalyse*)进行的第七次
研讨会。有关精神分析的内容，可以参见 Daniel Sibony，*Entre-deux. L'origine
en partage*，Paris，Seuil，coll. «Points-Essais»，1991.

[2]　Michel Serres，*Atlas*，*op. cit.*，p. 24.

[3]　同上，第29页。

的"乌托邦的第三场所"①。

塞尔阐释了何为"二者之间"的本质；盎格鲁—撒克逊的批评家们为他提供了内容。80 年代末，格洛丽亚·安扎杜尔在《边土》中描述了位于与墨西哥接壤的美国西南部的"奇卡诺"，特别是"奇卡娜"的四处散落的生存现状。安扎杜尔首先回溯了边界的定义，即确切之物和不确切之物的分界，也即"我们"和"他们"的分界。"边境土地是一个模糊不定的地方，由非自然界线的情绪化残余物所创造"②。这片区域似乎受到了两极性的庇护。但这只是个假象：在深层意义上，边界是移动的。安扎杜尔所揭示的"边土"（frontera）并不是一和他者之间的对抗之所；它甚至也不是这两者的叠加之所。它更像是两者相乘倍增的产物。安扎杜尔中和了边界两边的两个世界所呈现的事物。这次中和是"比其不同部分的总和更大的第三元素。这个第三元素是一种全新的意识，是对于梅斯蒂萨的认知。尽管它会带来强烈的痛苦，但它的能量产生于持续不断的创造性冲劲，这种冲劲不断地摧毁着每个新范式的一元特征"③。第三元素作为前两个两极元素的增殖产物，使得"第三国家"（troisième pays）初具雏形，它诞生于"前两个世界性命攸关的淋巴"④。安扎杜

---

① Michel Serres, *Atlas*, *op. cit.*, p. 28.

② Gloria Anzaldúa, *Borderlands-La Frontera*, *op. cit.*, p. 25.

③ 同上，第 101—102 页。

④ 同上，第 25 页。

尔所勾勒的第三空间是一种平方化的空间类型……虽然平方是用同质增加同质，在这里却不是这样。安扎杜尔所探讨的中间空间不能仅仅局限于地理意义上的边界话语；它的适用范围拓展到了所有边缘区域，这种边缘区域有时存在于土地的内部。每当一个空间被梅斯蒂萨所攻占，第三空间便开放了。至于梅斯蒂萨（混血）——民族仅仅是其中的一部分含义——则构成了第三空间的身份地位、文化地位等。第三空间和梅斯蒂萨的概念超越了术语的范畴。这是 20 世纪 90 年代及之后的数篇分析所证实的。在《边土》出版三年后，贝尔·胡克斯则在《渴望：种族、性别与文化政治》中探讨了第三空间的诞生，她称第三空间为"边缘"，为"彻底开放的空间"①。与安扎杜尔一样，贝尔·胡克斯也认为边缘并非一个隐忍妥协的、被逐出正常轨道（*off the tracks*）的空间："……这些观点将边缘性变成了任何事物，唯独不是一个剥夺之地。事实上，恰恰相反：它是一切可能性之地，是一个抵抗空间。当我宣称边缘性是反霸权宣言的生产中心时，我指的就是这种边缘性。"②第三空间又一次被描述为一个激发非主流话语的边缘，贝尔·胡克斯明确说，这种话语并不是虚构的，它来自于生存的体验。

　　霍米·巴巴则比安扎杜尔和胡克斯更加概念化，他在著作

---

① bell hooks, *Yearning*, *op. cit.*, p. 149.

② 同上。

《文化的定位》中用了较多篇幅来论述第三空间（third space）——这一表述也由他所创。这部重要的散论探讨了英国旧的殖民话语及其后殖民批判在问题层面上的合流，巴巴在书中提出要超越限（*limes*）及其所引发思辨的两极结构。为此，他首先对"国际文化"的概念提出了质疑。相较于大谈不可辩驳的文化多样性，或是惊诧于多元文化的异国情调，更应该探讨"文化杂糅性"，这种杂糅性更加积极地吸取了差异的偶然性和区别的相对性。这种研究方法试图规避贝尔·胡克斯和安扎杜尔所揭露的"极性政治"（politique de polarité），并由此打造一个"中介空间"（*in-between space*），即"第三空间"。这番言论的措辞带有本质上的空间属性，但巴巴同样在其中融入时间逻辑。作为一个"去中心化的主体"，个体占据着第三空间，因而在"过渡期紧张的时间性或'当下'中显露的瞬时性"中赢得了某种身份。[①]文化环境是不定的；它与一个永恒运动的空间相重叠，而后者受制于流动的时间性，受制于"一种杂糅的边界文化"[②]。巴巴构建了一种地图学，这种地图学不无塞尔希奥·普里姆——贝伦·戈佩吉作品中的地理学者——构想的地图学的影子：值得我们关注的是凹陷，及其形成的方式。"应该被以新型国际空间——它由不连续的历史现实所构成——的形式描绘成图的，

---

① Homi Bhabha，*The Location of Culture*，*op. cit.*，p. 216.
② 同上，第 225 页。

其实是间隙传递及文化分化过程的指称方式，这些传递和过程根植于'二者之间'，根植于织造了'世界文本'的短暂割裂"①，巴巴进一步阐释道。他的立场与安扎杜尔和胡克斯相近，但他口中的第三空间似乎更根植于文化景观。两年后，爱德华·索亚也针对第三空间发表了自己的观点。在他笔下，分开书写的第三空间（third space）变成了连写的第三空间（thirdspace），成为了一个完全融合的场所："一切都在第三空间有了交集：主观和客观、抽象与具象、真实和虚构、可被认知和难以想象、重复和差异、结构和布局、思想和身体、意识和无意识、循规蹈矩和越纪逾矩、日常生活和无尽的历史。"②索亚同样提出了要与二元系统彻底割裂。不过他的这种尝试并不是对于安扎杜尔、胡克斯或巴巴的延续，而更像是对于列斐伏尔的延续。在索亚看来，生产的空间成为了第三化的（thirding）空间，它开启了一种"三元辩证法"（trialectics），这种辩证法"向附加的相异性和空间认识的持续扩张彻底开放"③。三元辩证法被索亚构想为抵抗一切"稳定"构造和整体化意志的解药。它发端于一些最终成为某种知识形式的模糊想法，索亚认为，这种知识形式是可以接受的，它并未陷入以彻底开放的认识论为特征的极端相对主义。这种

---

① Homi Bhabha, *The Location of Culture*, *op. cit.*, p. 217.

② Edward Soja, *Thirdspace*, *op. cit.*, p. 56-57.

③ 同上，第 61 页。

三元辩证法拥有空间性、历史性和社会性三大引擎，其最终阶段将实现一种杂糅。它并不追求传统辩证思想所宣扬的确切性。相反，"三元辩证思想的处境严峻，因为它否定了所有传统思维模式和先验的认识论。它混乱无序、难以预料、处于持续进化中、不稳定；它仔细地避开了一切恒定构造"①。作为索亚"三元辩证法"之空间核心的第三空间，与德勒兹和瓜塔里笔下正在萌发的辖域十分相似。第三空间是越界性的空间化阐释，而越界性本身即是一个通道（一种过渡，等等），是对既定规范的挑战。

　　第三空间似乎是个飘忽的概念，但这种不定性是与生俱来的。过去十年间，不断有人对它进行描述。2003 年，在题为《后民族叙事批评》的散论中，弗雷德里克·路易斯·阿尔达马重新论述了这个概念，试图对其进行细化。借助于对萨尔曼·拉什迪（Salman Rushdie）"再征服"叙事的研究，阿尔达马让第一空间和第三空间形成了对立。如我们所料，第一空间（le prime espace）正是欧洲人在鲁德亚德·吉卜林（Rudyard Kipling）的小说《吉姆》（*Kim*，1902）中所界定的空间，而第三空间则归于殖民活动的遗弃者、无缘成为西方人的群体。根据被阿尔达马归功于吉卜林的隐含等级体系，非西方人物的第三空间似乎是"原

---

① Edward Soja, *Thirdspace*, *op. cit.*, p. 70.

始的以及人种不纯的"①。第一和第三空间的区分建立在"民族
-种族化"空间(*an ethnoracialized space*)的概念之上,这一概念
在殖民年代盛行一时。阿尔达马接着展示了萨尔曼·拉什迪如
何通过一种对第三空间的后殖民"再征服",冲破殖民主义催生
的二元对立逻辑。这一举措的积极结果是推动了术语秩序的调
整,第三空间变成了……第四空间(*fourthspace*)。阿尔达马认
为,拉什迪的第四空间的特征是"广袤的交流区内(第一空
间——例如西班牙、英国——和第三空间——例如拉丁美洲、印
度——在这个区域共存)……拥有文化和种族杂糅身份的角色
及人物"②的共居。在某种意义上,阿尔达马和拉什迪赋予了第
四空间由霍米·巴巴等人所描绘的第三空间的特点。我不确定
这种新的空间划分是否有用。不过,相较于"第三"的表述,"第
四"呼应了某个久远的回音。1507 年,在圣迪耶,地图学家马
丁·瓦尔德泽米勒(Martin Waldeseemüller)在其《宇宙志入门》
(*Cosmographiae Introductio*)中曾将欧洲人发现的新大陆列入
世界"第四版块",并以亚美利哥·韦斯普奇(Amerigo Vespuc-
ci)的名字将其命名为亚美利加(America),当时亚美利哥享有
比哥伦布更高的声誉。五个世纪之后,又轮到"去殖民群体"和从

---

① Frederick Luis Aldama, *Postethnic Narrative Criticism. Magicoreal-
ism in Oscar «Zeta» Acosta, Ana Castillo, Julie Dash, Hanif Kureishi and
Salman Rushdie*, Austin, University of Texas Press, 2003, p. 90.

② 同上,第 90—91 页。

前的"其他人"来重新定义一个世界，并剥离出一个全新的第四版块，这一版块极其富饶，坐落在其他三大版块的交界处。归根结底，无论它是第三还是第四版块，重要的是它允许了新生和自由。

"在某一刻，存在着一个平静而闲适的世界。突然出现了一张惊悚的脸正看向视野之外。其他人在此似乎既不是主体也不是客体，但这一个与众不同，它像一个可能世界，像惊悚世界的可能性。这个可能世界并不是真实存在的，起码现在还不是，但它的存在并未因此减少：它是只存在于表达中的被表达之物，是一张脸或是脸的等价物"①。德勒兹和瓜塔里十分精妙地呈现了第三世界——一个等待被表达的可能世界——所孕育的内容。恐惧确实镌刻在"辖域"（territoire）一词的词源中，因为拉丁语中的 *terrere* 或 *territare* 指的是"让人惊恐"，而当朱庇特失去理智变得"恐怖"（terrible）时，人们会用定语 *territor* 来形容他。但一旦辖域开始"移动"并解辖域化，诞生于辖域的恐惧也就走向了消解。解辖域过程通向一个可能世界，它也许是第三空间或第四空间，但无论如何都是一个越界空间。在前面的引文中，德勒兹和瓜塔里引用了米歇尔·图尼埃（Michel Tournier）的作品《礼拜五或太平洋上的灵薄狱》（*Vendredi ou les limbes du Pacifique*，1967），在这部作品中"一"成为了"他者"，它们互相

---

① Gilles Deleuze，Félix Guattari，*Qu'est-ce que la philosophie?*，*op. cit.*，p. 22.

交替、彼此混合，"如同一个可能世界在可感知场域内的表达形式"①。如果说第三空间的构建需要作家、艺术家的投入，那么，它同样也需要逻辑的方法。第三空间随着辖域放弃其可怖性而逐步确立，其令人震惊的力量代表了一种行动中的越界性。它同时统领着空间和时间，也统领着形成于点和瞬时的无托邦（ou-topie）。这一交汇区域是流动的，因为它逃脱了个体的感知和反映范畴，从而可以向全世界延伸。任何空间在假设中都位于创造性潜力的交汇处。文学和模仿艺术应对其进行探索，因为它在现实和虚构之间，无论是文学还是其他模仿艺术均可以将隐藏在时空中的虚拟性呈现出来，而不会将时空置于停滞的束缚中。从各类模仿艺术的再现中凸显的时空，这就是地理批评所倡导探索的第三空间。

地理批评致力于绘制可能世界的地图，一张多元的、自相矛盾的地图，因为它囊括了整个流动的空间。正如米歇尔·塞尔所指出，"我们不再走向一个世界，而是走向多样的可能世界。让我们来勾勒这些世界吧"②。不过，在着手完成这项棘手的任务之前，在绘制一张空间化的文学世界地图之前，我们需要直面一个大难题。文学和其他模仿艺术中空间的再现是否受到虚构

---

① Gilles Deleuze, Félix Guattari, *Qu'est-ce que la philosophie?*, *op. cit.*, p. 24.

② Michel Serres, *Atlas*, *op. cit.*, p. 276.

世界的限制？这一再现是否可以超越所谓"真实"世界的限度？
阿尔达马在关于魔幻现实主义的一篇散论中也发出了同样的质
问。不过，对他而言，他称作的（文本）美学和（日常）本体论的混
淆会致使部分世界所承受的"真实"压迫和剥削相对化："我们在
思想中要牢记这一点，大学的职责在于汇聚和传播思想，号召动
员成百万的人去废除目前在各个国家，在全球各地存在的种族
主义、性别歧视、对同性恋的憎恶、压迫和剥削，这并非大学的职
责，而是由劳动者组成的机构的职责。"①阿尔达马在论述中对
詹姆逊、巴特、克里斯蒂娃、德里达和利奥塔多少有所指责，并认
为他们没能够进行必要的区分是错误的。

　　关于真实和文本分野的讨论不仅仅关涉到对于事件多少应
该采取立场的参与者身份的讨论。相关的最令人兴奋的思考并
不在于此。文本和现实间的分裂真的是绝对的吗？并不一定，
我曾引述过利科对于虚构叙事所产生的微醺效果的赞美。不
过，利科并没有意识到（或者是不愿意识），绝大多数话语——并
非仅有文学所直接体现的虚构话语——都寻求一种微醺的状
态：地理、建筑、城市规划，等等。"喝吧"（*Trinch*），在《巨人传》
的第五部中，神瓶对巴汝奇发出谕旨。所有这些思考都是可逆
的。思考"真实"的学科从文学作品中得到启发，以更好地界定
"真实"，在这样的范畴内，我们是否可设想，文学也有助于"真

---

　　①　Frederick Luis Aldama, *Postethnic Narrative Criticism*, *op. cit.*, p. 108.

实"的构建，或所有我们纳入"真实"概念内的各类现实的构建呢？文学就其本质而言，是否注定与"真正的"世界无关？它是否拥有"解读"世界的权利？所有上述即兴提出的问题都需要对虚构文本与指涉对象的关系进行预先的思考。在受到景观崇拜（居伊·德波、让·鲍德里亚）的持续滋养后，真实和上演真实的社会或许变成了虚构的实体。如果存在这一现象，其危险也是明显可见的，因为真实的虚构化会形成世界的不可控的去现实化，这一去现实化会产生潜在的反常效果。我们地球的苦难是"真实的"；这一显而易见的事实至少不具有欺骗性。相反，潜在的去现实化会为文学和其他虚构再现模式打开新的视野。在部分地填补分隔文学与真实的鸿沟的同时，我们赋予文学以"影响"真实的职责。如是，我们又回到了米歇尔·塞尔的话："如何一个场所接着一个场所地构建未知世界的地图？像苍蝇或更像天使一样飞舞，天使走过的路径和传播的信息织就了耶稣的无处不在，经由虚拟的场所走向宇宙。"[1]在下面一章中，我们不会讨论天使的性别，而是讨论其穿越世界的迁徙路径，讨论其在真实和虚构、指涉和再现之间的穿越路径。天使首先是信使。此外，天使也有其自身的神圣指涉。其中一位确实堕落了，可是，这一坠落并没有引起众天使的灭亡；它将职责的概念引入宇宙和地球，并启发了但丁《神曲》的开端。

---

① Michel Serres, *Atlas*, *op. cit.*, p. 274.

第三章 指涉性

空间及其再现:绪论

从柏拉图、亚里士多德到后现代主义者,人们多次探索艺术虚构与世界的模仿关系。若打算在此列出一份有关再现主题演变的清单则将是徒劳无益和自以为是的。我仅列举马克·邦塔和约翰·普罗特维提出的简要定义,他们认为再现是"对构成世界的事物以心理意象为形式的复制或描绘……再现在实际产物的层面上运作,它用文字表达产物的外延特性,并按照同一性、类比性、对立性和相似性的原则来排置这些特性"①。再现是对衍生的本源的表达——这一本源时而是"真实的"(世界),时而是衍生的"虚构"(心理意象,拟像)。由于再现至少在两个方面建立关系,所以这种引申产生了"相同的、不同的、类似的"类型

① Mark Bonta et John Protevi, *Deleuze and Geophilosophy*, *op. cit.*, p. 135.

的比较(利科)。最后,再现以文字、图像、声音为载体。依照此种简化的要点,再现建立在一个(传递)过程、一种(对比的)关系和一套符号系统之上。基于研究角度的不同,这些层面中的某一面或另一面将会得到青睐。当现象学提出一种新的再现模式并深刻影响当代世界的阅读时,真正的转向便产生了。创新首先在于推翻等级。实际上,现象学家们越发关注传递过程的时空特点,还十分关注本源及其衍生关系的陌生化或去现实感的特性。通过再现活动,该模式进入一个不稳定的、时而不确定的环境中。它在一种倾向采用想象轮廓的话语中被重新模拟。这就是非现实现象学领域领军人物之一欧根·芬克所解释的:"每一个重新模拟的世界都是完整的想象世界,即使想象不完全是生产性的,但它对业已存在的世界担负责任。这改变了整个世界的内容,世界因此超越最初的时间性步入想象世界的时代。"①简而言之,再现自发地虚构了它的本源。再现,就是重新表现,在新的环境里,进行起源的交错衔接。但它不仅仅改变世界的时间性,还对空间性产生影响。

再现的系统性空间化出现在 1970 年前后,与此同时它还逐渐进入亨利·列斐伏尔的开创性研究中,该研究启发了部分后现代主义批评家。列斐伏尔的杰作《空间的生产》于 1974 年首

---

① Eugen Fink, *De la phénoménologie* [1930, 1966], traduit de l'allemand par Didier Franck, Paris, Minuit, 1974, p. 62.

次出版,并产生历时弥久的影响。其影响可通过爱德华·索亚的言论得以判断,索亚认为《空间的生产》"可能是有史以来关于人类空间性的社会历史意义和空间想象特殊力量的最重要的一部作品"①。列斐伏尔思想之伟大,在于其区分了三种空间,三种空间再现的模式:感知空间、构想空间、经验空间。通过分类学选择,列斐伏尔试图证明"空间绝对不会像一公斤糖或一米布那样被生产"②,但它是一种关联的再现乃至结果,这种关联本身就引发了一种比较。感知空间对应空间的具体实践。对我们来说更不可思议的是,构想空间就是空间再现的空间:是城市设计家、规划者们的空间。至于经验空间,它由再现的空间组成,换句话说,所有经验空间都是由形象和符号构成的。因此,在本文中,我们重点关注的是经验空间。如果列斐伏尔列出的第一类空间是显而易见的,即人们试着在街上行走而不会撞墙的空间,那么另外两种空间则更加复杂。它们仅仅是一种表达吗?看看列斐伏尔给出的答案:"在两者或空隙之间,在空间的再现和再现的空间之间有什么? 一种文化? 那是当然,不过文化这个词儿具有完全的迷惑性。是艺术之作? 毫无疑问,但是这项工作由谁来做、怎么做? 是想象? 可能吧,却又为什么想象? 为

---

① Edward Soja, *Thirdspace*, *op. cit.*, p. 8.

② Henri Lefebvre, *La Production de l'espace*, *op. cit.*, p. 102.

了谁而想象?"①这个答案真的不止一个。马克思主义者列斐伏尔以其方式采取了后现代主义者的立场;无论如何,他吸引了一大批后现代主义者。

列斐伏尔及其后继者,如索亚等一批后现代主义(和后马克思主义)地理学家,他们的贡献在于开辟了基于比较体系的空间再现,这种比较体系间接地增强了有关真实与虚构、指涉与虚构再现之间关系的宏大争论。在继续我们的论述之前,应当重申巩固本源和衍生物之间关系的原则:任何得以表达的再现在经历心理历程后都具有话语性或符号性(甚至声音性或可塑性)。再现需要话语(符号等的)结构严密,这种严密性与语言共存,更能将再现表达为与世界的本质相关性(衍生物可能很明显地区别于根源)。词句或形象的排置可以呈现严密的结构,而不与世界保持"共同可能"②关系。正因这种排置,再现的空间的构建成为可能,该空间有时表现为虚构空间。列斐伏尔大胆地为这一话语的空间,即话语造就的空间做出定义:"话语的空间? 虚构又真实,它总是在两者之间滑动,在身体空间和空间(禁地)中的身体之间的不可确定的间隙里滑动。谁在讲话? 在哪里? 从哪里,从哪个场所? 这个熟悉的问题掩盖了悖论:绝对空间,心

---

① Henri Lefebvre, *La Production de l'espace*, *op. cit.*, p. 54.

② 德国哲学家莱布尼兹关于"可能世界"论述的重要哲学观念。——译者注

理空间，符号的极度抽象融入其中，并在这里（通过动作、声音、舞蹈、音乐）尝试自我超越。词句在空间中，又不在空间中。它们谈论空间，笼罩空间。有关空间的话语蕴含着一种空间的真理，后者不会来自空间中的某个场所，而是来自一个虚构又真实的场所，一个既'超真实'但又具体的场所。这只是一个概念的场所！"①真实和虚构的界面在于词句，以某种方式将二者安排在真实、逼真和想象的轴线上，远离任何模仿意图和价值论。词句，连同动作、声音和图像都身处从载体到空间再现的钟摆式运动中。话语可以是构想空间的话语，是城市规划者设计某地地图的话语，它还很可能融入经验空间，就是列斐伏尔所理解的再现空间本身。然后文学找到了它要说的话，说，是的，不仅仅是誊写在文本中。我们参与了一项"诗歌创作"（鲁多），这有助于从真实城市到想象城市的过渡，但这个过程可能会被延伸至真实与虚构的一切关系。诗歌创作通过命名创造存在，它产出生命，让"作为话语交叉口的真实城市变成其趋于成为的样子。因此，真实的城市就是一座记忆的剧场。正是通过语言才能重建它，重新塑造它"②。当"那初升的有玫瑰色手指的黎明"（译者注：见《荷马史诗·奥德赛》）被写下时，鲁多所说的诗歌创作就

---

① Henri Lefebvre, *La Production de l'espace*, *op. cit.*, p. 290-291.

② Jean Roudaut, *Les Villes imaginaires dans la littérature française*, *op. cit.*, p. 166.

存在了。在古希腊，行吟诗人是世界的讲述者和助产士，诗歌创作始于他们费尽心思去呈现有人居住的世界[①]（oikouménē）之时，他们的尝试实际上超越了有人居住的世界，只有通过驰骋的想象才能达到该目的。

明天是前天吗？仍然空白的再现，过于充实的再现

在《地图集》中，米歇尔·塞尔将我们的当下还原到空间中考察。延展：展向何处？增殖：怎么增殖？谁来增殖？接下来：怎么做？从哪里出发去向哪里？如其他学者一样，他揭示了一个受饱和感影响的世界，并表现了一个膨胀的世界，其新的延展源于虚拟的增殖："这些遥远却又迅速消失的距离，超越自我和此在，开启了虚拟空间，对虚拟空间的重新发现、探索和利用，再加上我们在其中的居住、学习和工作方式，在这近几十年来，拓展了对世界古老边界的有限征服；一旦真实空间不再为我们的旅行、科学的冒险和技术的发明提供空白，我们便开始关注虚拟空间。"[②]如果时间处于饱和状态，逃离了真实和虚构处于虚拟与现实之间的世界，情况就并非总是如此了。一段时间以来，指

---

①　oikouménē 源自希腊文，是古希腊人对已知世界、有人居住的世界或可居住世界的称呼。在罗马帝国时期，它指的是对文明及世俗和宗教帝国的管理。——译者注

②　Michel Serres, *Atlas*, *op. cit.*, p. 190.

涉问题引发了一系列时常矛盾的回答。在将我们的研究扩展至结构主义、后现代主义和逻辑学家及其文学继承者提出的可能世界等领域以前，我认为回溯西方世界关于该问题的最初论述似乎颇有助益，回到那个真实与虚构的关系极其微妙却又不会引起任何争议的时代，因为那时的指涉和其文学再现是一体的。曾几何时，人们并不太关注将世界从其过于充实中抽离，将其引向虚拟的方向，而是去填补仍然空白的世界，一个叙事空白的世界。当世界还不是今天这个我们来回穿梭的封闭空间时，在还没有特别的激情，无须去适应时差、气温、略有不同的卫生习俗和我们这个星球的圆度时，那时的世界是怎样的？看来诗人里卡多·巴切里也许没有错："我们有些欧洲人过于了解这个世界。哥伦布/不曾意识到他所犯下的恶。大写的历史/走向西方又将回到起点。/所以地球之圆难道是出于讽刺？"[1]

　　这种讽刺，奥德修斯、伊阿宋和阿尔戈英雄还没有经历过。在他们的时代，指涉是唯一的吗？是的，他们只需沿着爱琴海岸航行。可当他们远离有人居住的世界时，情况就不同了；模糊开始笼罩。对于亚里士多德的弟子狄凯阿科斯来说，从伯罗奔尼撒到亚得里亚海北部的距离和从伯罗奔尼撒到赫拉克勒斯立下的石柱的距离相等。而今天，只需要查阅一张地中海地图就可以知道这个错误有多明显。亚得里亚海，里米尼夜总会里吟唱

----

[1]　Riccardo Bacchelli, *Poemi lirici*, Bologna, Zanichelli, 1914.

的和威尼斯贡多拉船下的亚得里亚海，曾是一片未知又可怕的海域。早在世界伊始，克罗诺斯就在海湾尽头将乌拉诺斯阉割。克基拉岛（也叫科孚岛）坐落在将乌拉诺斯和大地之母盖亚分开的镰刀①上。克基拉岛还将成为淮阿刻亚人的岛屿，他们诞生于乌拉诺斯的血液。古希腊人还将他们冥界的一方圈定在亚德里亚海域：就在幸福诸岛之上。亚德里亚海——或克罗诺斯海——环绕着古希腊的西北部，这片海域有着神秘莫测的广阔，令人生畏（*unheimlich*）。自此之后，人们想象着更远的空间所能再现的事物。在《伊菲革涅亚在陶里斯》（*Iphigénie en Tauride*）中，欧里庇得斯无法区分色雷斯的博斯普鲁斯和辛梅里安人的博斯普鲁斯：如果第一个是我们熟知的博斯普鲁斯海峡，第二个则指的是靠近克里米亚半岛的亚速海入口处。似乎很难把它们混为一谈。奥维德在他的通信中回想起托弥海岸的严寒，那是他流放之地，位于今天的罗马尼亚，海岸线常年冰封。我们很难想象罗马尼亚的海滩上布满着浮冰。在黑海最东端的科尔基斯，有一位名叫美狄亚的姑娘，她是喀耳刻的侄女。赫西俄德认为，喀耳刻用她的艾尤岛标记出位于第勒尼安海的世界的最西端。太阳神的战车可横跨东西两端，太阳神是埃厄忒斯的父亲，埃厄忒斯是美狄亚的父亲。而太阳用不到一天的时间就可完成该行程。阿尔戈英雄溯多瑙河而上快速驶向亚德里亚海北

① 克基拉岛的外形像一把镰刀。——译者注

部。罗纳河注入海洋，几乎难以同埃里坦河——也可能就是波河区分开来。总而言之，英雄们在水上漂流，如同在地图上游荡一般。人们可以竞相增加诸如此类的精彩例子。我们发现：无知并非始于赫拉克勒斯之柱，而是源自亚德里亚海、第勒尼安海以及我们认为的黑海。换句话说，决定世界的中心的比例尺比我们习惯应用于现代空间的比例尺要小得多。几海里或几斯塔德①的距离就足以让旅行者离开已知的世界。任何出行都依照一条交替穿越已知与传说的线路进行，有时，已知与传说会同时出现。

　　已知与传说的关系在知识史中演变。今天，已知远胜传说。在最开始，二者关系是相反的。彼时，一切都只是传说，是巨大的开口，是虚拟地图上的白点。奥德修斯几乎对整个航海途中呈现在他眼前的景象感到震惊。马西莫·卡西亚里列举出荷马和但丁笔下的多个奥德修斯，认为"二者都不得不向古老的禁忌提出挑战，杀死了远古的禁忌之神"②。伊阿宋的任务同荷马和但丁笔下双面奥德修斯的任务类似。在史诗《阿尔戈英雄记》的第二章中，伊阿宋承认了自己的恐惧："现在，我屈服于极度恐惧和难以承受的焦虑所带来的重负，畏惧在寒冷彻骨的海道上航

---

① 古希腊长度单位，一斯塔德约合 180 米。——译者注
② Massimo Cacciari, *L'arcipelago*, *op. cit.*, p. 71.

行,害怕我们登陆的时刻,因为那里只有遍地的敌人。"①在第四章中,叙述者增强了这种面临无边无垠的被遗弃感:"他们航行在地狱中还是波涛中?他们一无所知。他们任凭大海摆布航路,无法知晓将会被大海带向何方。"②奥德修斯、伊阿宋以及所有因海难、旅行和探险而踏入无人之境的人们,都面对着仍然空白、未成形的空间,面对着让-皮埃尔·韦尔南所描述的巨大的开口:"什么是巨大的开口?是一片空白,一片漆黑的空白,在那里什么都看不见。一个坠落、眩晕和混乱的空间,无穷,无尽。人们被这个巨大开口困住,就像被一张大开的巨嘴咬住,它在一夜之间把一切都吞噬殆尽。所以从原初伊始,只有这个巨大的开口,看不见的、黑暗的、无尽的深渊。"③这个空白已经开始被叙事填补。有时,叙事走在场所之前,预告一个还未存在的空间的萌生。为了解自己的命运,奥德修斯去冥界见忒瑞西阿斯,并得知自己将在一个不知道盐为何物的国度结束生命。荷马没有填满这个地方,但是其他人担负起此任。伊阿宋从利比亚致命的沙漠中把阿尔戈号抢回来。在此之前,三个仙女已为他揭晓

---

① Apollonios de Rhodes, *Argonautiques*, tome I, traduit du grec par E-mile Delage, Paris, Belles Lettres, 1974, p. 206 (II, v. 627-630).

② *Ibid.*, tome III, traduit du grec par Emile Delage et Francis Vian, Paris, Belles Lettres, 1981, p. 142 (IV, v. 1699-1701).

③ Jean-Pierre Vernant, *L'Univers, les dieux, les hommes. Récit grecs des origines*, *op. cit.*, p. 15.

面前的空间，并引导他去了特里通大湖。之后，地中海已被完全测量，而叙事却继续走在场所之前。在诞生于公元 2 世纪的亚历山大体"小说"《琉基佩和克勒托丰历险记》中，作者阿基琉斯·塔提奥斯（Achille Tatius）引导正牌（却讨人厌的）未婚夫卡利斯提尼追踪美丽的琉基佩。为了重新觅得佳人踪迹，他必须要破译一道神谕："它是一座岛上之城，岛上生命以植物而命名；这座城市既是地峡又是和坚实大地相连的海峡；在那里，赫菲斯托斯曾快乐地拥有有着湖蓝色眼眸的雅典娜。在那里，我请你向赫拉克勒斯献祭。"①乐于助人的战略家索斯特拉托斯是这样为卡利斯提尼解释这道神谕的：它是生长腓尼基棕榈树的城市，是一座水陆之城，处于赫菲斯托斯之火与雅典娜橄榄树的斗争之中，因为在那里灰烬被用来给橄榄树施肥——这座城市是泰尔。

　　对场所的描述并非再现一个指涉；话语建立了空间。神谕和预兆都预测着事物的现实性。这个过程在奇特的间隙中演变，人们在其间定位传说中的国度，并将被印证的现实传说化。通过故事情节的安排，古代人力图一下子就能掌控传说，从而控制自己的恐惧和恐慌。当伊阿宋、俄尔甫斯以及他们的同伴横渡叙姆普勒加得斯撞岩时，岩石仍然在移动，打开了一个巨大的

---

①　Achille Tatius, *Les Aventures de Leucippé et de Clitophon*, traduit du grec par Pierre Grimal, Paris, Gallimard, coll. «Pléiade», 1958, p. 901.

缺口,吞没那些敢犯险靠近它们的人;在英雄们通过之后,叙姆普勒加得斯撞岩就静止不动了。通过叙事,史前人类的空间纵然可怕,但被浇铸在人类力所能及的稳固而令人心安的模板中。《奥德赛》《阿尔戈英雄纪》和大部分希腊传说并不关心指涉,以便让叙事自由地发挥。风景是诗歌和情景创造的产物,而非相反。所以,在现实地图上寻找史诗中的场所,是年代错乱,也是不合逻辑的:奥德修斯通过话语绘制了一张地图;他描绘了一张完全由词语而非指涉场所构成的地图。在一篇有关荷马的精彩论文中,阿兰·巴拉布里加曾指出希腊地理的一个特点:"古老的宇宙志忽略了真实的航海路线。地名之间彼此相互关联,可以说是被排列在一条理想的直线上。"[①]换言之,最初的宇宙志并非试图在一张多少带有模仿性质的地图上再现场所的形态。它根据句子的顺序排列场所。是词语创造了场所。因此,位于锡拉库萨的奥提伽古城[②]可能较西西里岛的西部距希腊更远,由位于特拉帕尼城的特拉帕纳古城[③]引出一长串地名即可说明。在阅读《阿尔戈英雄纪》时,我们参与了一场声势浩大的地

---

① Alain Ballabriga, *Les Fictions d'Homère. L'invention mythologique et cosmographique dans* l'Odyssée, Paris, PUF, coll. «Ethnologies», 1998, p. 109.

② 奥提伽古城由希腊移民所建,始于公元前 735 年。——译者注

③ 特拉帕纳古城为希腊人建造,位于今日西西里岛的特拉帕尼市。——译者注

理建设（从该词的各种意义上来说）：伊阿宋和阿尔戈英雄穿越的地方就像诗人词句串连起的珠玑。如果他们取道河流而没有行驶于宽广的海洋，这或许是因为河流是长句流动的一种方式。我们可以在公元纪年之后，在距我们时间更接近的世界描述中，重新发现地理建设这一概念。在公元2世纪的哈德良时期，帝国空间的吞噬者亚历山大的狄奥尼修斯起草了一份旅行志，是对人类居住之地的宏观描述。狄奥尼修斯可能不是一个旅行者，甚至也不是一个地图绘制者：他通过思想、通过文本、通过以清单形式列出的文本游历了世界。文本和场所在此处的关联是紧密的，这种关联通过话语的力量得以传递，话语是空间的缔造者。《亚历山大的狄奥尼修斯的居住之地的旅行志》的编撰者克里斯蒂安·雅各布提出了一个至关重要的问题："但是，仅凭助语言资源，我们怎样能够使空间可见？"[1]答案是多重的。总的来说，狄奥尼修斯，如同古代所有旅行志作者，并没有描述场所本来的面貌或应有的面貌；而是再现了它的文学形象。古黑海的海岸呈现出卡利马科斯或罗德岛的阿波罗尼奥斯所吟唱的模样。换言之，狄奥尼修斯不关心地理上的指涉：如果有指涉，它是文学的，屈从于诗歌的约定。还如雅各布所说："地理科学不能忽略种种神话空间：即便是对其展开批评，或将其化为乌有，

---

① Christian Jacob, *La Description de la terre habitée*（*Périégèse*）*de Denys d'Alexandrie*, *op. cit.*, p. 31.

它们依旧会在地理中占据一席之地。地理将其解构、转换、系统化。通过对神话的地理阅读，我们实际开启了对居住世界的考古，人们在真实中镌刻记忆（而不是虚构），将不同时代和时期混杂在一起。"①

然而，文学的表现手段是多样的。从伪斯库拉斯到米利都的赫卡塔埃乌斯，从希罗多德到昔兰尼的埃拉托斯特尼和斯特拉波，狄奥尼修斯如同上述希腊地理学家一样，每当所描述场所的轮廓不符合任何几何图形时，往往会借助类比或隐喻的修辞。他还在地图和写作之间架起一座桥梁：按照符像化（*ekphrasis*）的修辞方法，句子具有绘图的标记。如同其众多同时代人，狄奥尼修斯展现出一种灵活的时间性，其中既包含了来自旅行发现的新鲜事物又有忠实于神话的古语。总体来说，指涉并不会模糊思想。地理和文学还未得以分家；相反，二者是相辅相成的。巴拉布里加就此发问："为何希腊人及其他地中海人不曾在一片已知又迷人的海域上航行？"②显然，从空间带有明确意识形态和单一逻辑色彩时起，指涉就开始必不可少了。因此，罗马是可以用手指规划的，对于雷蒙·舍瓦利耶而言，罗马是"一个有待组织、由百夫长保卫和城市化的混乱空间，一片以待平定和罗马

① Christian Jacob, *La Description de la terre habitée*（*Périégèse*）*de Denys d'Alexandrie*, *op. cit.*, p. 51.

② Alain Balladriga, *Les Fictions d'Homère*, *op. cit.*, p. 8.

化的领域"，其至高的目标在于把"全天下都归于一座城池之中"①。不过，超文本指涉对空间话语的最早介入，可以追溯到更久以前。《奥德赛》本身就是令人怀疑的。根据瓦莱里奥·马西莫·曼弗瑞迪和很多当代古希腊学者的观点，《奥德赛》的初次历险被锚定在东方。喀耳刻岛位于希腊人认知中的东方边际，是叙事中幸存下来的原始"东方性"的罕有标志之一。在文本固化以前，文中大部分的东方参考都被清除，指涉逐步西方化。这属于出海的逻辑，也是向西方、向河流海洋迁移运动的逻辑，它们构成了面对增长（*auxesis*）和世界极度扩张之时的全部希腊式想象的特征。这种西方化伴随着希腊人对爱奥尼亚和第勒尼安发起的殖民化运动。按照曼弗瑞迪的看法，可能正是优卑亚人为荷马文本赋予了新的锚地："奥德修斯的路线似乎正好绘制出优卑亚遗址在西行道路上的考古学地图。"②和优卑亚人一道，奥德修斯在罗马附近（卡铂齐尔切奥）而不再是黑海致命的深处重新发现喀耳刻。继而，想象和意识形态指涉之间的关联便不断地得到显现。后来，那些不及《奥德赛》或《阿尔戈英雄纪》出名的文本在奥德修斯和另一位英雄之间建立了联系，这位

① Raymond Chevallier, «Avant-propos», in *Littérature gréco-romaine et géographie historique. Mélanges offerts à Roger Dion*, Paris, Picard, coll. «Caesarodunum», IX bis, 1974, p. 6 et 8.

② Valerio Massimo Manfredi, *Mare Greco* [1992], Milano, A. Mondadori, coll. «Oscar», 1994, p. 60.

英雄伴随着罗马的崛起而日负盛名，他就是埃涅阿斯。你们觉得发生了什么？当希腊把地中海的霸主地位让给它的西方邻国①时，奥德修斯在意大利的土地上宣誓效忠于埃涅阿斯。奥德修斯活在埃涅阿斯的庇护下，之后被但丁降格到地狱的第八圈层……因为他背叛了特洛伊人的信任，他们是罗马人和后来的意大利人的祖先。通过展开这些颇具教育意义的事例很容易证实，话语的纯洁性只是另一个神话。而事实仍然是：奥德修斯与早期殖民者之间的关系可能带有使文学崇高的特有属性。曼弗瑞迪指出，因为这涉及"一种直接的从属关系，在这个意义上，奥德修斯的传奇或其他英雄传统的提出者本身就是希腊大迁徙的主角。换句话说，水手、商人、冒险家和探险者，为了抚平身陷未知时的反复焦虑，他们会以神话先驱者的身份在路途中设想他们的神明和英雄。第一位闯入墨西拿海峡水域的航海者实际是第二个过境海湾的人，因为他早就把奥德修斯的幽灵推到自己的前面，奥德修斯征服了斯库拉女妖和卡律布狄斯，已成为地

① 按照曼弗瑞迪的观点，追溯到比维吉尔早了两个世纪的《亚历山大》(*Alexandra*)的作者吕哥弗（Lycophron），是他以刻意亲近罗马的视角完成这项合并："吕哥弗隆的确证实，在传统中出现了希腊记忆与特洛伊记忆在伊特鲁里亚大地上的相遇，但它借助了神话，并把神话安放在新的光亮之中：传播之光。实际上，通过对循环诗的考察，吕哥弗隆并不满足收录那些产生于远古航海者想象的传奇故事，而是常常用乐器对它们进行改编，以便为新兴的国家集团政权力量提供适宜的意识形态工具。" Valerio Massimo Manfredi, *Mare Greco* [1992], Milano, A. Mondadori, coll. «Oscar», 1994, p. 106-107.

方守护神"①。

　　奥德修斯的幽灵是指涉初现时所特有的。文学英雄先于航海家到达世界上最遥远的地方，正如同想象比现实超前。指涉根据话语被构想和勾勒呈现。世界仍然相对空白。从黎明到黄昏，白昼漫长，时间充裕。应该说，幽灵应该还徘徊在克里斯多夫·哥伦布的帆船之上，这不仅有奥德修斯的幽灵，还有马可·波罗的魂灵，因为哥伦布前往的是远东，而非一个有待杜撰的美洲。"叙事永远不是最初涌现之物，"弗朗索瓦·阿尔托格恰如其分地说道，"它总是与其他叙事纠葛在一起，游记叙事的路线也是其他叙事的路线：在形成文字之前，太平洋发现者留下的航迹以重新切分先前叙事的文字开始。克里斯多夫·哥伦布启航时，带着马可·波罗的书。"②只有奥德修斯从他者的叙事中被剥离；他在人与非人中演变，文本在这个过程中还有待编写。伊阿宋运气更好：他有身为诗人和竖琴手的俄尔甫斯为伴。他者的见证往往与经由原始空间文本而得以表现的作家的作品相近似。这一点后来在塔索的《被解放的耶路撒冷》和贾梅士的《路济塔尼亚人之歌》中得到证实。自塔索以来，文学继续预测地理。到凡尔纳和康拉德之后，奥德修斯的幽灵已不再引人注目，

---

　　① Valerio Massimo Manfredi, *Mare Greco* [1992], Milano, A. Mondadori, coll. «Oscar», 1994, p. 65.

　　② François Hartog, *Le Miroir d'Hérodote*, *op. cit.*, p. 440.

因为世界地图上的最后几个白点被涂上了颜色。后现代文学地理学的过于充实接替了荷马时代的空白。今天，作家列居第二位：作家之前总有规定指涉的人，有时这些人自己也是作家。如果不透过佩索阿的圆框眼镜，怎能写出一行有关里斯本的文字？世界饱满得像个鸡蛋。可能地球为圆形并非出于偶然。这正是现代或后现代大多数作家所思考的。然而，这种由无处不在的指涉所引发的词义限定有时会产生一种释放效应：因为不能像荷马时代那样填补空白，人们将清空过度充实的世界。所以，我们开始游戏般地使用一些极端稳定、被过度编排的标记。让·鲁多对这一摇摆现象做出了恰当的评价："从廷巴图克到奥塔希提，世界的清单、地表的网格标志着希望的终结。前往幸运岛屿的朝圣和旅行有着相同的目标：为此生找到一个恩赐的港湾。当天堂的希望从今生中被驱逐，在认为无可救药地注定失败、缺憾和不完满时，虚构的城市形象便被呈现在对真实生活的描述中，就像一个集体的梦想，它采取这种迂回的方式来自我讲述，并以人间和彼世符号的颠倒将真实生活填充。"[1]仍存在这样一个领域，空间，根据古老的历险秘方，其魅力再现显得更为自然：该领域被幻想文学和科幻小说占据，这两种文类激发了一股令人惊叹的热潮，因为它们体现了后现代主义试图摆脱现实素

---

① Jean Roudaut, *Les Villes imaginaires dans la littérature française*, *op. cit.*, p. 118-119.

（réalème）、实物（*realia*）和指涉限制的需求。按照布莱恩·麦克黑尔的说法，"科幻小说……之于后现代主义就好比侦探小说之于现代主义：它是出色的本体论体裁（就好比侦探小说曾是出色的认识论体裁一样）"①。2001年的奥德赛之旅是在太空进行的②。正如曼弗雷迪所言，但丁关于奥德修斯的诗句被刻在肯尼迪航天中心的火箭发射台上，1990年10月向太阳发射的宇宙探测器则被命名为奥德修斯。那么，在托尔金、洛夫克拉夫特、恩德等作家的故事中，空间又是怎样的呢？在作家试图摆脱现实素的时候，就一定能产出一种反现实主义的文学？模仿总和忠于表象相关吗？任何文学都注定要反映一个时代的焦虑，不论它们的表现方式是什么，不管这种方式有多少是"现实主义的"。有时，我们离司汤达从沿着道路移动的镜子里看到的或者以为看到的景象还相距甚远。③时代在变化，尽管后现代主义与古典时代的距离似乎比看起来要小。然而，诸多大讨论激起了以真实与真实再现之间关系为研究对象的文化诉求，其中的一场讨论涉及把文本写入空间还是把空间写入文本：文学是不是通过它所再现的空间与真实联系起来的？从空间维度看，文本在所谓的"真实"世界中有没有指涉对象？

---

① Brian McHale, *Postmodernist Fiction*, *op. cit.*, p. 16.

② 指涉1968年上映的好莱坞科幻电影《2001太空漫游》（2001：*A Space Odyssey*）。——译者注

③ 司汤达曾将小说定义为沿着道路移动的一面镜子。——译者注

真实、文学、空间

随着 20 世纪时间性的日益复杂和历史性观念的日渐式微，出现了一种比实证主义时期更令人为之振奋的空间性：正是这些现象深刻地影响了人们在后现代主义的几十年里对真实的感知。只要时间仍是一条稳稳流淌在单一逻辑历史中的河流，真实就脱离了世界虚构再现的所有形式。然而，时间最终脱离了它的轨点，河流最后形成泥塘。对于真实的感知也变得跟其时空坐标的确定一样复杂。真实介入文学话语，后者可以延伸到所有被称为虚构再现的艺术中，它们身处令人晕眩的螺旋中。从一开始，真实与虚构的关系就成为不断被思考的对象。后现代主义者认为，世界与文本的分野以一种可感知的方式在减弱，并呈现出使人困惑的形式。真实空间和再现空间（或移置空间）之间的区别已变得模糊不清。在一篇阐述佛教时空观的文章中，大卫·罗伊承认他和同时代的大多数人似乎都有一种困惑："什么是我们文化得以存在的'真实空间和时间'？在一个世纪以前可能说起来更容易，但是 20 世纪已经把情况复杂化了。"①

---

① David R. Loy, «Saving Time. A Buddhist Perspective on the End» in *Timespace. Geographies of Temporality*, Jon May, Nigel Thrift (eds), London, New York, Routledge, 2001, p. 262.

刚刚结束的世纪,是个以相对论为开端、以后现代主义假设为终结的时期,打破了很多的确定性。

　　根据正统观念(doxa),真实及其再现之间的关系围绕着两个互补的原则展开。第一个原则认为真实和它的再现截然不同,因此并不存在等级地位的问题。换句话说,再现永远不会取代真实。麦克黑尔提醒道,"在诗学最古老的古典本体论主题中,人们将虚构世界的相异性(他性)主题列入其中,它同经验的真实世界相分离①"。第二个原则把再现置于它和真实的从属关系中。再现依照一种包含着缓和交替关系(巴洛克)或紧张交替关系(现实主义、自然主义、真实主义等)的尺度记录真实。在后现代背景下,这些原则是否仍然适用? 现在,让我们一起去回忆世界的唯一虚构再现,以免进入另一个文学和文学性②激烈对抗的竞技场;我们将从追问第二个原则的有效性开始。再现总是为真实服务的吗? 世界必须要出现在虚构中吗,无论后者是何种模态? 我认为,答案很简单:是的。在《我的生平大事记》中,伊戈尔·斯特拉文斯基(Igor Stravinsky)回忆起一桩既滑稽又具有启发性的轶事。1917 年,他在通过意大利和瑞士边界时

---

　　①　Brian McHale, *Postmodernist Fiction*, *op. cit.*, p.27.

　　②　根据托马斯·帕维尔在《虚构的世界》(*Univers de la fiction*, 1986, [1988,巴黎,瑟伊出版社])中的观点,有三个问题被提出:第一个是形而上学的问题,有关"虚构世界"与现实的关系;第二个问题关于虚构和非虚构的可能界限;第三个是体制问题,考察小说作为文化构建的地位。

被海关拦下，因为他的行李中有巴勃罗·毕加索刚为他完成的三幅肖像画中的第一幅。海关人员没有指控他藏匿，而是指控他从事间谍活动。他们竟把这幅肖像作品看成了一张军事地图！① 人们会说这幅画不是写实主义的，因为如果斯特拉文斯基能够生活在更早的年代，就可以让委拉斯开兹为他作肖像画，诸如此类的不幸遭遇可能不会发生。但是，正如海关人员一样，人们错了：毕加索，以及在他之前的委拉斯开兹，两者都再现了现实。这种关系的本质本身是毋庸置疑的；混乱主要涉及距离，是距离将不同模态普遍感知的真实和它的再现分开。毕加索只是打破了左拉的诗学。人们体验的那个世界和其再现之间的类比越来越不明显。但是无论如何，再现重现了真实，或者更准确地说是重现了一种真实的经验。因为我们不应忘记，人类空间只能存在于真实经验的模态中，这种经验变成话语，是世界（地理诗学）的创造者。任何作品，无论离可感知的现实有多遥远，无论看起来有多矛盾，都具有真实的性质——并且可能参与到真实之中。失去现实性的现实主义因此成为一个选项，甚至比后现代主义的其他表达方式更令人困惑。

---

① 参考佛朗哥·法里内利（Franco Farinelli）的《世界的标志：现代地图图像和地理演讲》（*I segni del mondo. Immagine cartografica e discorso geografico in età moderna*），第 253—255 页。法里内利将这则轶事与博尔赫斯的一篇小说联系起来。在《作者》（*L'Auteur*）（1960）中，这位阿根廷作家讲述了一位男子在有生之年绘出一幅世界地图，而后发现他画的是自己的脸。

　　至于第一个原则，把真实视为不可摧毁的圣像，它的存续就更加成问题了。从 1905 年开始，第一相对论提出时空及其维度多元性的假设，打破了实证主义的权威，实证主义认为世界的坐标具有欧氏几何学和统一论的特征。从此，从各个方面而言，一切都在加速发展。后果是明确的：真实与虚构之间的距离缩小了；而对于某些人来说，该距离被填补了。在与克莱尔·帕尔奈合撰的《对话》中，德勒兹指出："纯粹的虚拟性不再需要被现实化，因为它与现实紧密相连，并和现实构成最小的循环。现实与虚拟不再具有不可确定性，然而，可互换的两个术语具有了无法区分性。"[1]要理解德勒兹所说的"虚拟"和"现实"当然是不容易的。在《褶子》(1988)中，他反对(灵魂层面的)现实化和虚拟性，也反对(物质或肉体层面的)可实现性和可能性。对于那些指责德勒兹肤浅的人来说，我们可以借助乔纳森·卡勒在《论解构：结构主义之后的理论和批评》(1983)中的一段恰当论述来回答："如果严肃的语言是非严肃语言的一种特殊情况，如果真理都是虚构特性被遗忘的虚构，那么文学就不是一种语言偏离和寄生的情况。相反，其他话语可以被视为一种普遍文学或统领文学(archi-littérature)的特殊情况。"[2]不仅文学是通过语言与真实

---

① Gilles Deleuze, Claire Parnet, *Dialogues*, *op. cit.*, p. 184.

② Jonathan Culler, *On Desconstruction. Theory and Criticism after Structuralism*, Ithaca, NY, Cornell University Press, 1983, p. 181.

联系在一起,真实及其话语亦融入文学话语中。但是(真实与文学间)距离的缩减,甚至是极性的颠倒,就不只关乎哲学家了。80年代末,彼得·伯格撰写过一篇研究米歇尔·图尼埃、博托·施特劳斯和彼得·汉德克等三位作家的论文,他认为:后现代写作导致了"真实的去现实化"①。但还是需要谨慎,好一个谨慎!(将真实与虚构之间距离)填补的想法似乎有些过分,因为它受到一种极端相对主义的启发,该极端相对主义则来源于没有被很好领会的后现代主义。在极端后果中,此种后现代主义可能会漠视维系真实范畴和我们社会悲惨程度的伦理底线,因为真实可能会被虚构和任何废除了价值论的等级制度所侵占。如果真实与虚构的接近使现实失去它的可证实特性,如果(虚构的)文本性使世界失去现实性而直至荒诞,就有出现上述情况的风险。当然,事实并非如此:作家既非轻率之人,亦非无能之辈。

　　然而,真实拥有一个"虚构不能被归入其中"的本质。皮埃尔·韦莱特在《目光的诗学》中雄辩地总结真实与形象、事实(factum)与虚构(fictum)之间的摆动:"这种空白,这个转动,凿开了由形象构成的'窗户',通过这扇窗,人们可以看到一个既

---

① Peter Bürger, «Das Verschwinden der Bedeutung. Versuch einer post-modernen Lektüre von M. Tournier, B. Strauss und P. Handke», in *Postmoderne oder der Kampf um die Zukunft*, Peter Kemper (ed.), Frankfurt am Main, Fischer, 1988, p. 307.

非由它再次-呈现、亦非由它真正实现的世界，而是一个去-呈现和未实现的世界——'撕裂'了真实的连续性。作为真实连续性的一部分，同时也是想象事物的一部分，这扇窗便出现在此裂缝中，位于已形成的非现实框架的严格边界或界限内，'形象世界'生成于该框架，事实和虚构在该世界内以现象学的方式相重叠，二者却永远不会在本体论上被混为一体。"①不过，让我们暂时先转换一下笔调。在《世外桃源》(*Out of this world*，1988)中，格雷厄姆·斯威夫特(Graham Swift)阐释了再现的地位，进而阐释了作家的地位。这位英国小说家构想出一名参与 1945 年诺德豪森集中营解放的美国下士，该集中营中，身体虚弱的囚犯被流放于此，在朵拉-密特尔堡隧道里生产 V1 和 V2 导弹。这位年轻的士兵没有直面眼前的景象，他眼睛紧贴着没放胶卷的照相机，绕着尸体堆行走。我们不难理解：这是他为减轻恐惧感而营造出的过滤感受。尽管士兵用了这个可笑的小手段，此地的景象仍会铭刻其一生。假如他把胶卷放进相机里，可能就会把记忆植入摄影媒介，植入一种再次-呈现。与之相反，他的记忆反映的是其假装过滤的图像，而这些图像将永远印在他的心底，无比生动，停留在他进入集中营高墙的那一日。斯威夫特创作的人物与作家很相像，然而，一个细微不同则造成二者的极大差异。面对悲惨，下士试图重新-呈现真实，以保持最小的距离。

---

① Pierre Ouellet, *Poétique du regard*, *op. cit.*, p. 256-257.

但是作家本身并不会选择这样做：作家的态度取决于一种"艺术"，它可剥夺作家与事实的任何真正接触。下士和作家最后可以得到同样的教训：通向真实的道路是无数的。下士本应摆脱相机的拟像。对于作家来说，他的叙事总会被虚构的话语替代，并且永远也摆脱不了这样的过滤。无论再现的程度如何，真实必定会成为话语的指涉对象。如果真实不是这样，我们就不会与它产生冲突，除非打破最后的防线，在后现代主义和绝对相对主义之间提出一种草率的对等，也就是德里达所说的"无涉伦理"（an-éthique）。

区别在于现象学与本体论。卢博米尔·多勒泽尔（Lubomir Deležel）认为，虚构世界的叙事模态由一些形式逻辑运算所决定，如真值运算、道义运算、价值论运算和认识论运算。[①] 对其而言，它们都为虚构世界所特有。我认为，其中一些运算并非虚构世界所特有。各类运算之间似乎还存在着等级结构。道格拉斯·霍夫斯塔特（Douglas Hofstadter）提出的异质等级原则是虚构世界所固有的（只要虚构世界是可分离的），然而，该原则却不是真实与虚构之间关系所固有的。因此，有些运算独立于真实存在，并彰显出后现代文学的本质。这对于建立了可能、不可能和必然范畴的真值运算是有益的。（按照多勒泽

---

① Lubomir Deležel, *Heterocosmica. Fiction and Possible Worlds*, Baltimore, London, The Johns Hopkins University Press, 1998, I, 5.

尔的观点①）只要该类运算不引发逻辑矛盾，它们就会在虚拟世界中得以自由发挥。这同样也涉及认识论运算，该类运算关注的是已知、未知和信仰的范畴，或延伸到量词运算，该类系统对一些人、没有人和所有人进行区分。但是，道义运算和价值论运算避开了虚构世界的单一控制，除非对它们进行严格地限制，就像多勒泽尔所做的那样。在我看来，道义运算的允许、禁止和义务对应着价值范畴的好、坏和无所谓。它们属于任何文化习俗的无形内核：伦理。如果有人认为虚构能对真实产生影响，在指涉和再现之间存在着一种互动，那么在我看来伦理的问题是必须要被提出来的，因为该问题还没有得到解决。伦理问题不会与后现代视角下的文本和真实不兼容。彼得·米德尔顿和蒂姆·伍兹在《记忆文学：战后写作中的历史、时间和空间》（2001）一书中用整整一章（第二章）的篇幅论述了后现代体制下历史虚构的伦理问题。在指出构成我们时代特色的"极度伦理焦虑"②后，他们得出了这样的结论，并进一步提出问题："认识论与本体论之间的距离，或者历史认识与文学虚构之间的距离，只能通过

---

①　多勒泽尔给出的这个限定性的例子来自阿兰·罗伯-格里耶的《幽会的房子》(*La Maison de rendez-vous*)，在这个例子中，一些不兼容世界的碎片似乎以矛盾的方式被结合起立。

②　Peter Middleton, Tim Woods, *Literatures of Memory. History, Time and Space in Postwar Writing*, Manchester, New York, Manchester University Press, 2001, p. 60.

某种道德实践才得以沟通,尽管受传统或普遍戒律支配的道德观念在晚期现代性文本环境中是不足的。"①这就是当代理论特别是后现代理论所面临的新挑战之一。当然,这一迫切的要求既适用于当代叙事中的时间和历史研究,也适用于叙事中空间的转变,因为空间是人文的。它过于人文,就如同时间和历史一样。如果真实与虚构之间严格的对等关系是不可想象的,两者间距离的缩小却是显而易见的。世界与文本的距离持续接近。"后现代虚构负责提出的问题是:真实,但与什么相比?"②布莱恩·麦克黑尔在此传达了一个文学经常会提出的基本问题。虚构的指涉对象在哪里?它是什么?它担当什么样的角色?在重审真实与虚构之间严格等级关系的背景下,从一级到另一级的偏移则频繁起来。麦克黑尔谈到了真实及其再现(异宇宙)之间的相互渗透③,还谈到了"闪烁效应"④(flickering effect)。麦克黑尔援引罗曼·英伽登提出的"乳光"⑤现象,乳光在字典中的

---

① Peter Middleton, Tim Woods, *Literatures of Memory. History*, *Time and Space in Postwar Writing*, Manchester, New York, Manchester University Press, 2001, p. 78.

② Brian McHale, *Postmodernist Fiction*, *op. cit.*, p. 96.

③ 同上,第28页。

④ 同上,第32页。

⑤ Roman Ingarden, *Das literarische Kunstwerk. Eine Untersuchung aus dem Grenzegebiet der Ontologie*, *Logik und Literaturwissenschaft*, Halle, Max Niemeyer, 1931, cité in Brian McHale, *op. cit.*, p. 32.

意思是源自石头内部的乳状或珠状的反射。帕维尔(Pavel)则谈到了混合的"本体论景观"。

这种后退的(对于热情的簇拥者来说)或犹豫不决的(对于持怀疑态度的人来说)研究方式在文学之外的其他范畴中同样必不可少。在《不可能的旅程:旅游及其形象》一书中,马克·奥杰在几座介于真实与虚构之间的殿堂里经历了一番冒险:巴黎迪士尼乐园、诺曼底的中心公园度假村、圣米歇尔山以及欧奈苏布瓦省的欧莱雅工厂。在诺曼底潮湿笼罩下的热带泡泡(指公园)里,奥杰爆发了:"真实与虚构曾一度分界明显,那个时候,人们通过讲故事就可以让彼此害怕,但大家知道故事是编造的;那个时候,人们经常去一些专门的且界定明确的场所(如游乐园、集市、剧院、电影院),在那儿,虚构效仿真实。现如今,相反的事情正在不知不觉地发生着:真实效仿虚构。最小村庄里最不起眼的纪念性建筑物都被照亮,为的是看起来像一件装饰物。"① 让·鲍德里亚在其著作中所阐发的拟像概念非常适合解释在诺曼底、巴黎及其他景观社会的高地所发生的事情。但是奥杰比鲍德里亚更激进:"这种扩张直到整个发达世界都成为虚构的世界,娱乐中心不能够再现其他,只能再现现实(现实就是虚构)

---

① Marc Augé, *L'Impossible Voyage. Le tourisme et ses images*, Paris, Rivages poche, coll. «Petite Bibliothèque», 1997, p. 69.

的那一日,才会停止。"①奥杰离开法国前往美国,他在看到纽约发生在时代广场、第五大道或中央公园的变化时,体会到了同样的感受:"如是,一个循环得以完成,我们从虚构由真实想象转化而来的状态走向真实力求再现虚构的状态。"②总结来说:"在城市空间以及普遍的社会空间中,真实和虚构之间的区别变得模糊不清了。"③

奥杰的言论几乎与索亚在 1996 年成书的《第三空间》中的观点如出一辙。这位洛杉矶的后现代主义地理学家潜心研究了一个教科书式的案例:橘郡,位于洛杉矶东南部,包括约翰·韦恩机场、阿纳海姆、迪斯尼乐园和尼克松图书馆。水门事件的主人公理查德·尼克松便出生在约巴林达镇,在儿童时期,他经常出入于乡村;不过,在后来,他(积极地)参与了橘郡的转型,后者转变为建立在理想与想象的加州形象上的房产投资天堂。这种对加州的刻板描述也是好莱坞电影、情景喜剧以及所有马里布海滩广告所传达的描述。索亚仔细研究了这一房地产和营销双重建造过程的不同阶段,并得出和奥杰同类的结论:"在先验条件下,景观模式中形象与现实的混淆并不使人吃惊;真与假、事

---

① Marc Augé, *L'Impossible Voyage. Le tourisme et ses images*, Paris, Rivages poche, coll. «Petite Bibliothèque», 1997, p. 71.

② 同上,第 169 页。

③ 同上。

实与虚构之间的区别不仅消失，而且是以超自然的方式消失，丧失了所有合理性，这也不足为奇。"①橘郡构想在文学和电影中得到了诸多延伸——或幻想。也正是如此，艾拉·雷文（Ira Levin）的同名小说《复制娇妻》被不同的英国导演（布赖恩·福布斯在1975年和弗兰克·奥兹在2004年）两次搬上荧屏。康涅狄格州拥有一片外表看似理想的宜居社区：斯戴弗。然而，对资产阶级享受及其刻板观念的追求最终导致该场所丧失了任何人性及真实基础。斯戴弗的女人们或者说斯戴弗的妻子们"其实"都是机器人，因为只有机器人符合程序设计完美的标准，所有程序设定标准之外的变化都会被排除在外。去人性化和绝对的去现实化通常是联系在一起的。

　　橘郡是迷信拟像时代的象征。索亚曾尝试对真实空间转化为想象场所或模仿想象场所的趋势进行理论化叙述，他的论述以洛杉矶为例，这个大都会，按照一个著名的口号，把七十二个寻求城市化的郊区纳入版图。根据列斐伏尔创建的分类学，索亚得出了几个"真实-和-想象的（*real-and-imagined*）（或者可能是'真实想象的'[*realandimagined?*]）"②场所。它们是混合空间，在概念和再现的不同层次间浮动，游离在所有稳定的本体论边缘。真实与虚构之间的区别是最小的，并且我们有理由问一

---

① Edward Soja, *Thirdspace*, *op. cit.*, p. 274.
② 同上，第11页。

问传统的"真实"还剩下什么。但是冒着重复的风险,我得补充一下:真实既包含迪士尼乐园和橘郡规划的"人造",也包括谢菲尔德或里尔(曾经)工人阶级郊区的"现实"。正是这种"现实"的感觉才是"不真实的"。正是后现代文学最好地适应了这个真实的新版本——"失去现实性的真实";或许,也正是后现代文学,基于其虚拟性,为阅读世界提供了最佳的选择。在《后现代主义小说》一书的第六章,麦克黑尔强调了这种先验矛盾的新模仿形式。这一章名为《我是如何学会停止担心并爱上后现代主义的》(*How I learned to stop worrying and love postmodernism*),以毫无掩饰的讽刺影射了斯坦利·库布里克导演的电影《奇爱博士》(1964),该部电影的原副标题为《我是如何学会停止担心并爱上炸弹的》。麦克黑尔认为:"在现实变得不真实的地方,文学通过其自身的去-现实感引导我们通向现实……模仿理论继续存在。文学向不真实的方向竖起一面镜子……它的自反性和反-现实主义规约本身就是对由现代现实变成的不真实现实的模仿。在此认同下,'不真实'就不是虚构,而是我们生活于其中的元素。"[1]我们回到我自己的假设:无论其形式如何,文学——和所有模仿艺术一样——总是对应着一个无限可塑的真实的再现,再现表面的"真实"只构成众多境况中的一种。

---

[1]　Brian McHale, *Postmoderniste Fiction*, *op. cit.*, p. 219-220.

街头与书页之间

空间在真实与虚构之间摇摆，摇摆程度可能并不会被真正地察觉。有些人认为，虚构甚至是高于真实的。但，这里涉及到一个矛盾。真实吸收了再现的全部构型，甚至是那些要将其吞噬，以改变其结构、将其虚构化的构型。真实总是再现的终点（*terminus ad quem*）。由此看来，似乎有必要仔细研究确保真实和再现之间的一种过渡的叙事性（还有其他的一些，因为并非所有的过渡都能被明确表达或可被系统地阐述）。后现代叙事还未严格建立起等级制度，它占领世界，将世界解体，重新组装世界或者按照自己的方式让世界"重新-世界化"（*reworlding*），同时保持世界的根本特点和真实本质。对于虚构而言，确实如此，而那些以把握真实为要义的其他类型的叙事也面向该种解读开放。海登·怀特（Hayden White）为当代最重要的历史学家，自70年代起，他便将后现代逻辑运用到史学研究中。[1] 保罗·利科曾在《时间与叙事》的第一卷中评论过他，爱德华·索亚在《第三空间》中也评述道："对于怀特来说，历史关注'在时间中演变

---

[1]　参见 *Metahistory*：*The Historical Imagination in 19th Century Europe* (1973)，*Tropics of Discourse*：*Essays in Cultural Criticism* (1978) ou *The Content of the Form*：*Narrative Discourse and Historical Representation* (1987).

的真实世界'，但是，他同样指出，'无论世界被设想成真实的还是想象的都不重要；在此过程中产生的意义属于同样的秩序'。就这样，怀特将史学史和叙事话语向'虚构化'敞开大门，向一种释意的诗学开放，后者从文学和文学批评中汲取灵感，以再现一个总是真实-与-想象的整体世界。"[1]不仅历史与之相关，地理，以及任何以提出对于世界的解释或"解读"为使命的人文科学、社会科学和"硬"科学都与之相关。在真实与想象不再总是分裂，且有时会彼此连接（索亚的真实-与-想象［*real-and-imag-ined*］）的文化背景下，文学本身也构成一条通向去神圣化真实的路径，向叙事（重新）开放。

　　真正的困难在于这样一个事实：虚构文本和指涉世界的关系曾被整整一代文学理论家激烈地争论过。因此，模仿被视为一种诱惑。文本之外，再无文本！此处含射的雅克·德里达的著名口号（《论文字学》，1967）只是承认了一种真实的逐渐脱离，它在法国新小说或在格诺、佩雷克、鲁波等乌力波团体作家的受限作品中得到有趣的延续。然而，近来我们注意到文本已重新开始包围其外部的事物。文本首先会借助超级写实主义进行戏仿（从画家查尔斯·贝尔的弹珠台到小说家米歇尔·德维尔和

① Edward Soja, *Thirdspace*, *op. cit.*, p. 174. La citation de Hayden White est tirée de *Tropics of Discourse*, Baltimore, The Johns Hopkins University Press, 1978, p. 98.

勒内·贝莱托的汽车）；文本还会以更加谨慎的方式行事。不排除 90 年代曾认可过文学中真实的回归，仿佛指涉的幻想停止制造幻想，至少对于一部分文学理论家来说是这样的。也不排除第二个千年的最后十年必然地标志着后现代主义去现实化进程新阶段的开端：文学对真实的征服，也就是真实的某种文学化。有些人宣告小说的死亡；另一些人，更加巴洛克，模糊地预感到小说的胜利以被吞噬的真实为代价。自此，我们在一个不明晰的区域内演变，该区域内，现实的文学与文学化的现实很难区分开来。

　　可能会有不止一个读者漫步在巴黎、柏林、布拉格、米兰和都柏林的街头。如果不在这些地方，他可能会行走在自己家乡的小街或大道上，无论其家乡是大是小，是在城市还是在乡村。但他并非独自一人：已经有数千、数十万、数百万的同胞们在他之前就这样做过或效仿过。游客，数量庞大的游客亦步其后尘。能进行此类散步的，不仅只有有血有肉的活人。文学文本里充斥着游荡在巴黎、米兰的大街或别处的人物。在亚历山德罗·曼佐尼（Alessandro Manzoni）的《约婚夫妇》中，伦佐辗转于米兰多姆大教堂附近的小巷，寻找露琪娅；随后，他进入宽恕节大道的检查站，其路线符合所有地图可能证实的逻辑。在安德烈亚·德·卡洛（Andrea Di Carlo）或安德烈亚·平克特（Andrea G. Pinketts）的书中，焦虑而又现实的主人公们在伦巴第首府四处穿梭，并讲出（有时通过介入的叙事者说出）出现在他们旅程中的地名。米兰人，有时还包括这座城市的游客，认识去维多利亚门大街或维多利奥·埃玛努埃尔二世拱廊的路；米兰的警察、侦探以及侦探小说家笔下的罪犯也都认识这座城的路。这就引出一个问题：潜在读者带着或多或少的激情向其惯常对话者所描述的米兰与他们在曼佐尼《约婚夫妇》或平克特最新侦探小说中所了解的米兰有什么不同？对于一些人来说，答案是明摆着的：这两种再现模式之间没有任何关系，因为曼佐尼或平克特笔下的米兰是一座纸上的城市，而读者的米兰是展现在其眼前的一座城。假如这个读者仅描述了他从另外一种纸质文本——比如明信片上——所看到的东西，那只能算倒霉。如是，我们将忽略指涉与再现之间的任何关联线索。此种断然否决的案例在文学理论中比比皆是，文学理论往往依托于哲学，在这种情况下，则依托于皮尔士（Pierce）和索绪尔（Saussure）的语言学。在众多事例中列举一例，以此为证。该例选自米歇尔·皮卡尔《阅读时间》一书："乔伊斯的都柏林不是都柏林，《吕西安·娄凡》中的南锡没有一点南锡的特征。"[1]但是，这样的断言，要让文学批评家和地理学家对各自领域的特殊性都感到安心，那就显得有些草率了：当司汤达提及南锡的时候，恰恰是他想到南锡的时候。让我们给故事增添一点儿内容。在《红与黑》中，作者选择以维里埃尔城作为故事背景，这个虚构或几乎是虚构的小城的原型

---

[1]　Michel Picard, *Lire le temps*, Paris, Minuit, 1989, p. 53.

是贝桑松。如果南锡不是(地理上的)南锡,只需改变它的名字就足以切断它和一个明显指涉对象之间的联系。这就是司汤达对贝桑松所做的。否认文学中被再现城市与地理图册中所描述城市之间的关联,则过于简单化了,这种关联是极其复杂的。

在《旅行、世界与图书馆》(1997)中,克里斯蒂娜·蒙塔尔贝蒂细致地研究了这种关联,研究重点在于否认文本与源自世界的指涉对象之间具有丝毫联系。此原则从一开始就被提出,并构成该书的开场白:"在任何参照体系里都有不可能的事物。"①她赞同米歇尔·皮卡尔的观点并指出,让·艾什诺兹小说《高大的金发女郎》中的圣布里厄不是地理上的圣布里厄。人们可以用两种方式来定义上帝:要么上帝是 X(或 Y),要么上帝不是 X(或 Y)。第一种情况下,定义是肯定的;第二种情况下,定义是否定神学式的。由于全盘否定了虚构城市和它指涉对象之间的全部联系,人们最后将以建立一个法国的否定神学式的地理而告终。我们永远无法确切地知道南锡或圣布里厄是什么,但至少我们知道它们不是什么。蒙塔尔贝蒂得出的不可能性被解释为写作与写作对象的分离,这种分离创立了"指涉的设想",确立了真实与文本之间的"对抗结构"。她假设话语和世界的他律,将其表达为写作无法再现世界。因此,"只有虚构的话语才可能

---

① Christine Montalbetti, *Le Voyage, le monde et la bibliothèque*, Paris, PUF, 1997, p. 1.

表达世界，因为只有在这里一致性问题才不会被提出"①。我们回到结构主义所青睐的情形：符号的任意性，文本相对于真实的自主性，纯粹的自我指涉性，文本与世界的任何牵连的缺席，以及两者之间简单的同音异义关系。蒙塔尔贝蒂认为，"在这儿，叙事者认为他可以在物质空间识别出在史诗或小说中走过的场所；在这儿，现实的某个断片对他来说起着场景的作用；在这儿，为了给人物命名，他要求助于小说的专名学；他忽略了作为布景展开基础的同音异义的活力，也没有表现出丝毫的谨慎，以假设一种虚构空间的封闭性，将虚构空间与真实空间进行区分"②。为了更好地阐释自己的观点，蒙塔尔贝蒂设想出三类情结：维克多·贝拉尔（Victor Bérard）情结、堂吉诃德情结以及放映员巴斯特（Buster）情结。这三种情结分别对应着那些认为真实与虚构之间的分离模糊不清的人。

在1927年至1929年间首次出版的著作《奥德修斯的航海》（*Les Navigations d'Ulysse*）中，维克多·贝拉尔描述了自己试图重现奥德修斯航线的经历，他根据《奥德赛》中提供的"指示"来驾驶自己的船只。这种尝试无疑是可笑的，因为荷马时期的地理与我们当今的地理大不一样。相比之下，谢里曼（Schlie-

---

①　Christine Montalbetti, *Le Voyage, le monde et la bibliothèque*, Paris, PUF, 1997, p. 36.

②　同上，第66—67页。

mann)确定特洛伊城遗址的地点则容易得多……只要这位德国考古学家和冒险家真的发现了《伊利亚特》中描述的露天剧场。对克里斯蒂娜·蒙塔尔贝蒂来说，维克多·贝拉尔情结在于"好像虚构在某种程度上发生在物质世界中一样"[①]。但是，如我们所见，此种区别在(盲人)荷马的眼中没有意义。我认为，蒙塔尔贝蒂和贝拉尔陷入同样的极端，但站在了对立面：她忽视了与虚构纠缠在一起的真实，贝拉尔则是将虚构完全消匿，全部归于真实。至于堂吉诃德情结，它源于真实与虚构之间意群的错误替换和指涉对象的虚拟化："正是通过堂吉诃德情结这样的方式，指涉的写作总是冒着搞错对象的风险，提出一种更可读、更文学、更具编码的表述，但是这种表述是从虚构的语域借用而来，是对其意欲表现的对象的一种歪曲。"[②]当人们思考真实与虚构关系类型时，无论其关系类型表现为相结合或非结合，这位拉曼查的骑士常常会被援引。对于托马斯·帕维尔来说，堂吉诃德是"本体论压力"的受害者，因为他无法在既定的本体论环境中进化。堂吉诃德在某种程度上也是后现代主义摇摆的先驱。还剩下电影放映员巴斯特(基顿)的情结，他在1923年上映的电影《福尔摩斯二世》中穿越银幕，正如后来杰夫·丹尼尔斯在伍

---

①　Christine Montalbetti, *Le Voyage*, *le monde et la bibliothèque*, Paris, PUF, 1997, p. 73.

②　同上，第86页。

迪·艾伦电影《开罗紫玫瑰》(1984)中一样。此种诗意的穿越对应着真实与虚构之间的一种新的(封闭的、密闭的等)界限的跨越:"在这个情结的动力中,将不可能印迹留在现实土壤上的不再是虚构的主人公,而是徘徊在虚构中的指涉人物。"①我们将在该书中看到,这些情结将会被治愈。不过,蒙塔尔贝蒂提供了分析的线索,却没有进行运用:"……叙事在平行的空间里展开。"②这些平行的空间已经在可能世界理论中形成,下文将会对其进行论述。我们已经注意到,存在平行的地方就存在关系:平行的直线虽不相交,但它们在位置关系上彼此相对。不管这种关系的性质如何,怎样微妙,它都值得存在。

克里斯蒂娜·蒙塔尔贝蒂对热拉尔·热奈特(Gérard Genette)建立的结构主义框架表现出极大的敬意。但是这种敬意显得为时过晚。在1997年,人们还能对那些提出真实与虚构界限减弱的理论避而不谈吗?借助托马斯·帕维尔获得巨大反响的作品《虚构的世界》③,我们彻底地打破了结构主义及其自成目的的逻辑。我们还打破了几乎与帕维尔同时期的麦克黑尔

---

① Christine Montalbetti, *Le Voyage*, *le monde et la bibliothèque*, Paris, PUF, 1997, p. 95.

② 同上,第72页。

③ Thomas Pavel, *Fictional Worlds*, Cambridge, MA, London, 1986; puis traduit et remanié à l'intention du public français par l'auteur: *Univers de la fiction*, *op. cit.*

所描述的"对一种没有疑问的模仿的怀旧"①。因此帕维尔书中第一章带有一个宣言姿态的标题"超越结构主义"②就不那么令人意外了。在揭露了德里达及一些与"文本之外"相决裂的倡导者们的"文本崇拜"之后,帕维尔断言:"一场有关文学指涉对象和虚构世界的争论已经展开。很显然,形式语义学的模式,甚至更为普遍地说来,虚构诗学与哲学的结合为叙事学和文体学提供了新的解决办法。反之,这种结合重新引发了对于一些几近被遗忘的问题的关注,如文学的真实性、虚构性的本质以及文学与现实之间的距离和相似性。"③帕维尔不是第一个表达这些观点的人。在他之前,翁贝托·埃科就在《故事中的读者》(*Lector in fabula*,1979)中提出过非常类似的理论,本杰明·赫鲁索夫斯基④和卢博米尔·多勒泽尔等布拉格学派的后继者们也有类似观点。帕维尔认为文本与现实之间可存在两种极端关系:分隔,把作为纯粹想象产物的文本隔离;反之,融合,通过融合,"没有真正的本体论差异能使虚构从世界的非虚构描述中分开"⑤。在关于都柏林本身和乔伊斯笔下的都柏林或艾什诺兹的圣布里

---

① Brian McHale, *Postmodernist Fiction*, *op. cit.*, p. 165.

② 相反,在法文版本中,该书以《引言》开篇,替代了英文版中的第一章。

③ Thomas Pavel, *Univers de la fiction*, *op. cit.*, p. 15.

④ Benjamin Hrushovski, «Fictionality and Fields of Reference», in *Poetics Today*, n. 5, 1984, p. 227-251.

⑤ Thomas Pavel, *Univers de la fiction*, *op. cit.*, p. 19-20.

厄之间关系的可能性研究中,人们会因细微用途差别而采取这样或那样的态度。一切都取决于人们对原型所赋予的强度:帕维尔认为,原型的存在可能带有象征特性,因此多多少少是"脆弱的"。正如:游客眼中存在一个都柏林,还有一个象征性的都柏林,它的本体论根基浅薄。它是虚构作品中的都柏林。它在不同程度上涉及所有版本的都柏林,是通过话语(具有或不具有虚构地位)来传达的,是由主观的陈述者来传达的。我们由此而明白:帕维尔的思辨与瓦蒂莫、罗瓦蒂、埃科以及整个后现代派的衰弱的思想密切相关,后者反对建立在实证主义模式上的坚定的思想(*pensiero forte*)。

世界理论

检验真实与虚构结合的最有效方法之一便是去考察包含或反映二者关联的世界的数量——特别是世界的性质。如此一来,我们就进入了一个完全失去现实性的领域,它属于独一无二的虚构代码范畴;我们进入一个双重、三重或多重的领域:模拟的、假扮的(*make-believe*)、如在的(*so-sein*)领域。游戏的规则立即被清晰地提出。就再现而言,世界是同质的吗?它同时包含真实和虚构吗?或者这个世界被分成许多个世界,它们形成一个异质的领域?在《异宇宙:虚构与可能世界》(*Heterocosmica. Fiction and Possible Worlds*,1998)中,卢博米尔·多勒泽尔整理了一份有关不同模式的详尽清单，这些模式把一个（或多个）世界同它（或它们）的互动形式联系在一起。多勒泽尔区分了属于一个世界或属于几个世界的模式——其中最普遍的模式无疑是指向复数世界的模式。不管怎样，埃科已经在《故事中的读者》中设想出一个"可能世界"的操作定义，他是最早将此概念引入欧洲的人之一（除维特根斯坦和一些先驱之外）："我们将可能世界定义为由整体命题表达出的一种事物的状态，对于每个命题来说，要么它是命题 p，要么它是非 p。如此，世界由带有不同特性的个体的整体组成。由于其中的一些特性或谓词是行为（actions），那么可能世界也得以被视为一个事件的过程（cours d'évenements）。鉴于这个事件的过程不是实际的，而仅仅是可能的，所以它取决于某个人的命题态度（attitudes proposition-nelles），这个人确认它、相信它、想象它、渴望它、预测它，等等。"[1]虚构的世界是可能的世界，总体上对应着一个世界命题，该世界命题在真实世界特有的现实化进程之外展开。这个世界出现了，且没有被现实化的必要，该事实并不意味着它与真实世界不相容。埃科指出："一个可能的世界与读者百科知识的'真实'世界极大地重叠。"[2]还有待了解的是，这两个世界（真实的

---

[1]　Umberto Eco, *Lector in fabula* [1979], traduit de l'italien par Myriem Bouzaher, Paris, Le Livre de Poche, coll. «Biblio/Essais», 1990（1985）, p. 165.

[2]　同上，第 168 页。

和虚构的)或同一个世界的两个版本(真实与虚构的)是如何与受众的百科知识取得一致的。

很多理论家赞成选择异质性。他们所有的研究都朝向同一个目标:展现世界和一切指涉关系的复合特性。统一性常表现为过分简化的结果,因为任何事物都与其环境相互作用,任何关系都是动态的和多样化的。多勒泽尔断言"虚构叙述的语义实际上就是互动的语义"①。这种普遍而永久的摇摆已被埃文-佐哈提升为多元系统的概念。佐哈认为,重点应该落在将文本与指涉结合在一起的易变关系上,这种关系不再是一种绝对,而是一个出发点。对埃文-佐哈来说,在变量几何而非欧氏几何的背景下,指涉成为"现实素",一种适应支配的标记。埃文-佐哈的"现实素"有时会以其他名称出现。多勒泽尔认为,现实素的整体构成原初世界,原初世界和"异宇宙"即可能世界组成星群。由于多勒泽尔认为真实与虚构的界限趋于消失,因此,我们注意到该研究视角与互文理论之间有着高度相似性:原初世界是一种次-世界(hypo-monde),围绕着它,组织生成了超-世界(hyper-monde),或者——继续模仿热奈特《隐迹稿本》(*Palimpsestes*, 1982)的论调——生成了一个产生衍生世界的源世界。当麦克黑尔提到从一个世界到另一个世界(跨世界)的过渡时,他谈及的就是区域。对他来说,区域是一个异托邦空间,真值判

① Lubomir Doležel, *Heterocosmica*, *op. cit.*, p. 97.

断在这儿根据自主逻辑来构造叙事。于帕维尔而言,异宇宙是"本体论的景观"。这意味着本体论只在虚构世界中被考察。但是,帕维尔通过引入一种新的极性,即中心和外围的关系,将这一规范相对化:"如果中心本体论空间与外围模式的划分为组建一个共同体的信仰提供了形式上的纲要,那么就应该可以把虚构置于以娱乐和教育为目的的边缘区域。"[1]虚构世界是遥远的行星,它们围绕着一颗与真实一致的恒星转动。

上述研究视角都滋养着可能世界理论,继莱布尼茨与他的单子以及离我们更近的路德维希·维特根斯坦与他的事态之后,可能世界理论通过名为"模态语义学"的形式逻辑而落地,并自 20 世纪 80 年代起,在纳尔逊·古德曼[2]和其他理论家的文学理论中得到应用。在为帕维尔文论意大利语译本撰写的导论中,安德烈亚·卡罗索是这样描述模态语义学的:"模态语义关注我们在陈述中显现出来的现实层面,思考能够科学解释结合真实世界与非真实世界话语的方法。"[3]卡罗索与多勒泽尔的观点相契合,对于后者来说,实际的/物质的世界得以产生无限多

---

[1] Thomas Pavel, *Univers de la fiction*, *op. cit.*, p. 181.

[2] Nelson Goodman, *Ways of Worldmaking*, Indianapolis, 1978; *Manières de faire des mondes*, traduit de l'américain par Marie-Dominique Popelard, Nîmes, J. Chambon, 1992.

[3] Andrea Carosso, «Introduzione» in Thomas Pavel, *Mondi di invenzion. Realtà e immaginario narrativo*, Torino, Einaudi, 1992, p. IX.

的可能世界，而可能世界未必包含真实固有的本体论。这可能涉及数学模型和逻辑公式，而不需要任何哲学解释。依照多勒泽尔经常引用的索尔·克里普克（Saul Kripke）的观点，可能世界是假设的，我们借助高倍望远镜也发现不了它们！按照多勒泽尔的说法，在又一次从科学界汲取灵感的文学领域中，虚构世界构成可能世界的特殊范畴。这就是通过虚构文本来构建和保存的美学艺术品。然后，多勒泽尔列出了这些可能世界的主要特征。它们构成可能的事物状态，而不是实际的（或实现的）状态，逼真性不是必然适用于可能事物状态的普遍原则。在一部小说中，拿破仑可能会死在圣赫勒拿岛以外的地方，做攻击英国以外的其他事（大卫·刘易斯援引过这个例子）。虚构的世界变化无穷，仅需要具备可共存性，因为可共存性是支配虚构世界总体秩序的原则。拿破仑可能死在圣赫勒拿岛以外的地方，然而，在没有其他（文学的）方式介入的情况下，他不可能同时死于两个地方。可能世界是不完整的。它们能够呈现出一个同质或异质的宏观结构。最后，它们是文本创制（*poiesis*）的结果。多勒泽尔在结束其理论序言时说道，人们只能通过符号渠道才能进入这些世界。

　　单一世界模式有很多著名的支持者，比如伯特兰·罗素，他在《数学哲学导论》①中指出只存在一个世界，即"真实"世界，莎士比亚和哈姆雷特都身处其中（罗素采用的例子）。真实和虚构的所有层面都参考同一个节点。在此基础上，没有任何理由可以将埃尔西诺城堡再现的不同层次分开。多勒泽尔没忘记费尔迪南·索绪尔，然而索绪尔的自我指涉理论对于虚构性的研究几乎没用，至少多勒泽尔自己是这么认为的（我认为他说的有道理）。更有趣的是戈特洛布·弗雷格②的思辨，在他看来，虚构的陈述既不真也不假，而是通过两类语言进行：一种是认知的（指涉的）语言，对应意指（Bedeutung）（世界上某个实体的实指意义），另一种是诗学（纯意义）的语言，对应意义（Sinn）（指示的方式）。这位德国逻辑学家在 19 世纪末建立的语义学见证了单一世界的存在，该世界借助两种互补的语言被描述出来。根据这种观点，就会有一个指涉的都柏林和一个诗学的都柏林，或者更确切地说，一个指涉和诗学交替的都柏林。我们通过肯德尔·沃尔顿和他的"虚构语用学"来结束对多勒泽尔理论的快速浏览。根据此理论的观点，在儿童游戏的模式中，虚构是一种纯

---

① Bertrand Russell, *Introduction to Mathematical Philosophy* [1919], London, New York, George Allen & Unwin, 1956.

② Gottlob Frege, «Über Sinn und Bedeutung», in *Zeitschrift für Philosophie und philosophische Kritik*, n. 100, 1892, p. 25-50.

粹的"假扮"[1]，构成读者通过介入阅读的象征性旅程来投射自我的世界。这项去-间隔的活动能够将虚构领地和读者所在的指涉世界领地联系起来。帕维尔曾对沃尔顿1990年专著出版前发表的一些文章进行评论，认为"虚构的自我以同样的好奇来审视他周围的领地和事件，并同样渴望理解自我与他者的游戏，就像任何一个身处陌生国度的旅行者一样"[2]。

世界理论对于分析空间的文学再现具有明显的意义。文学空间和"真实"空间是否同属于多重世界的模型？还是属于单一世界的模型？争论远未结束。它可能跟产生于阐释世界或"虚构事物的形而上学"[3]的所有争论一样棘手。我无意在这场注定会旷日持久的辩论中添油加醋。毕竟，我的论题仅限于这个简单问题……它处理起来却很复杂：文学中的再现空间是同在它之外的空间相分割（正如结构主义者所主张的）还是与之相互作用？如果是后一种情况，那么"真实"空间和虚构化的空间通过共同的指涉对象而共存。此外，我没有忽略：文学可以作用于

---

① Kendall Walton, *Mimesis as Make-Believe. On the Foundations of Representational Arts*, Cambridge, MA, London, Harvard University Press, 1990.

② Thomas Pavel, *Univers de la fiction*, *op. cit.*, p. 113.

③ 涉及到查尔斯·克里藤登(Charles Crittenden)《不真实：虚构事物的形而上学》(*Unreality. The Metaphysics of Fictional Objects*)一书的副标题，Ithaca出版社，伦敦，康奈尔大学出版社，1991。

真实，这需要文学的创造者承担起伦理责任。所以，尽管多世界模式很迷人，但在我看来，不加以细微区别地采用它似乎是不太合适的，因为在该模式下，真实世界和虚构世界通常会被放在同一平面上。这在理论家大卫·刘易斯那里尤其如此，他的模态实在论①宣扬世界的未分化状态。尽管其影响已减弱，但这个原则仍然支撑着该理论的大部分例证。这一理论受到形式主义的启发，在弱化虚构世界的同时继续孤立它。在我看来，单一世界模式可能足以阐明指涉空间和虚构空间之间的些许关系，但是这个世界应该是异质的。要在其内部建立真实与虚构的交流，二者既不会完全分离，也不会被完全混同。还要思考让二者互动的联结机制。我们须要记住，阈限源于门槛（limen）而不是边界（limes）：门槛意味着自由地跨越，与显现出封闭的边界相反。

不同空间体系之间的门槛可能呈现出两种截然不同的性质。第一种是换喻，在真实和虚构之间构建了一种连续性。这是单一世界模式的机制。门槛如同毕弗隆斯（bifrons），如同双面神雅努斯②。如果打算重建一种等级，我们甚至可以考虑从换喻转向嵌套结构（mise en abyme），一种极端的换喻，并且认

---

① David Lewis, *Counter Factuals*, Cambridge, MA, London, Harvard University Press, 1973; *On the Plurality of Worlds*, Oxford, Blackwell, 1986.

② 雅努斯为罗马神话中的门神，为起源神，执掌着开始和入门，也执掌着出口和结束；毕弗隆斯为所罗门七十二柱魔神，其前身为雅努斯。——译者注

为在元-真实（如热奈特谈及的元文本一样）的层面上，真实包含虚构。此种情况下，我认为引入与另一种理论相关的要素是合理的，该理论为界面理论，它同样可以介入模拟的可能世界。界面理论由泰德·纳尔逊（Ted Nelson）于 1965 年提出，并在乔治·兰道（George p. Landow）、杰伊·戴维·博尔特（Jay David Bolter）以及最近的亚历山德罗·齐纳（Alessandro Zinna）等研究者研究传统写作与计算机写作之间关系的特定背景下发展起来。界面理论的核心概念是"超文本"（与热拉尔·热奈特的超文本只是同音异义词），对于大多数发起者来说，这个概念对应着通过物质（信息）界面建立关系的文本网络。根据齐纳的观点，"超文本化使不同的部分产生线性或多线性的连续，这些部分是不同情况下要素文本化或融合化的结果，也就是简单要素或复杂单元的连续状态"[1]。我们在此见证了一场全面的交互性，其原理便是持久地重整（或组合）由界面聚集起来的异质元素。齐纳还认为，这种组合由拓扑元素的排列以及它们的同步构成。另外，"排列与同步是以相合、一致和内聚等不同形式为

---

① Alessandro Zinna, *Les Objets d'écriture et leurs interfaces. Textes interactifs et hypertextes*, dossier d'H. D. R., Université de Limoges, 2001, p. 176. Ce dossier a donné lieu à la publication d'un essai, en italien: *Le interface deglioggetti di scrittura. Teoria del linguaggio e ipertsti*, Roma, Meltemi, 2004.

基础的"①。间接与否，该原理反映出将指涉世界和可能世界联系在一起的关系类型。但此种情况下，联系是在一个混合环境中进行的，该环境既是物质的，又是非物质的。齐纳继续考察不同部分之间的接触形式，并进一步指出："各个元素门槛会产生一些构成关系的模式，如并置、叠加、连接及边界的融合和组合。"②很多形态是可以想象的：通过嵌入元素保持的间距，通过划定界限甚至通过叠合的程度进行的接触。不必进一步研究这个理论，只需承认它可以让我们提出一种假设：虚构中的指涉世界的再现（也就是所谓"真实的"空间）参与了一个通过界面把异质系统聚合在同一个世界的交互性中的过程。界面就是构成该世界的元素之间的联结模态。这一研究角度在某种程度上指向褶子的概念，此概念经由莱布尼茨的单子理论发展而来，然后又被德勒兹在其名为《褶子》的著作中做专门阐述。褶子曾处于身体和灵魂的交点，就像如今它位于真实与虚构的接合处一样，就好比"掷骰子取代了饱和（Plein）游戏，单子无法通过投影在闭合循环中那样包含全世界了，开出一条呈广延的轨线或螺旋，这条轨线越来越远离一个中心"③。德勒兹是流动性与日俱增的后

①　Alessandro Zinna, *Les Objets d'écriture et leurs interfaces. Textes interactifs et hypertextes*, dossier d'H. D. R., Université de Limoges, 2001, p. 160.

②　同上，第 164 页。

③　Gilles Deleuze, *Le Pli. Leibniz et le baroque*, *op. cit.*, p. 188.

现代世界中最杰出的理论家之一。门槛自身也受制于这种整体的不稳定性。界面假定了一个分离或结合空间体系的门槛的定义，这个定义剥夺了门槛的厚度，并使其在实践上难以被感知。我把界面设想成一个真实与虚构进行即时交流的非平面乃至一条线。但是还有理解门槛的第二种方法。如果门槛表现出换喻的性质，那么假设其同样适于隐喻形式，也是合乎逻辑的。隐喻是位移（*metaphora*），是投射。它是"如同"（comme si）、假扮（*make-believe*）和模仿的实体。它假设了分离空间体系的最小距离；它引入了一个不会使门槛封闭而是使其更不容易被渗透的拱石。此处的门槛会膨胀，联系是多形态的。该机制与多个可能世界的模式相一致，每个世界都将在可变几何的星群中找到不同的位置。界面的不确定阈限是虚构与真实尽情参与角色扮演的地方，它总是远离由指涉对象和所有现实素构成的中心，以越发不稳定的方式摇摆。

指涉的摇摆

虚构场所与真实构建了一种多变的关系。它的地理担负着一种混合的身份，与"历史"小说再现历史完全是一个道理。在20世纪初，奥地利哲学家亚历克修斯·迈农（Alexius Meinong）曾试图构建一个"对象理论"，还遭到了伯特兰·罗素的猛烈批判，后者认为这种理论过于激进："在我看来，在此类的理论中，我们注意到一种现实感的失败,即便是在最抽象的研究中也应该保留这种现实感。"①不管怎样,根据迈农的理论,每个对象都由一定数量的属性来定义,每组属性都对应一个对象,无论其是否存在,无论其是否可能。换句话说,一个对象既呈现在被现实化的现实中(按照字面来说,它存在[exister]),也呈现在可能被现实化的潜在性中(它满足于存在[être])。所以,每个对象都被赋予了一定的"现实"系数。显然,如果它在传统意义上已经是真实的了,那么这个对象则揭示了更多有待实现的潜在性。这种理论怎样应用于虚构中?从某种程度上说,答案已由豪尔赫·路易斯·博尔赫斯给出,他在《虚构集》②(1942)中引用了迈农的理论。遵循迈农的原则,美索不达米亚的乌克巴尔文明创造了一种理论上的文明——特隆。但是构建了虚拟特隆的形而上学家们毫不关心这个世界是否被实现:"他们知道,一个系统不外乎是,宇宙的所有方面对其中任意一个方面居于从属地位。"③我们承认,从《虚构集》到虚构,道路不是太长。

特伦斯·帕森斯(Terence Parsons)重新回到这个奇怪的理

---

① Bertrand Russell, *Introduction to Mathemarical Philosophy*, *op. cit.*, p. 169.

② 参见《虚构集》(*Fictions*)中的《特隆、乌克巴尔、奥比斯·特蒂乌斯》(《Tlön Uqbar Orbis Tertius》),第19页,叙事者在这个故事里提到了亚历克修斯·迈农和他的"替代世界"(monde subsistant)。

③ 同上,第20页。

论，这个赋予不存在以存在的理论，尽管这种存在是虚拟的。他将识别性的核心谓词（如：金色、探测罩、山区）与非识别性的核外谓词区别开来，后者包括本体特性、模态特性、意图特性和技术特性。虚构的对象带有我们赋予它们的核心属性，但只有在融入虚构对象的虚构世界中，这种包含模式才与核外相关。因此，核心定性了一种核外与真实完全分离的虚构性。帕维尔提到了帕森斯提供的例子：匹克威克先生在核心属性上是一位观察人类状况的英国人，但在核外属性上，他又是查尔斯·狄更斯小说中的人物。为了更好地隔离虚构对象，帕森斯还对源自本土的故事的人物或对象与从现实世界（伦敦）或其他文本（堂吉诃德、伊菲革涅亚等）中引进（移入）的对象以及替代的对象（代替者）做了区分。代替者是占有真实指涉对象以改造它们的对象。在帕森斯看来，巴尔扎克的巴黎就是代替者。有关空间再现的研究引发出一种不确定：巴黎是引进的对象还是替代的对象？帕维尔对此做出如下总结："显然，将《金眼女郎》中的巴黎视为替代对象则排除了这座城市作为引进对象的可能性，反之亦然。二选一的决定取决于我们对现实主义和模仿的看法，还取决于我们对文本之外的实体的认识状况。"[1]这尤其取决于借用的现实对文本结构产生的影响。帕森斯将推理延伸至人物的地位并指出，拿破仑在《金眼女郎》中远距离地短暂出现：他是一

---

① Thomas Pavel, *Univers de la fiction*, *op. cit.*, p. 41-42.

个引进的对象。而黎塞留在《三个火枪手》中扮演了关键的角色，他就是一个替代对象。正如帕维尔所说，人们就这样回到了真实与虚构、指涉对象与再现完全分离的状态。迈农的理论则（从表面上看）简要明晰，规避了这种区分。假如巴黎是真实世界中被现实化了的"对象"，那么它就不能将其所有潜在性都归入指涉对象。巴黎可能存在于体现它的繁复多样的虚构再现中。他再次回到麦克黑尔所准确提出的问题："拿破仑或理查德·尼克松等人物，巴黎或都柏林等场所，辩证唯物主义或量子力学等论点，它们更多地被融入虚构而不是被反映在虚构中；它们在异宇宙中构成本体论差异的领土，此外，异宇宙的虚构性是同质的。"①然后，人们会追问这些领土与指涉对象之间的关系类型以及虚拟再现相对于真实模式（真实构成的模式）的特殊性。

　　文学场所是一个虚拟的世界，它以灵活的方式同指涉世界互动。文学场所与指涉世界的契合程度可以在从零到无穷大之间变动。很多作家都试图为虚构空间与指涉空间可能维系的关系类型进行分类。孟尔康（Earl Mine）认为存在三种虚构的场所：没有任何指涉对象的公共的（日常的）场所；特有的（专有的）场所，指赖以生存的已知和特定的地方；不确切的（非标准的）场所，指不以生存而存在的地方，其价态通常是隐喻性的（天堂、地

---

① Brian McHale, *Postmodernist Fiction*, op. cit., p. 28.

狱等）。① 伦纳德·戴维斯也提出了三种虚构的场所，但分布不同：事实的（实际的）场所，如巴尔扎克的巴黎；虚构的（非真实的）场所，如乔治·艾略特的米德尔马契；改换名称的（重命名的）场所，如弗朗西斯·斯科特·菲茨杰拉德作品中展现的纽约的东卵镇和西卵镇。② 孟尔康的类型学适用于从但丁到斯宾塞的语料库，而戴维斯的理论则囊括了 19 世纪和 20 世纪的作家。被誊写的空间可能没有任何指涉对象；相反，它可能倾向于把一系列特定的"现实素"占为己有。如果以伊塔洛·卡尔维诺③看不见的城市为例，我们很自然就会承认这些城市和任何指涉对象都是分离的，即使它们列于马可·波罗起草的忽必烈汗帝国地点清单之上。同样的观点适用于所有明确的文学想象空间。不过，如果一个指涉对象显现，新的变体亦会出现。在《法国文学中虚构的城市》（1990）中，让·鲁多试图区分两类属于指涉对象的城市：将指涉对象隐藏的城市和不将其隐藏的城市。在后一种理论假设中，例子很丰富；人们只需要列举出米兰、南锡、都

---

① Earl Miner, «Common, Proper, and Improper Place», in *Proceedings of the XIIth Congress of the International Comparative Literature Association*, vol. 3, Munich, Iudicium Verlag, 1990.

② Lennart Davis, *Resisting Novels: Ideology and Fiction*, New York, London, Methuen, 1987.

③ Italo Calvino, *Les Villes invisibles* [1972], traduit de l'italien par Jean Thibaudeau, Paris, Seuil, 1974.

柏林或巴黎就知道是怎么回事了。正如鲁多所说："仅鲁昂的大名就代替了所有信息的必要性。"①但是需要警惕的是：有时作家会操控表象的布局。再现可能表现出与指涉对象在某种程度上的一致性；它也可以拿指涉对象开玩笑，玩弄指涉对象和读者。

依我个人所见，我建议保留三类结合，它们适应于虚构空间化的后现代进化：同托邦的一致（要知道纯粹的一致性是一种诱惑），异托邦的干扰以及乌托邦的离题。

同托邦的一致

鉴于指涉对象及其虚构再现之间存在着关联，以下我们还需建立将二者联系起来的关系模式。我们首先要问，是什么让它们结合在一起。在互文性研究中，被并行比较的作品标题构成了一项基本标志，场所同样也是一项基本标志。当一部作品被指名道姓地与一个"真实"世界指涉产生关系时，它便受到索尔·克里普克所说的"严格指示词"②（这里指场所之名）和托马斯·帕维尔所谓的集群（cluster）的支配，集群可用法语的"集

---

① Jean Roudaut, *Les Villes imaginaires dans la littérature française*, *op. cit.*, p. 26.

② Saul Kripke, *La Logique des noms propres* ［1972］, traduit de l'américaine par Pierre Jakob *et al.*, Paris, Minuit, 1982.

中"（regroupement）来进行解释。由于这种关系的存在，人们参与的不是无中生有的（*ex nihilo*）构建（construction），而是对现实素进行重构（reconfiguration），以实现其虚拟性的一面或多面。我们注意到，空间领域的构建与重构之间的对立让人想到保罗·利科在《时间和叙事》中提出的预塑（préfiguration）（原始指涉对象的呈现）、塑型（configuration）（指涉对象的虚构布局）和重塑（refiguration）（虚构化的指涉对象）之间的对立。空间性和时间性密不可分。这一点，我们早已明了。比如在巴尔扎克再现巴黎、狄更斯再现伦敦、德布林再现柏林、多斯·帕索斯再现纽约时……或者当卡夫卡再现纽约、让-菲利普·图森再现柏林、雅克·鲁波再现伦敦、翁贝托·埃科再现巴黎时……在所有这些假设和大量的其他假设中，伦敦、柏林、巴黎、纽约与它们各自的文学再现之间建立了关系。对于在此提到的所有作家来说，上述关系是以同托邦的一致为标志的。换句话说，通过叙事表现出的虚拟属性被添加到指涉对象逐渐现实化的属性中。逼真（vérisimilitude）在这里是一个必要的标准。同托邦的一致意味着一系列的现实素被安置在指涉对象的再现中，现实素与指涉对象的关系是很显然易见的。在《短信长别》（*La Courte lettre pour un long adieu*，1972）中，彼得·汉德克的匿名主人公横穿美国。在密苏里州圣路易斯的郊区，他被一对画家夫妇留宿，这对夫妇从事广告牌和新电影宣传画的绘制工作。他们认为，这项艺术的"艺术性"很小。每处风景都必须指向一个历史的时刻，其背景由集体记忆确定并且在后者中得以确定。这种逻辑被推到极端的后果："画家也一样，他无法凭想象画出某个不存在的事物：其画作中的风景，不应该仅仅是对真实风景的精准临摹，画中的人物还要真正地活过。"[1]比如，画家拒绝描绘小比格霍恩战役，因无人生还，人们没有任何关于这场溃败的亲历见证。就在这个时刻，这位奥地利主人公想起，在美国，他从未见过富有想象力的图像，所见的都是历史时刻的再现。汉德克描述的情形是极端的，不过，再现存在于原初世界场所的大多数叙事是根据指涉对象来塑造场所的。因此，尽管"现实主义"以多种方式被抵制，但仍然是再现的主导体制。尽管如此，在自称客观的叙事（"地理叙事"？）所诉求的一致性与刻意虚构的叙事寻求的一致性之间还是存在着一片"自由的沙滩"。有很多例子可以证明这一论断。圣卢西亚·迪·锡尼斯科拉是位于撒丁岛东海岸的一个小滨海浴场，就在翡翠海岸的下面，仍鲜为旅游业界人士了解。然而它在文学上却获得了惊人的成就。大卫·赫伯特·劳伦斯（D. H. Lawrence）、阿尔贝·特赛斯特凡斯（Albert T'Serstevens）和安德烈·皮耶尔·德·芒迪亚格（André Pieyre de Mandiargues）都提到了一座灯塔，这个场所唯一一处让人好奇的地方。对于皮耶尔·德·芒迪亚格来说，这座塔是

---

[1]　Peter Handke, *La Courte Lettre pour un long adieu* [1972], traduit de l'allemand par Georges-Arthur Goldschmidt, Paris, Gallimard, 1976, p. 110.

方形的，对于特赛斯特凡斯来说，这座塔是圆形的，对于劳伦斯来说，它既是方的又是圆的！在"现实"中，这座独一无二的塔是阿拉贡人于17世纪建造的。它高有十三米，是……圆形的。特赛斯特凡斯在一篇游记中描述过这座塔，劳伦斯在其之前也在游记中写过它；至于皮耶尔·德·芒迪亚格，他把《海百合》(*Lis de mer*, 1956)的故事情节设定在该处。文体问题在这里并不重要（尽管人们设想游记中所呈现的指涉对象会体现出更多的一致性）。给予文学一个从属的地位是灾难性的。我将会不停地重申：虚构不是再现真实，而是实现了迄今尚未被表达的新的潜在性，继而依据界面超文本的逻辑与真实互动。利科提及了虚构的准-过去(quasi-passé)，并将它描述为"在实有过去(passé effectif)中被埋藏的可能性的探测器"[①]。我似乎不太确定实有的过去中是否包含着"潜在"(virtuel)，但潜在似乎逃避了时间：它是没有被表达过的过去，但它同样也是没有被表达出的未来。不管情况如何，准-过去与实有过去之间的关系折射出虚构与真实的关系：虚构探测到隐藏在真实褶子中的可能性，要知道褶子没有被时间化。确实，每当虚构的再现属于同托邦类型时，指涉对象及其再现间就存在着混淆的风险。在这一背景下，即要求逼真的背景下，指涉对象和它的再现之间存在共同可能。换言之，虚构文本表现的虚拟特性不会与指涉领域的实际或现实属

[①] Paul Ricœur, *Temps et récit*, tome 3, *op. cit.*, p. 347.

性相对立。然而，正如帕维尔所言，"对于虚构的本体论来说，把与真实世界相同的个体清单强加给可能世界是过于狭隘了"[1]。我们可以设想指涉对象和再现的关系并非共同可能的。不同力量之间的界面可能变得隐晦不明，扰乱与指涉对象的关系。

异托邦的干扰

由名字构成的严格指示词是一种标识，但这种标识可能会具有虚假性，就像书名一样。在一则不时被提起的笑话（*witz*）中[2]，在莫斯科，有位艺术展的参观者发现一幅让他好奇的画。这幅名为《列宁在华沙》的作品展示了列宁夫人与党内一位年轻干部睡在同一张床上。参观者旋即向身边的人询问这幅画的意思。为什么在一幅名为列宁的画中我们看到他的夫人躺在被子里？华沙在哪里？华沙在莫斯科吗？还是莫斯科在华沙？事实上，参观者错误地将当下浓缩在一个唯一的和相同的地方；他忘记了两个不同的人可以同时（如果我冒昧地讲一句）在华沙和莫斯科生活，哪怕他们从事完全不同的活动。然而，华沙与莫斯科还可能交叠在一处。可以假设一座城市能够隐藏另一座城市。

---

① Thomas Pavel, *Univers de la fiction*, *op. cit.*, p. 62.

② 参见 Slavoj Žižek, «Why Lacan is Not a Post-Structuralist», in *The Sublime Object of Ideology*, London, Verso, 1989.

在小说《巴斯托涅》(*Bastogne*，1996)中，恩里科·布里齐(Enri-co Brizzi)将博洛尼亚叠加在尼斯之上，而小说的书名则参考了比利时的一座城市。尼斯被剥夺了天使湾、大海以及一切成就尼斯的事物，以展现博洛尼亚的城市环境。在小说封底处，作者声称他于1974年出生在尼斯。所以直到最后尼斯都停留在博洛尼亚……抑或反之。一些关于布里齐的网站宣称作家出生在蓝色海岸，还有一些认为他出生博洛尼亚。送子鸟迷了路，浪漫的场所彼此交叠，与此同时，身份也变得迷离不清。意大利"年轻食人者"①的这部小说（及传记）是个典型例子，属于被我称为异托邦干扰的类型。当此种干扰产生时，真实和虚构之间的关联就变得不确定。指涉对象成为跳板，虚构通过它一跃而起。我们认为指涉对象及其再现步入了一种不可能的关系。在《褶子》中，德勒兹区分了非共同可能性与不可能性，认为前者等同于一种次-辩证(vice-diction)，而后者相当于矛盾。我们将看到次-辩证属于乌托邦模式。然而，在这一明确的例子中，我们面对的是一种矛盾。尼斯和博洛尼亚是不能重叠的。如果一部作品的空-时背景的自在存在(en soi)和自为存在(pour soi)是一致的、非矛盾的，那么它反而会在明确的指涉对象上受挫，成为一种矛盾，一种异托邦的空间。在《维罗纳的二绅士》中，莎士

---

①　布里齐等一批意大利先锋作家被称为"年轻食人者"，该名源自出版于1996年的同名小说选集。——译者注

比亚将这座同名城市化身为一个海港。或许这仅是因疏忽而犯下的错误，或许是对真实地理状况蔑视的标志。无论是出于什么原因，维罗纳并不位于亚得里亚海沿岸，同样，尼斯也不位于大陆腹地。当安娜·玛利亚·奥尔泰斯（Anna Maria Ortese）写出一部名为《托莱多港》（*Le Port de Tolède*，1975）的小说时，她自身是没有错的，但却宣告了虚构世界之于所谓"真实"世界的完全自主性。实话说，自主性在这儿是相对的，因为托莱多，或更确切地说意大利语的托莱多（Toledo），是那不勒斯一个中心街区的名字，该街区围绕托莱多大道铺展开来。但这一点也不重要，因为，正如奥尔泰斯所希望的那样，人们在卡斯蒂利亚的高地和此处的托莱多之间建立了勉强的对等关系。应该指出，这位伟大的利古里亚小说家并不是第一次做如此尝试：早在1953年，她便创作了《那不勒斯不在海边》（*La mer ne baigne pas Naples*）。这里，我们停止考虑世界不完整性（如荷马的观点）的外延属性，以发动世界饱和（后现代写作）的内涵属性。人们开始在交替出现的新的海域上来回穿梭，就像奥德修斯在他所处的时代一样。不同之处在于这些海域的构造。荷马派他的英雄前往已知世界鲜有描述的外围探险；后现代主义者则将他们的人物置身于异托邦世界中，异托邦世界与指涉对象通常构建起一种游戏关系——比如，与托莱多港的关系。不同世界的接触导致一种陌生化，类似于奥德修斯面对勃然而出的海怪扰乱他所熟悉的地中海时所产生的感受。然而，尽管这些空间可能并不兼容，但是它们向彼此之间延伸，否则波吕斐摩斯或埃俄罗斯就不可能与佩涅洛佩或涅斯托尔同住一个世界。

这种不可能性的模态已经被一些后现代批评研究过了。布莱恩·麦克黑尔在《后现代主义小说》中区分了指涉对象与其再现之间的四种干扰策略①，它们是并列（juxtaposition）、嵌入（interpolation）、印叠（surimpression）和错配（missatribution）（错误归因）。并列用于连接已知但不协调的空间：比如为了从法国到意大利，人们得穿越挪威。我们承认这种文学手法的意义不大。通过嵌入，我们把一个没有指涉对象的空间引入到熟悉的空间内部。这就是格诺、鲁波以及另外一些作家②的保利德维亚，它是一个位于中欧或东欧某处的不起眼的虚构王国，与安东尼·霍普（Anthony Hope）的卢里塔尼亚、埃尔热（Hergé）的希尔达维亚和博尔杜利亚等虚构国家一样。总的来说，嵌入是通过将一个没有指涉对象的空间纳入一个具有指涉性的更广阔的空间而实现的：保利德维亚和希尔达维亚在巴尔干半岛，福克纳的约克纳帕塔法县位于美国南部，甚至还有格拉克的沙洲。在《西尔特沙岸》（*Le Rivage des Syrtes*，1951）中，指涉空间极大的混乱干扰了读者的方向。按照西尔维娅娜·科约特的观点，"这里的

---

① Brian McHale, *Postmodernist Fiction*, *op. cit.*, p. 45 et s.

② 参见 Bertrand Westphal, «La Poldévie ou les Balkans près de chez vous», in *Neohelicon*, 2005, n. XXXII-1, p. 7-16.

小说地形是根据真实地理创造出来的，西尔特对应实际的利比亚，但是文中的南北方向相反，所以沙案更让人想到南欧。格拉克把世代敌国法格斯坦安置在沙岸对面，那里同样没有一座坐落在地图上的城市；但这些地名来自业已存在的名字（法格斯坦＝巴基斯坦和突厥斯坦）"①。印叠引发两种熟知空间的相互渗透，并产生第三种被剥夺了真正指涉对象的空间。想象一下埃菲尔铁塔和大本钟共同出现在同一个城市就足够了。布赖恩·麦克黑尔以威廉·布莱克（William Blake）的《耶路撒冷》（1804—1820）为例，诗人将英国的郡和以色列的部落领地印叠在一起。麦克黑尔还提到盖伊·达文波特，他在《达芬奇的自行车》②中把卡斯蒂利亚的托莱多——又是它！——和俄亥俄州的托莱多结合起来。美国拓荒者对欧洲指涉对象的复制为大量文学活动提供了素材。当突尼斯作家阿卜杜拉齐兹·贝尔霍贾设想一部侦探小说③的情节在迦太基的废墟和美国的迦太基之间交替出现时，他可以从分布于亚利桑那州和纽约州之间的九个同名城市中选择。他选择了北卡罗来纳州的迦太基。詹姆

---

①　Sylviane Coyault, «Parcours géocritique d'un genre: le récit poétique et ses espaces», in *La Géocritique mode d'emploi*, *op. cit.*, p. 45.

②　Guy Davenport, *Da Vinci's Bicycle. Ten Stories*, Baltimore, London, The Johns Hopkins University Press, 1979.

③　Abdelaziz Belkhodja, *Les Cendres de Carthage*, Carthage, Apollonia, 1993.

斯·乔伊斯在《芬尼根守灵夜》(1939)中也进行了同类的印叠。他把佐治亚州的都柏林——美国八个都柏林之一，叠加到其故乡的都柏林，最终将爱尔兰的首都变为双城。[①] 但最著名的例子来自维姆·文德斯的一部名为《德州巴黎》的电影。当查韦斯（由哈利·戴恩·斯坦通饰演）问他的兄弟沃特（由迪恩·斯托克维尔饰演）自己是否去过巴黎时，沃特的答案是否定的，因为前者从未穿越大西洋。后来查韦斯给沃特看了一张巴黎的照片，他的巴黎是一片广袤而干旱的土地，位于德州巴黎的尽头，他认为这是父母孕育他的地方。此巴黎地处得克萨斯州东北部，约有两万五千居民，并自诩拥有"第二大巴黎的第二大埃菲尔铁塔"。查韦斯和沃特的父亲最爱开的一个玩笑：说他曾住在巴黎，然后稍等片刻，再补上一句，那是德州巴黎。第四个手法是错配，通过错配，人们赋予一个众所周知的地方一种不可能的品质。正如莎士比亚（维罗纳）、安娜·玛利亚·奥尔泰斯（托莱多）以及恩里科·布里齐（尼斯）所做的那样。还是根据麦克黑尔（和多勒泽尔）举的例子，罗纳德·萨肯尼克（Ronald Sukenick）在《98.6》(1975)中把一片丛林置于以色列的中心，取消了汽车交通，重新引入沙漠当道时的大篷车。在一场有关元虚构的讲座中，萨肯尼克解释了其小说理念："在这里，在以色列，非

---

① 参见 Voir Jean-Christophe Valtat, « Lieux superposés, lieux transposés», in *La Géocritique mode d'emploi*, *op. cit.*, p. 203-216.

凡即日常。我们可以生活在这样一种状态中，某些已然发生的事情还未发生，与此同时它们就发生了。"①上述不同的方法构成了一些模态，后现代作家借此以摆脱知名指涉对象的桎梏。从新小说，特别是从乌力波潜在文学工厂开始，我们就明白当代性的一个常态便是接受，甚至是鼓励与约束进行游戏。作家们更善于书写反文学（contre）。

麦克黑尔的类型学可以被进一步细化。我认为，我们还可以提出一些诸如转命名（transnomination）、未命名（un-naming）或空间错位（anachorisme）的策略。当作家把故事情节安排在一个指涉对象明确（命名）的地方，而后解除联结了指涉对象及其再现（转命名）的关系时，就出现了转命名。在这个假设中，再现的场所在真实素与反驳之间摇摆不定。让·格勒尼埃在尝试解释《岛》（1959）这部作品的理念时曾说："重要的不是以欧洲人或印度人的眼光去看待印度的原样——此乃一种荒谬的野心。应该采用高乃依和巴雷斯看西班牙的眼光，并且只有将印度视为一个想象的国度，我们才更能接近它的真实。我们不愿意以其他方式来看待它。"②在这种情况下，人们站在了同托邦的对立面：人们不以再现的逼真为目标，而是剥夺了指涉对象的自主

① Ronald Sukenick，98. 6. A Novel，New York，Fiction Collective，1975，p. 197，cité in L. Doležel，*Heterocosmica*，*op. cit.*，p. 180.

② Jean Grenier，*Les Îles*［1959］，Paris，Gallimard，coll. «L'Imaginaire»，1998，p. 113.

性和"典范"地位。有关这一策略的事例并不少见。乔治·阿尔诺在《恐惧的代价》(1950)题词中警告读者："不要在本书中寻找地理的准确性,它永不存在,只是个诱饵:比如,故事里的危地马拉不存在。我知道这个地方,我在那里生活过。"①由此,故事就在一个被明示而又被放弃的指涉对象的背景中摇摆。亨利-乔治·克鲁佐于1953年根据阿尔诺这部小说拍摄了同名电影,他只需要将标志性的拉斯彼德拉斯城搬到卡马尔格,而无须做其他形式的处理。这种转命名策略的意义何在? 它可能没有什么意义,是带有趣味性的把戏。它也可能更加深刻。在戏剧《安道尔》(*Andorra*,1961)中,马克斯·弗里希(Max Frisch)将一则排犹主义的寓言搬上舞台,该寓言涉及到同名地方的居民。年轻的安德利是一个被当地教师收留的犹太男孩。他与教师的女儿芭尔布琳坠入爱河并想要结婚。教师拒绝了,但拒绝的理由含糊不清。事实上,安德利是教师与赛诺拉婚外情生出的孩子,赛诺拉是强大邻国的公民。该国企图以合适正当的理由入侵安道尔。如果安德利不是芭尔布林同父异母的兄弟,而他确实是犹太人,教师会允许这场婚姻吗? 几乎毋庸置疑,因为安道尔名流显贵体现出下意识的排犹主义。为什么弗里希把这一幕搬到安道尔? 这个名字无疑指向了比利牛斯山的公国。也许是因为基于真实的事件。但是他对安道尔的再现与指涉对象没有任何

---

① Georges Arnaud, *Le Salaire de la peur*, Paris, Julliard, 1950.

关联：这肯定是一个多山的国家，正在向共和国转型，但是所有这些都是为了误导观众。实话说，该剧的题铭驱散了最后的不确定性：弗里希告知读者，剧里的安道尔和现实中的同名小国没有任何关系，跟其他山地小国也无任何关系。尽管弗里希的祖国瑞士可能会承受压力，但是转命名策略的选择具有真正的政治影响。小说《西西里谈话录》先连载于 1938 至 1939 年间的报纸上，于 1941 年收录成集出版，作者埃利奥·维托里尼曾在题铭中迫不及待地明确指出，西西里不存在，或者至少说它"只是偶然成为西西里；因为，对我而言，西西里的名字比波斯或委内瑞拉更悦耳"[①]，尤其是为了表达对法西斯领袖们的嘲讽。维托里尼的西西里的确比弗里希的瑞士更危险。在 1974 年的另一片大陆上，罗伯特·克罗茨奇得出了如下结论："在某个时刻，我认为加拿大作家的责任便是为他的（空间）经历命名，成为一个命名者。在此时，我反而认为，作家的任务恰恰相反，在于转命名（未命名）。"[②]对于克罗茨奇以及很多后殖民主义作家来说，指涉空间被过度命名，并充斥着应受指责的名字和现实素；指涉空间应该被转命名，获得新的纯洁。转命名可成为对抗原初世界饱和性的一种方式——这里指意识形态的饱和性。至此罗列

①　Elio Vittorini, *Conversation en Sicile* [1941], traduit de l'italien par Michel Arnaud, Paris, Gallimard, 1948, p. 213.

②　Robert Kroetsch, «Unhiding the Hidden : Recent Canadian Fiction», in *Journal of Canadian Fiction*, n. 3, 1974.

的每种策略都干扰了指涉对象及其再现之间的单纯空间关系。但我们还可以想象一种干扰，空间的指涉对象相较于时间衡量的标准出现位相偏移。该种方法通常是回顾性的。作家将指涉空间融入到一段非大写历史所造就的时间背景里。总之我们谈论的是一种有关空间的时间错乱，一种空间错位①。因此，在《狗王》中，克里斯多夫·兰斯迈尔构建了一个没有明确指涉对象的空间，但是人们很快就猜到这个空间是他的家乡奥地利。一场战争，第二次世界大战，似乎在这里无限地延伸，无论如何，1945 年以后，在这片无人之地上，地质学走在了地理学前面。朱利安·格拉克在《西尔特沙岸》中采取了同样的手法，正如西尔维娅娜·科约特指出的那样："地理干扰了历史的标记，而且至少混杂了四个时代：罗马帝国、中世纪、公元 1000 年和 20 世纪。事实上，作者还从 1939 年的'假战'以及东西阵营间的冷战中获得启发。"②当这种分离（découplage）展向未来之时，我们就进入了一个不同的机制：乌托邦王国。比如雷德利·斯科特《银翼杀手》（1982）中 2019 年的洛杉矶，弗兰克林·斯凡那《人猿星球》（1968）或史蒂芬·斯皮尔伯格《人工智能》（2001）中的纽约等。在以上所有的情形中，严格指示词指定了一个为读者或观

---

①　爱德华·索亚认为，空间错位是"空间内的不恰当定位"，可对时间错乱做出补充，in *Thirdspace*, *op. cit.*, p. 279.

②　Sylviane Coyault, «Parcours géocritique d'un genre: le récit poétique et ses espaces», in *La Géocritique mode d'emploi*, *op. cit.*, p. 44.

众所熟知的大都市,但是鉴于时间背景不详,我们便进入了次-辩证机制。叙事使任何现实素都显得苍白无力;它建立了一个现实无以反驳或还没有反驳的虚构世界。约翰·卡朋特在1981年导演了《纽约1997》(纽约大逃亡),他并没有言明影片中导致美国总统生命危在旦夕的灾难场景不会成真,但对于比尔·克林顿来说幸运的是,事态在1997年产生了不同的趋势。对于同是卡朋特导演的《洛杉矶2013》(洛杉矶大逃亡,1996)来说,可能还要些许耐心才能知道这座大都市是否会真正地成为一处由极右派政府挑选出的流放之地。

乌托邦的离题

继同托邦和异托邦之后,我该论述乌托邦了,关于乌托邦的定义已成滥觞。乌托邦是一个无境之地,一个乌有之地(*ou-to-pos*),没有任何严格指示词能够将其导向原初世界的指涉空间。总的来看,宽泛的定义导致多样的类型学,后者涵盖了一切想象的地方。它既包括理想城(如《太阳城》)幸福之地的乌托邦,还包括纯粹的反乌托邦(如《1984》),包括科幻小说,还包括英雄玄幻小说,即幻想作品的变体,这些作品中创造世界和空间的壮举值得特别关注(如《指环王》《无尽的故事》)。《论镜子及其他现象》(*Sugli specchi e altri saggi*,1985)还没有被翻译成法语,翁贝托·埃科在该书中区分了几类科幻世界:异构乌托邦(allotopie)、乌托邦、架空历史的世界（uchronie）和元托邦/元时性（métatopie/ métachronie）。这种分类方法既涉及时间也涉及空间。概括而言，异构乌托邦呈现出一个不同于我们日常习惯的世界（如动物说话，仙女施魔法等）并且替换了后者。它在某种程度上可视作麦克黑尔命名为"印叠"的指涉干扰的科幻版本。在埃科所理解的乌托邦中，"人们可以想象，被讲述的可能世界与我们的世界是平行的，它存在于某处，即使我们通常无法进入"①。乌托邦与真实的指涉对象之间不再有稳定的关系，因此它可以在另一个可能的世界中表达再现，这个可能世界在原则上构成一切道德的典范（当是幸福之地时）。至于架空历史的世界，它设想"已经真实发生的事情可能会以不一样的方式发生"②。埃科举了一个例子，尤里乌斯·凯撒并没有在三月半被刺杀。所以，架空历史的世界保留着与指涉对象的联系，近似于我上文提到的错位，即空间经受了一个时间分离的过程。就元托邦/元时性来说，它将叙事构想的可能世界安排在现实的真实世界的未来阶段之中。我们可以从上文提到的电影事例和传统科幻小说的方方面面中窥见一斑。我们还可将各种叙事融入这一范畴，它们不是传统意义上的乌托邦、科幻或幻想叙事，如果

---

① Umberto Eco, *Sugli specchi e altri saggi*, Milano, Bompiani, 1985, p. 174.

② 同上，第 175 页。

它们参照了真实世界的已知指涉对象，就是同托邦的叙事，如果它们玩弄指涉对象，就是异托邦的叙事，但它们既不是前者也不是后者，因为它们指代的是在一个缺乏指涉对象的"现实"环境里的无指涉空间。我们在阿尔维托·曼古埃尔（Alberto Manguel）和詹尼·盖德鲁佩（Gianni Guadalupi）编写的《想象地名词典》（*Le Dictionnaire des lieux imaginaires*，1998）中找到一些这样的空间，其中有马克斯兄弟在莱奥·麦卡雷导演的《鸭羹》（1933）里所构想的弗利唐尼亚国①。尽管同托邦假设指涉空间及其虚构再现之间的共同可能，异托邦将两者置于矛盾关系中，但乌托邦却激活了一种非共同可能，它带来的不是矛盾，而是一种次-辩证：叙事在指涉对象的边缘展开，或者围绕着投射在未来中的指涉对象进行组织，未来使投射于其中的指涉对象失去现实性。当代空时关系所带来的新奇感确实找到了很多表达渠道。弗兰克·莫莱蒂在《欧洲小说地图：1800—1900》中考察了有指涉对象场所和无指涉对象场所的特点，还考察了这两类场所各自逻辑的合理性。在分析完简·奥斯汀的一部小说后，他发现美满结局通常发生在想象中的场所，而复杂状况则更多地出现在"真实"的场所。这个结论无疑是有争议的，但莫莱蒂足够谨慎以避免逻辑失误的后患。他的分析基于大量的阅读和支

---

①　在美国反抗者对抗墨西哥当局的起义之初，曾宣布"弗利唐尼亚共和国"独立，该共和国位于纳科多契斯（德克萨斯东部）。

撑其全部论述的数据统计。事实上,莫莱蒂并不满足于罗列再现空间与指涉空间之间的关系类型,或二者之间关系的缺席;他提出不同文学空间的本体论区别(*distinguo*)。总体而言,在虚构世界中,空间本体论依赖于其固有的极性,比如顶部和底部、圆形或直线等。在这种情况下,尽管我们继续在绝对虚构世界中进行探索,我们还是在乌托邦的(想象的)再现、同托邦的,甚至是异托邦的(真实的)再现之间建立联系。我们可将真实空间与虚构空间结合起来,以展现二者的对质。

第四章　地理批评的要素

地理批评，地理中心主义的研究方法

文学视域下的很多空间研究都聚焦于个人主义视角，根据文学体裁的不同，该视角可以是作者个人的视角，也可以是作品中虚构人物的视角。我们即将谈论自我中心主义研究，因为此处关于空间的研究话语旨在丰富关于作家的话语——作家是所有关注的中心。唯有在某些范式下，形象学在构建某位特定作者笔下的空间再现时，才会为现实素留出一席之地。不过总而言之，自我中心逻辑将继续占据优势，因为仍然是对于作品的阐释而非对于场所的阐释在激发着各种研究。形象学是什么，它能为空间性研究领域带来什么？关于第一个问题，让-马克·莫哈（Jean-Marc Moura）给出了一个简洁的定义：形象学是关于

"异国形象在文学中的再现的研究"①。实际上，这一研究已超出了文学的范畴；它立足的是人类学、社会学或历史学。这一跨学科性正是形象学的必要条件之一。丹尼尔-亨利·巴柔指出，一切展示出来的形象都源于"对自我与他者，此处与他处关系的自觉意识之中，即使这种意识是十分微弱的。因此形象即是对两种类型文化现实间的差距所做的文学的或非文学的，且能说明符指关系的表达"②。我们又遇到了差距的概念，然而这一概念指的并不是现实素及其"再现"之间的关系，而是联结注视者和被注视者，注视者文化和被注视者文化的差别联系。形象学考察的是作家领会陌生环境的方式。借助于审视注视者文化和被注视者文化间的差距，形象学的研究重心会自然而然地停留在空间的再现问题上。然而形象空间具备一种独有的属性。它并不直接从属于自我形象，从定义上也可得知，它是在第三者视角下被感知的。空间得到了感知，并被置于"异形象"（hétéro-image)的语境中来理解：它成为了相异性的载体，这种相异性很可能还未被完全克服就已消解。在形象学语境中，空间是旅客的空间，是旅途的空间。由此，鉴于空间是异域的空间，也即"外国"空间，它带有强烈的刻板印象痕迹。然而形象学在是否探讨

---

① Jean-Marc Moura, *L'Europe littéraire et l'ailleurs*, Paris, P. U. F., 1998, p. 35.

② Daniel-Henri Pageaux, *La Littérature générale et comparée*, Paris, A. Colin, coll. «Cursus», 1994, p. 60.

指涉这一问题上举棋不定。莫哈也证实："形象学学者摒弃了指涉的问题，借由生产性的想象，文学化地（再次）创造了异国形象。"①形象学学者倾向于建立一张以自我为中心的示意图，由作家和/或作品中人物（或一群作家和/或一群人物）面对他者空间和他们的海外侨胞时的观点、行为、判断等联结而成。因此，形象学学者的研究与文学是密不可分的。总而言之，形象学学者规避了复制空间和指涉空间之间的关系问题。

　　在文学和其他模仿艺术领域中，绝大多数关于空间的研究都试图将"再现"从抽离了真实的场域中分离出来。通常情况下，研究者要么不会提及指涉的问题，即使提及，也是为了阐释排除它的理由。研究者对于文学再现和地理指涉的关联的确有着不同的感知。我们可以发现，在所有拒绝把外在现实和内在世界联系起来的假说中，这二者的关系是有偏差的。只有当可模型化的现实与屈从于现实的"再现"达成一致时，才能对简化至服从地位的文本做出评判。于是文学臣服于真实，乃至文学研究也成为了一门窃取文学的灵魂、并使其误入歧途的第三学科的偶然工具。不过，在世界和文本的界面上发生着一些（对于文学而言）更复杂、更大胆的事件。世界和文学的重新平衡甚至可以颠覆某种趋势，也即我们将在下一章集中探讨的：空间的虚构再现能够对后现代时期削弱的"真实"发生某种影响。在这一

---

① 　Jean-Marc Moura, *L'Europe littéraire et l'ailleurs*, *op. cit.*, p. 45.

语境下,地理批评占据了具有创新意义的地位。与大部分有关空间的文学研究方法①相反,地理批评倾向于采用地理中心主义的研究手法,将场所置于讨论的核心。因此,"地理批评学者"并未将视线集中在劳伦斯·德雷尔(Lawrence Durrell)——英国作家,其笔下的故事多发生在亚历山大(《亚历山大四部曲》)——身上,而是致力于研究亚历山大这个诞生了一系列故事的场所,这些故事不仅仅出自德雷尔,还出自曾陪伴拿破仑征战埃及的法国旅行家沃尔尼(Volney)、出生于亚历山大的希腊诗人康斯坦丁·卡瓦菲斯(Constantin Cavafis)、希腊小说家斯特拉迪斯·齐尔卡斯(Stratis Tsirkas)乃至来自亚历山大的科普特裔作家爱德华·艾尔-卡拉特(Edwar al-Kharrat)。因而,应该把分析的相关性建立在空间指涉上,而不是建立在作家及其作品上。简而言之,我们应沿着一条复杂的时间线、遵循迥异的观点,将研究重心从作家推及场所,而不再是从场所推及作家。相较于形象学,我们的视角发生了翻转。这一简单的对调带来了一系列结果。首先,我们开始质疑该转变的合理性。地理中心的研究方法站得住脚吗? 诚然,对于现实素及"再现"二者关联的质疑是无法避免的。一旦接受了地理中心研究法的原则,我们将确立一种方法论的重心,该方法论可以让我们以一种

---

　　① 　除了形象学,至少还有地理诗学(肯尼斯·怀特)和生态批评。但这两种研究方法更多涉及的是环境或景观,而不是这里所指的场所。

全新的、将空间置于中心的视角来考察空间。正如我们将要揭示的那样，地理批评方法论试图将空间纳入动态的视角之下。一个新的问题也接踵而至：如何在地理批评力图塑造的动态环境中考察刻板印象和异国情调呢？在所有因素中，下面这几点是我必须要重点阐释的。

　　形象学研究悄无声息地略过了指涉的问题；它的重心唯独聚焦在作家复刻现实素的方式上。被再现的客体走向消解，留下了再现它的主体。让-马克·莫哈认为，形象—镜子的假定，或形象—"真实的变形化表达"的假定反映了一个"错误的问题"[1]。如果从作家，尤其是一位特定作家的视点来分配优先级，这是无可指摘的。如果认为指涉是单一、稳定且不受其"再现"约束的——鉴于其从未被奴役过，这仍然是准确无误的。但是，鉴于所谓的"真实"空间是多元的、舟状的，地理批评所面对的指涉的文学再现不再被视作是变形的，而是建设性的。基于前面几章所列出的前提，我们可以得到这样的公设：指涉及其再现是互相依存的，甚至是相互作用的。我要再次重复，这种关系是动态的、不断演化的。地理批评并不局限于研究他者的再现——他者通常在独白性环境下被感知。如果叙述事实的空间变成了可以接受的指涉，变成了恰当的参考系，它就会自然而然地化身为一个作家整体的公分母。实际上，地理批评一直在明

----

[1]　Jean-Marc Moura, *L'Europe littéraire et l'ailleurs*, *op. cit.*, p. 40.

确艺术家的至高地位，不过，它将艺术家置于一个世界的中心，但艺术家并非该世界的唯一构成。空间从孤立的目光中脱离出来。它化身成为了聚焦面，成为了焦点（这也使其更加人性化）。相异性和同一性之间的两极关系不再由一个简单的动作所支配，而是由两者的相互作用所支配。空间的再现诞生于创造性的往返，而不再脱胎于一趟简单的去程——这趟去程与向他者投去的目光相吻合，而交互并未被真正地重视（欧洲中心主义即是如此）。地理批评的分析原则恰恰在于不同视角的交锋，这些不同的视角会相互校正、相互滋养并互相丰富。空间的书写总是独特的。至于地理批评式的空间再现，它脱胎于个体化再现的光谱，这个光谱具有前所未有的丰富性和多样性。以西西里为例。18 世纪末，歌德在《意大利游记》(*Voyage en Italie*)或维旺·德农（Vivant Denon）在《西西里游记》(*Voyage en Sicile*)中所描绘的西西里岛曾是现代文学的处女地。在此之前，一些游记已经对它有所提及，不过令人遗憾的是，它自 13 世纪以来始终未能引起重要作家（以及创造了十四行诗的西西里诗派）的关注。歌德尤其是维旺·德农认为，西西里的现实意义被湮没了。这座岛屿似乎永远地留在了古希腊罗马时代。此后，西西里成为了采尔斯特文斯（T'Serstevens）、费尔南德斯（Fernandez）或德雷尔所描绘的对象。这些作家无法再对这座岛屿的现状及其激发的文学创作默不作声。在这一时期，西西里岛成了维尔加（Verga）、两位诺贝尔文学奖获得者皮兰德娄（Pirandello）和夸西莫多（Quasimodo），以及维托里尼（Vittorini）、托马西・迪・兰佩杜萨（Tomasi di Lampedusa）、夏夏（Sciascia）、布法里诺（Bufalino）等多位作家著作的代名词。如维旺・德农一样，德雷尔也表现出了对古希腊罗马时代的偏好。他同样引述了古希腊罗马时代的经典作品，在字里行间，他还对司汤达没有选择描写西西里而选择了罗马和那不勒斯深表遗憾。① 但不同于德农的是，德雷尔自认为对西西里地方文学的认识不深："还有一位西西里作家，也曾对该岛做了精彩的介绍。然而我们对西西里文学的无知仍然是不可思议的。"②形象学研究会记载这一坦诚的认识，并将其纳入对德雷尔作品的考察之中。而地理批评研究则会在西西里岛的文学再现网络中去定位德雷尔的这番宣言。结果很快证明，德雷尔同时代作家对西西里并非像德雷尔一样无知。岛上的访客不再无视西西里文学的贡献。与此同时，西西里人及西西里裔作家常常出现在其他作家的视线或书写中。于是，相异性不再是被注视文化的固有特征，因为被注视文化也成为了注视者。就此，任何再现都在这一辩证的过程中得到同化。借用地理批评视点的同时，我们也就选择了一个多元化的视点，它置身于不同再现的碰撞中。我们进一步催生了一个共

---

　　① 《罗马、那不勒斯和佛罗伦萨》是作家司汤达第一次使用"司汤达"这一笔名发表的作品。——译者注

　　② Lawrence Durrell，*Le Carrousel sicilien* [1977]，traduit de l'anglais par Paule Guivarch，Paris，Gallimard，coll. «Folio»，1996（1979），p. 130.

同空间,该空间在不同视点相互接触时诞生,也正脱胎于不同视点的相互接触。由此,我们更深入地触及到指涉空间的身份本质。同时,我们得到了证实,任何文化身份都不过是永不停息的创造和再创造的结果。这一观察构成了地理批评一个不变的方法论:对既定指涉空间的多聚焦(multifocalisation)。

　　另外一系列因素同样也有利于地理中心主义批评的展开。针对一位作家或一群具有身份同一性的作家展开研究,这当然是合理的。但这一研究不应该排除另一种路径,该路径并非文学领域的核心路径,而位于其边缘地带,位于文学及其毗邻地带的界面。忽略这一界面的行为揭示了一种姿态——认为文学和世界的分离是可以实现的,甚至是已被认可的。这种姿态在西方世界很是盛行,人们认为文学世界和空间世界足够稳定,且有着足够大的差异,以至于我们可以轻易地对其加以区分。然而后殖民主义研究已经揭示,这二者的分野会随着我们远离中心而相对化。最近几十年见证了空间的重组,乃至重建,这发生在曾经的殖民地,也发生在大部分中欧、东欧国家,在少数族裔的推动下,甚至还发生在一些曾努力抵御历史大潮侵袭的消亡国家里(这里的历史通常以悲剧示人:殖民主义、战争)。在欧洲范围内,以展示可能地理环境为目的的文学作品——抑或有文学特征的作品——大量涌现。因此,我们对古老奥匈帝国某些一度被遗忘的地区重新燃起了兴趣。领土覆盖当今波兰、乌克兰部分地区的加利西亚(Galicie),以及被罗马尼亚和乌克兰各据一块的布科维纳（Bucovine）引起了一大批作家和研究者的好奇。如果说这些地区一度曾是政权实体，如今，它们又在作家们的笔下重获荣光。当我们认识到卡尔·埃米尔·弗兰佐斯（Karl Emil Franzos）、保罗·策兰（Paul Celan）、罗斯·奥斯兰德（Rose Ausländer）、格雷戈尔·冯·雷佐利（Gregor von Rezzori）等人都来自切尔诺夫策（Czernowitz）——奥匈帝国布科维纳地区的首府，后成为一片文学高地，布科维纳便（重新）融入了文化的视域。至于与其毗邻的加利西亚，当我们在稍后发现它与约瑟夫·罗特（Joseph Roth）及众多其他作家有着千丝万缕的联系时，这片曾一度被从官方地图中抹去的地区便同样成了众人追捧的对象。在中欧，几个世纪以来始终被不被重视的少数族裔占据的土地重新进入了人们的视线，这是让人始料未及的。在《在欧洲尽头的旅行》（*Voyages au bout de L'Europe*，2001）中，卡尔-马尔克斯·高斯（Karl-Markus Gauss）探索了欧洲的终极之地（*ultima tellus*），他把这片土地延伸至——也可能是缩减至——意大利之南、德意志之东、马其顿之西、斯洛文尼亚之中乃至萨拉热窝之核心地带，并分别追忆了卡拉布里地区的阿尔班人（中世纪对阿尔巴尼亚人的称呼）、勃兰登堡及萨克森州的斯拉夫族索布人、比托拉地区讲新拉丁语的阿罗马尼亚人、科切维城的日耳曼裔科切维人，以及让古老的卡斯蒂利亚习俗得以在受难城市永存的波斯尼地区最后一群塞法拉德裔犹太人，这些人都曾受到西班牙卡斯蒂利亚女王伊莎贝拉一世的迫害。过去的二十多年来，我们在欧洲大力推动此类文本的涌现，以至于文学概貌中似乎出现了一个全新的类别："地理小说"，一种介于游记、传记或自传和小说之间的类别。这一新"类别"小说的标志可能是于 1986 年问世的《多瑙河》(*Danube*，1986)，在书中，作者克劳迪奥·马格里斯(Claudio Magris)沿着与多瑙河三角洲同名的河流顺流而下，在河流两岸所赐予的灵感下，写就了一系列"河流"故事，在这些故事中，文学、历史和地理相互交融，留下了分量相当的墨彩。柏林墙轰然倒塌之后，因欧盟对于小民族国家的支持，新的国别地图在欧洲大陆出现，当然，地图的疆界也有所缩小。在非洲以及世界的很多区域，得益于去殖民化进程的进展，地图有了全新的面貌，在澳大利亚以及"新世界"的其他组成部分，新地图的出现则是因为曾被第一代地图绘制者打入沉默或迫害致死的土著居民终于得到了承认。在历史的长河中看，这些现象不过是最近刚刚发生的。文学仍然是反霸权主义话语的媒介，它的经脉已根植于文化和地理之中。"写作"，安杰·史达休克表示，"就是列举名字。这就像是一趟旅程，生命线在旅程里不断收集地理珠玑"[①]。当然，伴随着这趟旅程，指涉对象和其再现的区分逐渐被抹去。两者之间的界面随几十年来的后现代主义文化发展而演变，这正是地理批评所试图探讨的现象。

[①]　Andrzej Stasiuk, *Mon Europe*, *op. cit.*, p. 108.

后现代主义是反霸权主义话语的大本营,这一点表现在各个方面。这是因为后现代主义刻画了一种被削弱的现实,而这正是利奥塔口中的宏大叙事无法严格界定的。在这种漂浮不定的环境下,我们所谓的"真实"和虚构化再现之间的距离又缩小了。水域的划分界线不再清晰,有时我们甚至看不到界线。后现代主义的时代还对应着后实证主义的时代,在这里,有关真实的属性、成分及界限的确定性都将逐渐模糊。因此,真实与虚构模仿间的屏障趋于消解。这当然是一种新鲜现象,不过这一新鲜现象仍然是相对的。如前文所述,在空间领域,古希腊人曾为今天分别被称作"地理"和"文学"的学问——当时的希腊人尚未区分这两门学问——规定了相同的真实(或非真实)系数。这呼应了一种论断:以证实文学再现和指涉模型之间关联为基础的分析是空洞和自负的托词,我们应该摒弃指涉问题。当然,最终,这一论断是可接受的:在否认文学"现实丈量者"角色的情况下,我们能更加公正地看待文学,因为它的作用远大于此。准确说来,该论断是有争议的。它的前提是虚构与真实之间的顿挫是清晰可见的,虚构被剥夺了一切的再现权利。但一旦我们论及虚构与真实二者之间的相互作用,该论断就不攻自破了。当虚构被纳入世界,它便擅取了反映真实,甚至是影响真实的双重权利(或更确切地说,是影响真实再现的权利)。真实存在于其各种再现形式的(非欧几里得的)多变几何矩阵中,它是否还存在于其他地方呢?在这一语境下,采用地理中心主义的研究方法就是要认识到文学再现被包含在世界中,包含在一个被拓展的真实中,包含在一片与多元话语切相关、可无限调节的空间中。地理批评适用于对于概念的研究,该概念根据多方面因素(界面、联结等)而变化,它们促使研究者分析互动的边界,将边界置于非边缘的地位。

这意味着要把"他者"的一系列再现形式统合起来,这个"他者"被它发展其中的空间所接受(?)。即便研究者继续把关注点优先放在"渴望相异性意识"[①]上,毫无疑问,一旦空间被感知、被多位作家再现,它就会被(地理中心式地)重新定位。个人及主观再现的空间-客体便成为了研究的主题。我们可以辨别出多种类别的指涉对象。其中最容易辨别的是以"真实"著称的地理指涉对象。鉴于地理批评研究方法是地理中心化的、多聚焦的,艺术化复刻也就必须被纳入由指涉对象界定的同位性中。一旦场所的"书写"被限定在某一位作者手中,我们就回到了形象学研究的自我中心主义。对某一既定现实素的再现不太可能是孤立的,因为这个星球上的绝大多数场所都被不止一次复刻。甚至有很多场所吸引了成百上千次的艺术化再现(比如纽约或伦敦、非洲、日本、多瑙河、加勒比海等等)。另一方面,前文提到的圣卢西亚·迪·锡尼斯科拉的例子,则反映了文本可以把现实素夸大到何种程度,即便后者本身平平无奇。从方法论角度

---

① Jean-Marc Moura, *L'Europe littéraire et l'ailleurs*, *op. cit.*, p. 41.

来看,这个撒丁岛的例子揭示了地理批评研究应该解决的首要难题在于来源的分散。汇聚建立一个充分的文献库有时是非常困难的。艺术作品很少被按照它们所刻画的现实素来汇编。围绕某条空间性准则建立的数据库非常罕见。比如,将作品和场所联系起来的名录表要远远少于人名词典。为了建立地理批评分析所必需的语料库,网络是必不可少的,耐心和博学也是不可或缺的。如果要找出安德烈·纪德在其作品中再现了哪些"真实"场所,仅需阅读一本写得好的研究专著即可。相反,若想整理出所有发生在刚果、乍得或梵蒂冈的叙事文本语料库,则不那么简单了。

　　谈到多样性,真实的指涉对象种类丰富:城市、岛屿或群岛、国家、山川、河流、海洋或湖泊、海峡或半岛、沙漠、陆地和极地等等。范式非常多样,以至于地理批评的所有实践手段都可以用上。不过现实素并不总是根植于世界中可感的真实,因为世界在不同的再现镜头中分裂成了多样的可能世界——至少在虚构的世界中是如此。被再现在文学文本中的指涉对象界定了一种选择的世界。如果说,按照最经典的假说所言,指涉根植于真正的世界中,它同样也会出现在真实世界之外,出现在一个文本中,甚至出现在一系列不同文本之中。换句话说,我们可以从一个互文链中辨别出同一个指涉,该互文链会随着时间和作品(书籍、画作、电影等等)的丰富而逐渐确立。这样的例子不胜枚举。曼古埃尔和盖德鲁佩的《想象地名私人词典》就列出了上百个……但它遗漏了两个让我印象深刻的名字：卢里塔尼亚和保利德维亚，这两个带有巴尔干烙印的虚构地名。卢里塔尼亚由英国小说家安东尼·霍普（Anthony Hope）1894 年在其作品《曾达的囚徒》（*Le Prisonnier de Zenda*）中构建，随即在好莱坞刮起了一阵风潮（得益于多部热门电影的上映）。1929 年，在一场针对社会党和激进派议员的恶作剧中，《法兰西行动报》（*Action Française*）的一名记者受其启发，虚构了保利德维亚这一地名。十多年后，在如火如荼的战争下，马塞尔·埃梅（Marcel Aymé）借用了这一地名，以其为背景创作了一部短篇小说。随后，在巴黎解放后，保利德维亚在雷蒙·格诺、乔治·佩雷克、雅克·鲁波等人的笔下在政治上转向了左派。在地理学这门自然科学的描述中，保利德维亚并不存在，但它存在于虚构文本中。由此，一个指涉便从一条极长的互文链中诞生了。地理中心主义的研究路径是可行的，对保利德维亚的地理批评分析把隐藏在文本背景之中、处于现实和虚构界面的巴尔干指涉凸显出来。地理批评分析同时也隔绝了一些在趣味性言语中被曲解的刻板印象。卢里塔尼亚和保利德维亚并非特例，远非如此。在不同的时代里，在柏拉图描绘亚特兰蒂斯的时代，诸多指涉诞生于地质学和神话学的相互作用下，也或多或少地诞生于真实与虚构的相互碰撞下。因此对亚特兰蒂斯进行地理批评分析也是可行的。如果选择雷姆利亚大陆——连接马斯克林群岛和马达加斯加的已消失大陆，在神话传说中多次出现——作为地理批评分析的对象，结果则更加出人意料。米歇尔·贝尼亚米诺指出[①]，雷姆利亚由留尼旺人儒勒·赫尔曼（Jules Hermann）在 19 世纪末打造，随后受到了毛里求斯大作家马尔科姆·德·夏扎尔（Malcolm de Chazal）、留尼旺诗人波利斯·伽玛勒亚（Boris Gamaleya）等人的热捧。我们的想象可以超越雷姆利亚，直到迷失在星际空间之中。在真实和想象的界面，去现实化的神话元素占领了一个没有被精确地图化、甚至从未被染指过的空间，科幻小说描绘的各种疆域徐徐铺开。人类世界的空间同样如此：有些空间具备一个地理指涉，并最终会被再现；有些被一砖一瓦地想象构建，有时只会留下一些互文的脉络。对火星或月球进行地理批评分析也是可行的……尽管为了满足多聚焦的标准，我们首先得期待有朝一日能够发现火星人的绿皮纸上写下的最早文本，以及在外星飞碟上拍摄的最早电影。无论如何，只要地理中心主义和多聚焦的研究方法成立，地理批评分析就是可行的。这意味着一些缺乏明确的地名指涉的主题学实体可以进入地理批评学者的研究范围：沙漠、群岛等。此类分析必须是抽象的，且更加笼统。在地理批评视角下，这些分析为针对确切的地理指涉的研究提供了理论框架。相反，我觉得转向非地理场

---

① Michel Beniamino, «Une géographie mythique dans les Mascareignes : la Lémurie», in Les Mots de la terre. Géographie et littératures francophones, Antonella Emina (ed), Roma, Bulzoni, 1998, p. 205-221.

所——即加斯东·巴什拉在《空间的诗学》(La Poétique de l'espace，1957)中描绘的家庭空间、私人空间——并不属于地理批评领域。地理批评在考察地理指涉的艺术化再现时才有用武之地，我们在上一章对地理指涉的类型已有过论述。

地理批评，跨学科的研究方法

这些论断又让我回到了关于跨学科性和体裁问题的论辩中。在后现代主义被"削弱"的语境下，体裁类型的影响减弱了。纯虚构作品中关于人类空间的再现与游记或报告文学中的再现有本质的分歧吗？这一问题使研究者对指涉与其再现之间关联的某一特殊方面产生了兴趣，当然也是最没有吸引力的一个方面：再现的逼真程度——它在报道文学中可能很高，在游记中中等，在纯虚构叙事中很低。这样的渐变在我看来不太中肯。它呼应了维吉尔圆(la roue de Virgile)和风格三分法。[①] 如果显露出的真实性和暗藏的虚构性的交集是游移不定的，如果再现的模态是变化的，被再现的空间便仍然存在，在它受到调动的不同阶段都是如此。从后现代视角中脱离出来是徒劳的，承载再现过程的体裁间的界限很模糊。丹尼尔-亨利·巴柔也指出，"旅

---

①　维吉尔圆和风格三分法以维吉尔的三部代表作为例，提炼出了其创作的风格体系。——译者注

行作家——鉴于他们会写作这个事实——会进行情节的虚
构"[1]。游记文学离不开故事情节的安排；任何书写都离不开故
事情节的安排。情节安排构建了再现，布置了书写所重现的空
间，无论这安排是否被辨认出来。人类空间是涉及、构建、重构
它的再现的不定的总和，是从一般载体的本质中得出的抽象概
念。跨体裁的异质性指向另一种更分散的异质性，后者触及了
知识的分类学，即知识在学科领域的分配。意识到过于严苛的
分类的风险，包括文学理论家在内的学术界致力于缩小断层，设
计跨学科策略。根据不同的情形和创新胆识，跨学科性可以从
不同的层面来理解。文学研究者通常按照狭义概念来理解它。
它引导文学研究者进行对于不同审美领域的可变矩阵的探究
（文学与电影的关联、文学与摄影的关联等等）。由此，跨学科性
处于已经建立的比较实践的核心。不过跨学科性可以从超越审
美领域关联性的其他方面入手。那么思考的重心就落在了文学
和人文及社会科学的可能性关联上，从最广义的外延来看，甚至
是文学和"精确"科学或"硬"科学的关联上。这一研究带来的影
响很多。其中一个影响在于，让观察者不再把文学视作一门
"软"科学，而是一门……灵活的科学！这一过程在比较研究中
占据了一席之地。当研究者满足于探究文学和诸如物理学的关

---

[1]　Daniel-Henri Pageaux, *La Littérature générale et comparée*, *op. cit.*, p. 31.

联,并将其工作限定为一种文学化的载体和一种文学方法论时,所谓跨学科交叉就比较肤浅了。当主题学把物理学的主题研究建构在小说或戏剧文集中,主题学便也发生了同样的贬值。然而,撇开这第一层词义,它是一种跨学科性的设想,有时涉及的是方法论,有时涉及的是载体。在此情况下,文学研究者求助于并非其学科固有的理论工具,分析本不属于文学领域的素材。在此,地理批评又占据怎样的位置,扮演何种角色呢?答案是灵活的。根据跨学科性的第一层意义,地理批评分析借用了主题学路径。"地理学家"和"地理","地图学家"和"地图"以及"土地测量员"同为丰富的主题学领域内的条目。然而,尽管该路径可以带来第一视角的分析结果,这一研究方法并非真正地在探讨地理批评。地理批评仍需要挖掘其他两条路径,它们不属于纯粹的文学领域。

第一条路径要在一个空间再现研究中同时考察多种模仿艺术形式。考察一个既定空间的电影再现在地理批评分析中处于核心地位。少了阿兰·泰纳(Alain Tanner)(《白城》),维姆·文德斯(Wim Wenders)(《事物的状态》《里斯本的故事》)或曼努埃尔·德·奥利维拉(Manoel de Oliveira)等人的电影,对于现代里斯本的地理批评会是不完整的。尽管电影艺术得益于动态图像的直接性以及其便于记忆性的确占据了重要的地位,但重要的不仅仅有电影。此外,还有摄影艺术、绘画、合成图片等等。如果没有反映废墟浪漫主义的景象画(*vedute*),对于18世纪的罗马的地理批评分析会是怎样的呢？如果没有富尔维奥·卢伊特（Fulvio Roiter）重现"总督之城"狂欢景象的摄影作品，对于当代威尼斯的地理批评会是如何呢？或者，如果没有罗伯特·贝克特尔（Robert Bechtle）高度写实的绘画，对于旧金山的地理批评呢？这样的例子举不胜举。地理批评的使命就在于构建并倾注于反映有形现实的不同艺术形式与时空坐标之间的交叉路口，以便于从中得到一种美学的再现。第二条路径在跨学科领域浸入更深。它催生了关于方法论以及有待探索的来源的思考。地理批评在文学研究领域——或更确切地说是比较文学领域——找到了一种驱动力，后者往往致力于联合有所区别但互相兼容的方法论。形象学便来源于此，阿兰·蒙坦东（Alain Montandon）的社会诗学亦然，以及种种使比较文学和文化或性别研究交叉的成功尝试。社会学、人类学、心理学频繁地进入文学理论的临近网络。地理学同样如此，尽管地理学与文学之间的关系存在更多的疑问。不过，在地理批评视域下，这种关联是本质性的，因此，文化地理学或人文地理学的方法论才会如此富有生命力。众多地理学者都借助于文本或文学理论，同样地，文学研究者也从地理学研究中受益良多。我们将在后面的段落里着重验证这一点。这里我们仅限于在涉及多感官性的文学范畴探讨盎格鲁—撒克逊"感官地理"不同的潜在应用。至于哲学，则为地理批评推论提供了支撑，因为它将世界置于移动的、动态的视野之中，在该视野下，空间成为了一个有着多重面貌的实体,而我们可借助于文学对其进行感知和判断。

　　地理批评是否能够提供一些非文学的支撑?或一些传统上不属于文学范畴内适用的跨学科研究的支撑?换句话说,地理批评是否能够致力于文本性分析或符号性分析,在这两种分析中,美学价值让步于表述原则。我想例举一些空间文本性的非文学素材,其中包括旅游指南,也包括旅游宣传册中的广告性修辞。这两者之间并无对立,如果有,可能就是大家都在说的文学性(*literaturnost*),这一概念用于探讨文学领域的边界。不过这二者之间仍有区别,区别就体现在文学或艺术元素在非文学文本或非艺术性图像中的存在,该元素多服务于交流目的。我认为这里似乎出现了一种原则的限度,它使地理批评与符号学或符号批评得以区分。如果说地理批评和符号学对所有具备交际功能和表述功能的文本、图像开放,而地理批评尽管并非一种美学批评路径,它同样关注艺术性指涉。有多少名叫"希腊人佐巴"的希腊餐馆不是借鉴了尼克斯·卡赞扎基斯(Nikos Kanzantzaki)的小说《阿莱克斯·佐巴》(*Alexis Zorba*)或迈克尔·卡科扬尼斯(Michael Cacoyannis)根据该小说改编的电影?有多少地中海岸边的酒店或旅游设施没有沾荷马或维吉尔的光?瑙西卡、卡吕普索、狄多和埃涅阿斯都是由旅程规划者——失去神性的奥林匹斯山下众神——所设计的新史诗中久经战争锤炼的人物。但这趟旅程我们暂且不表,梳理地理批评的方法论更加迫切。

　　地理批评的不同角度主要包含在空时性、越界性和指涉性这几大前提中。地理批评的特殊性体现在其对于场所的关注。从作家或表现出某种同一性的一群作家视角出发的研究将被超越，取而代之的是对于多样化观点的考察，这些观点是异质的，但它们都指向同一个既定的场所，这也是地理批评分析的原动力。多聚焦动力将成为该分析中绕不过去的对象。毫无疑问，我们可以说它构成了地理批评的特质。视点的增多使作家对于空间的感官认知或感性认知更加鲜明。当我们写作、绘画或拍摄电影时，我们将文本置于一个视觉、嗅觉、触觉和听觉图示之中，该图示极其多变——这一点已经被地理学家或符号学家证实，它的变化取决于视点。多感官性（polysensorialité）是所有人类空间的共同属性，地理批评研究者应该向文本投以全新的目光，聚精会神地倾听文本及其他空间再现载体带来的感官震动。我们可以通过共时剖面来考察多聚焦和多感官性，然而，我们知道空间会在一段绵延的时间里演变，这段时间有时会被放缓（或被加速）。我们已经指出，空间在时间里流动，这取决于其固有的越界性，这一点也构成了地理批评研究的另一支柱。鉴于空间只存在于持续被时间层激活的垂直面中，地理批评带有考古学或地层学的特征。这种历时性的浸入或深或浅，对文本与指涉的关系产生了影响："再次-呈现"在第二阶段介入，也就是美学对预先存在的"某样事物"产生作用的阶段。"某样事物"可以是一种现实素（感性现实中衍生的指涉），也可以是一种美学指涉（文本、图像、电影等等）。换句话说，时空意义上的分层（stratigraphie），在其美学视域下，可以由某条互文链（或互符号链）的延伸所构建。虚构地名保利德维亚就是一个例子，伊塔洛·斯维沃（Italo Svevo）的小说对于的里雅斯特的文学再现也是一例，不过的里雅斯特是地图上真实存在的城市。下面的论述将围绕地理批评的四个基本要点展开：多聚焦、多感官性、时空分层和互文性。

多聚焦或如何走出自己的焦点

目光引导着一种感知，正如皮埃尔·韦莱特所言，这种感知指的是"一种空间化和时间化的想象活动的落地"[1]。目光的历史就是某种主观性的历史，该主观性表达了个体与世界的逃脱客观限制的关系。个体在面对他者时表现出震惊；这是一个指涉背景中存在的"此时此地"（hic et nunc）与脱离了熟悉环境的"此时此刻"在感知场域发生碰撞的历史。仍然如韦莱特所言，目光开启了一个"改变的过程"[2]。它帮助建立了一个可能的世界，这是我们为了集体的生活而一致构建的众多世界中的一种。目光是开放的媒介吗？这是一个很难回答，甚至不可能回答的

---

[1]　Pierre Ouellet, *Poétique du regard*, *op. cit.*, p. 32.

[2]　同上。

问题。奥德修斯的眼皮底下已有了一个有待探索的世界，但这个世界是他真正想要的吗？按照弗朗索瓦·阿尔托格的观点，这种怀疑是有根据的："奥德修斯为波塞冬所仇视，作为游历者是身不由己，他从未去探寻理想，甚至对世界也无好奇之心。"[1]对于奥德修斯而言，远航的目的在于找到回家的路。如果继续按照阿尔托格的说法——他借鉴了伊曼努尔·列维纳斯[2]的观点，古希腊人有两大忧虑：占领一个中心，该地方不为没有被隔绝的他者侵占，对话者只有其他希腊人（也就是"蛮族"，我们无法理解的人）。介绍目光的历史并不在我的计划之内。不过必须要承认的是，考察标准在过去的几个世纪毫无变化。目光继续聚焦在他者身上，继续夸大面对他者的震惊、恐惧或冷漠，继续滋养着将他者为我所用的论调。有时游历者的目光停留在异质景观上，对其进行不公正的评价，试图为将他者为我所用的话语的合法化寻找借口。这种目光正是殖民者的目光。它巩固了传统的两极化。一个主体——永远是自我，观察着一个客体——永远是他者；一种注视者文化聚焦于一种被注视文化——而被注视"文化"的地位往往被低估了。在文学范畴内，该两极性最系统化的应用出现在游记中。目光停留在一个被赋

---

① François Hartog, *Mémoire d'Ulysse. Récits sur la frontière en Grèce ancienne*, Paris, Gallimard, coll. «Essais», 1996, p. 16.

② 参见 Emmanuel Levinas, *L'Humanisme de l'autre homme*, Paris, Fata Morgana, 1972.

予异国情调的空间。这种目光来自西方，也来自北方，因为占统治地位的异国情调从北方延伸到南方，从西方延伸到东方。20世纪上半叶，有多少非洲人游历了法国或英国？在这段时期内又有多少法国人或英国人游历了非洲？甚至不需要以数据作支撑；这一问题的答案不言而喻。纪德、康拉德或杜拉斯（在《直布罗陀的水手》中）曾溯刚果河而上。但我在文本记载中却没找到有哪位刚果人在那个年代沿着卢瓦尔河或泰晤士河航行。当然也可能只是我还没找到。的确，我们甚至找不到那个年代的刚果人溯刚果河而上的文字记载。文本是西方社会的专有资产，这个社会垄断了记录目光的专利。这一状况在二战之后发生了变化，二战带来的影响之一就是去殖民化进程的加速。还有一些其他因素也促进了目光等级秩序的颠覆。中心和外围的相对关系激励了女性视点的确立，以及所有种族、宗教和性别层面的少数派声音的确立。这种确立是突然涌现的，开启了多元文化并带来了丰富的声音和视角，这些声音和视角不一定是全新的，但最终都得到了重视。"体验艺术与社会、合法性（legalidad）与非法性、英语与西班牙语（español）、男性与女性、北方与南方、自我与他者的界线；并颠覆这些关系……从裂缝中发声，从此处发声，从中间发声（desde acá, desde el medio）。界线是接合点，而不是边缘，单一文化已经被驱逐到了外围……"①这就是西班牙语及英语作家、美国墨西哥裔艺术家纪尤姆·戈麦斯-派尼亚的宣言，爱德华·索亚对此曾详尽引述过。这样大规模的多样化可以说是思想史和文化史上史无前例的，在今天受到了数不清的赞扬。它在审美领域反映为对后现代主义的认可，后现代主义是反霸权话语真正的聚集处，也是第三空间的艺术场所。

　　两极主义的终结曾被充分地探讨。如贝尔·胡克斯所言，必须对西方漫长历史中成功根植的宗教福音视角"开始一场修正"②。普世性的宗教福音视角，正是西方世界的焦距垄断。以对世界进行多元文化解读的名义，我们对种族中心主义这一"西方美学的暴政"③进行指责，种族中心主义这个词汇从上个世纪60年代开始盛行。而在此之前，种族中心主义的概念并不为欧洲人所知。在《创建美国》（Inventing America）一书中，何塞·拉巴萨对墨卡托的欧洲中心主义进行了揭露；这种批判是中肯的，却也是徒劳的。这位荷兰的地图绘制者并不会意识到我们可以以一个与欧洲人截然不同的视角来看待世界。值得注意的

---

① Guillermo Gómez-Peña，*Warrior for Gringostroika*：*Essays*，*Performance Texts*，*and Poetry*，St Paul，MN，Graywolf Press，1993，p. 43-44. 墨西哥和美国之间的国界线将被形容为玉米卷饼窗帘（*Tortilla Gurtain*），该形容来源于 T·克拉格森博伊尔出版于 1995 年的同名小说。

② bell hooks，*Yearning*，*op. cit.*，p. 145.

③ Gloria Anzaldúa，*Borderlands-La Frontera*，*op. cit.*，p. 90.

是，"欧洲人"一词在欧洲人开始用地图勾勒世界前一个世纪刚刚被创造。有时我们的确会完全颠覆之前的视角。在《波斯人》——文本可溯的第一个希腊悲剧——中，埃斯库罗斯为波斯人留下了萨拉米斯海战的故事。诚然，将历史中的真实胜负方对调是人为的。败方萨拉米斯人仅是胜方雅典人的发言人，前者以一种令人不解、有时甚至令人感动的笨拙方式重现了后者的语言和视角。自我中心主义源于对视点的认可。在一个流动性不强的社会，同一观点有可能得到多方认同，乃至顺理成章地被奉为"自然"，不再有替代选项。这一诱惑在迁移运动加速的时期尤为明显，迁移运动始于 19 世纪，在去殖民化进程中得到了加剧。文学和其他模仿艺术形式见证了这一过程。在现代主义时期——通常认为这一时期随着二战而终结，相异性主要体现在游记中。二战结束后，更确切地说是 20 世纪 60 年代以来，相异性渐渐处于当时主流文化的中心。来自前殖民地、或更宽泛地说来自曾被视为世界边缘地区的男男女女，终于能够随心所欲地使用替代文化中的表达，这属于文化适应（acculturation）（语言学、种属等等）的范畴。因此在英国出现了萨尔曼·拉什迪、哈尼夫·库雷西（Hanif Kureishi）的作品，在法国出现了琳达·黎（Linda Lê）、帕特里克·夏穆瓦佐（Patrick Chamoiseau），在德国出现了雅各布·阿约尼（Jakob Arjouni）。过去几十年甚至几百年一直被"注视"的对象，突然转而注视传统上的"注视者"，并且就在自己的疆域中——其疆域处于解辖域化和再辖域化之间——引领着文化的复兴。

　　然而，两极化的终结并不仅仅是去殖民化进程和群众运动的产物。它还得益于对女性话语及其他少数群体话语迟到的认同。在一篇针对巴黎街区进行女性主义地理批评分析的文章中，艾米·威尔斯-琳恩（Amy Wells-Lynn）提出了一种"女性言说地理（géo-parler femme）研究方法，旨在研究能够建立女性文学语言规范的地理运作机制"①。其选择的例子是朱娜·巴恩斯（Djuna Barnes）、纳塔莉·巴尼（Natalie Barney）、拉德克利夫·霍尔（Radclyffe Hall）于20世纪30年代居住的雅各布街区。这些都是散居巴黎的美国著名女性小说家，她们的"书写行为构建了一种女性主义巴黎地理学，通过经验及女性或女同性恋视角下的性别内涵，它常常显现出女性的烙印"②。视点的倍增也是后现代主义去经典化的产物。当目光的等级秩序在殖民主义终结后受到质疑的时候，后现代美学在一些区域得到了认同，将西方的创作奉为第一要义的模式也随之改变。我们还看到了后殖民主义与后现代主义的同时兴起，这两者有时会被混淆。追随着让-弗朗索瓦·利奥塔的步伐，比尔·阿西克罗夫特（Bill Ashcroft）、加雷斯·格里菲斯（Gareth Griffiths）和海伦·

---

　　①　Amy Wells-Lynn, «The Intertextual, Sexually-Coded rue Jacob: A Geocritical Approach to Djuna Barnes, Natalie Barney, and Radclyffe Hall», in *South Central Review*, n° 22.3, Fall 2005, p. 79.

　　②　同上，第80页。

蒂芬（Helen Tiffin）解释了二者的结合，即后现代主义解构了带有西方烙印的集中化和逻各斯中心主义叙事，后殖民主义则摧毁了作为帝国主义基石的核心/外围两极主义。[①] 在表达上述两种假设时，学者们也重新探讨了中心的指涉（统治性话语）和外围的创造性表达（反霸权话语）之间的关系。这种重新分配带来了视点的多样化，聚焦不再是某一特定群体的专有权。如果从现象学视角来探讨这个问题，我们可能会关注唯一的、单一聚焦的目光的属性和倾向。欧根·芬克曾对再-表现（Vergegenwärtigung）和形象问题有深入的研究，他认为，"在开放的无限性中，对于现象学问题的一切立场选择（Stand fassen）都会不可避免地带有片面化倾向（Vereinseitigung）"[②]。诚然，片面化并不是简化：它指的是"单边化"，指的是单一聚焦的简化。这种简化产生于双重不可能性：一是不可能透过空间的整体性感知空间（这种整体性仅与观察角度有关），二是不可能体验到片刻时间的聚合，这种聚合实现于"多样的印象阶段中"，从持久的视角来看，对应着一种"极端印象"[③]（archi-impression）。于是再现只是一种反-表现（dé-présentation），是当下的出口，但也是场所的出口。于是，相较于种族中心主义目光所向往的绝

---

① 参见 Bill Ashcroft，Gareth Griffiths，Helen Tiffin，*The Postcolonial Studies Reader*，London，New York，Routledge，1995，p. 117.

② Eugen Fink，*De la phénoménologie*，*op. cit.*，p. 31.

③ 同上，第 37 页。

对客观性，我们有了很大的进步。皮埃尔·韦莱特曾引述和评论这样一句出自诗人、海德格尔译者罗杰·莫尼耶写下的诗行："有多少种目光，几乎就有多少种世界。"[1]我们可以肯定地说：有多少种目光和叙事，就有多少种世界。正如罗萨纳·博纳迪在一篇针对旅行视角的评论中所言："目光是互文性的；它在时间中经过各种各样的区分、同化过程而建立，并依附于大量的文本，通过这些文本，思想和想象与空间紧密地结合在一起。"[2]

这些关于目光本质上的不完全属性的简短评论并未在形象学、自我中心的语境下产生任何影响，因为正是艺术家的主观性汇集了所有注意力。这些评述在地理批评、地理中心语境下有着更深刻的内涵。如果只对单一对象进行分析，关于空间的研究分析只会承担相对价值，正如个体目光的特点一样。如果该分析仅局限于一个文本或一位作者，地理批评就站不住脚了。脱离了网络系统，我们就会陷入普遍化的概论。该研究并不在于要在人类心理学视域下发表见解，也不在于要巩固根深蒂固的刻板印象；而是要拔除这些刻板印象。当我们脱离单一作品，拥有了网状视域的时候，素材集（corpus）问题就成为关键。首先应该确定一个界限，基于这个界限，我们能够保持足够的距离

---

①　Roger Munier, *Opus Incertum I*, Paris, Deyrolle Éditeur, 1995, p. 23.

②　Rossana Bonadei, «I luoghi mosaico degli sguardi», in *Lo sguardo del turista e il racconto dei luoghi*, Rossana Bonadei, Ugo Volli（eds）, Milano, Franco Angeli, 2003, p. 17.

来洞悉刻板印象。显然,该"再现性"界限是具有随机性的;并不存在一个客观的算法。其中的原则很简单:在被观察/被再现空间的声望值和跨过最低界限所必需的观察者数量、种类之间设定一个标准。由此,关于达尔马提亚群岛的地理分析角度就成形了,尽管在 20 世纪关于该群岛有大量的文学参照。[1] 相反,一些场所是艺术化的神话:威尼斯、巴黎、伦敦、纽约、罗马都是如此。对这些高地进行全面的地理批评分析无异于天方夜谭。对素材集进行限定是必不可少的。为了圈定研究范围,我们会加上一个时间的变量。显然,多点聚焦必须以一定数量、一定种类的视点组成的网状分布为前提。

关于数量,它必须要达到上面提到的"再现性界限",这个界限是我们根据具体情况随意设定的。关于种类,我们还需要遵循以下原则以满足对于种类的要求:"不同的视点并不互相排斥,它们可以共同存在、共同作用、同谋共建。"[2]在《叙事话语》(*Figures III*,1972)中,热奈特对文本内观点这一概念进行了经典的研究,他的思想与奥斯瓦尔德·杜克洛和茨维坦·托多洛夫在同年出版的《语言科学百科词典》中所描绘的十分相近:"视点这一术语涉及叙述者和被再现世界之间的关联。因此它

---

[1] 参见 Bertrand Westphal,«Îles dalmates. L'odyssée des îles»,in *L'Œil de la Méditerranée*,La Tour d'Aigues,Éditions de l'Aube,2005,p. 177-198.

[2] Paola Zaccaria,*Mappe senza frontiere*,*op. cit.*,p. 102.

的分类与再现艺术有关（包括小说、具象画、电影；以及相关度低一点的戏剧、雕塑、建筑）。"①在这里，聚焦被按照文本固有的叙事学逻辑（自动指涉）来理解——因为在这一语境下并没有文本外的概念。如果我们重新引入文本与指涉背景的非固有关系（异指涉性），聚焦则会被按照其他模式来理解。热奈特在《叙事话语》中认为，指涉的问题并不成立；因此我们被局限于一篇带有自我取悦性质的纯粹文本中，该文本与并非由其再现的世界毫无关联。一旦涉及指涉问题，焦点的类型学就会复杂化，以至于我们一方面需要把握正在感知世界、作为一种自我文化主体的作者的观点，另一方面需要在作品的视角下辨别不同的再现模式。由此，我们必须考察上游的作者感知与下游的艺术再现之间的关联。关于前者，激情符号学的创建者之一雅克·封塔尼耶从符号学视域梳理了关于主体与世界之关系的论说和观点。他认为，语言的平面（内容/表达）将内感受的内部世界和外感受的外部世界的划分视作是对等的——这二者的对立被躯体化解，躯体就像是一个聚集本体感受的操盘手。在感知和再现层级之间不断进化的心理语言学同样关注观点这一概念。例如，以下是维也纳大学教授米歇尔·梅泽尔丁给出的图示，该图示通过新闻陈述的例子考察了罗马尼亚人（A）与其他欧洲人

---

① Oswald Ducrot, Tzvetan Todorov, *Le Discours encyclopédique des sciences du langage* [1972], Paris, Seuil, coll. «Points», 1979, p. 410.

(B)的关系中的再现问题：

  1. A 以某种方式呈现给 A（内部自动再现）；

  2. A 根据 B 的视点以某种方式呈现给 A（折射式自动再现）；

  3. A 以某种方式呈现给 B（外部自动再现）；

  4. A 根据 A 的视点以某种方式呈现给 B（呈现者视点的异呈现）；

  5. A 根据 B 的视点以某种方式呈现 B（被呈现者视点的异呈现）。[①]

  这种分类非常有趣，但我认为它在地理批评语境下可操作性不强。非文学叙事，与某些新闻报道相反，只附属于"身份识别功能的文本性"[②]，这里出现了接收人的问题。如果有呈现，就必然有一个呈现的接收人，是谁呢？书本的接收人不总是为人所知的。模范（或隐含）读者往往是一个抽象概念，即便翁贝托·埃科曾在《故事中的读者》中对这一概念进行了集中阐释。诚然，这种限制是可以调节的。加布里埃勒·扎奈托（Gabriele

---

  ①　Michel Metzeltin, «L'imaginaire roumain de l'Occident. Questions de méthode et essais d'application», in *Imaginer l'Europe*, Danièle Chauvin (éd.), Grenoble, Iris, 1998, p. 176.

  ②　同上，第 176 页。

Zanetto)在为玛利亚·德·法妮斯的《文学地理学》撰写的介绍中说道："乌拉圭的地理，对于意大利公众和阿根廷读者不会——也不可能——是一样的！"[1]对此，每一位作家都心知肚明。根据地理批评的逻辑，多点聚焦建立在一个由三个基础变量构成的分类学上。视点是相对的，会随着观察者面对指涉空间的情况而变。观察者与指涉空间的关系存在一个从亲密到熟悉再到陌生的幅度变化。这可以由一个事实来解释，即视点可以是内生的、外生的，也可以是异生的。内生视点刻画了本地人对空间的看法。这种视点通常可以抵御异国情调的企图，它表现了一个熟悉的空间。这正是穆罕默德·穆拉比特（Mohammed Mrabet）或塔哈尔·本·杰伦（Tahar Ben Jelloun）再现丹吉尔时的视点。相反，外生视点代表了游客的视角；它被烙上了异国情调的印迹。保罗·莫朗、让·热内以及所有美国垮掉一代的代表人物（劳伦斯·费林赫迪、杰克·凯鲁亚克、艾伦·金斯伯格）对丹吉尔的视点都是外生的。20世纪50年代，他们都在当时的国际大都市丹吉尔短暂逗留过。剩下的异生视点介于上述两种观点之间。它属于那些定居在一个既还未熟悉、又称不上陌生的地点的男男女女。保罗·鲍尔斯（Paul Bowles）对丹吉尔的视点即是如此。他出生于纽约，从1947年到1999年

---

① Gabriele Zanetto, «Presentazione», in Maria De Fanis, *Geografie letterarie*, *op. cit.*, p. 8.

去世,在半个世纪内往返于大西洋和地中海两个沿海城市。在这三种聚焦类型中,通常被探讨最多的是外生视点,其在游记中占据了主导地位,而对于游记这一体裁的研究在文学理论领域获得了长足的成功。大量的比较文学分析都致力于此,尤其是形象学分析,以及克里斯蒂娜·蒙塔尔贝蒂关于旅行、世界和图书馆之间危险关系的论述。这里我们关注的是相异性的转义,是去熟悉化的词义,是对于本地人话语的二次再生产(即故事中有故事的作品嵌套)等等。外生视点被那些采用作者自我中心主义视角的人抽离出来。而在地理批评语境下,这三种视点会得到同等关注,它们的相互作用也会被重点研究。

我深知这种三分法可以再进一步地细化。我们还应该深入对于关系的理论性审视,一方面是作家对于现实素的感知的不同聚焦模式之间的关系,另一方面是构建了现实素再现的叙述策略之间的关系。在某些情况下,作者的视点会为叙事者共享(参见热奈特的表格),不过情况并不总是如此。作者可以通过叙事者或处在自身感知焦点以外的人物来颠覆自己的视点。这种情节通常发生在虚构小说中。在《短信长别》中,作家通过主人公——一名奥地利籍作家的外生视点对美国进行了再现(显然,该主人公与小说作者彼得·汉德克有着某种联系),还通过一些当地人的内生视点再现了美国,比如在小说结尾部分,主人公在加利福尼亚遇到的约翰·福特。这种视点的偏移有时可以赐予叙事某种活力。在孟德斯鸠笔下,两位波斯人郁斯贝克和黎伽以完全外生的视点描绘了 18 世纪的法国,该视点与启蒙作家的内生视点轮换呈现。在儒勒·凡尔纳的《沙皇的信使》中,主人公米歇尔·斯托戈夫以内生视点再现了作家外生视点下的俄国。[①] 异生观点同样有很多应用。阿加莎·克里斯蒂对其应用自如,她塑造了赫尔克里·波洛这样一个定居在英国的比利时大侦探。在大多数情况下,异生视点源自产生于(加速的身份解辖域化的)两种文化间的艺术形式——该艺术旨在将世界改造为纯粹的起始空间,改造为"一个利于孕育第三方的二元接触场所"[②]。在后殖民视域下,异生视点通过构建立体化的聚焦点而促进了第三空间的发展。

归根结底,多聚焦仅仅构成了论证的一个步骤,并不代表论证的终结。地理批评研究路径是地理中心主义化的,相较于研究不同感知焦点的形态,它更加关注不同感知焦点在再现层面、在不同观点碰撞层面的效果。多聚焦对于艺术化再现的空间研究起到了重要的影响。前文所述的西西里的例子展现了聚焦于同一空间的视点的多样性,以及将这些视点置于网状结构分析的潜在价值。正如疆域被裹挟它的运动永不停息地塑造、拆解、

---

①　那个年代的很多探险小说都以同样的模式构建:德国作家卡尔·梅以美国梅斯卡莱罗人(温内图)为主人公,再现了 19 世纪末的美国西部;意大利作家欧仁尼欧·萨尔加利以马来人(桑德坎)的视点,再现了马来西亚群岛中的婆罗洲。

②　Paola Zaccacia, *Mappe senza frontiere*, op. cit., p. 334.

再塑造，身份也是多元的，群岛状的。基于一个不可变的基准地标，身份只是一个神话，一个褪色的神话，它的故事已被冻结，缺乏趣味。疆域被多聚焦感知时则开始了震荡。由此，它将隐藏的一切身份元素公之于众。所有视点组成的网状布局意味着什么呢？这就像那个著名的典故：面对一个半空或半满的瓶子，人们会给出两种不同的解读。这两种解读形成了对照：在一个逐渐公共化的空间内，多视点的网状交叉使不同相异性（和平）碰撞，或使对于相异性的超越成为可能。如果说相异性可通过观察者和被观察之物之间的距离来评定，这种差距则必然会削减，因为被观察对象——一个既定空间——注满了交错的目光，其中一些目光是内生的，一些是外生的，剩下的一些是异生的。通过一种主观的路径，我们赋予了世界观一个稳固的开始。欧根·芬克在一篇可追溯到 1934 年的文章中巧妙地阐释了这一点，当时正值纳粹政权开始在德国——这一哲学的故乡——推行虚假客观主义的意识形态。但是，"故乡"是什么呢？或者说非解辖域化的"父辈"的疆域是什么呢？是一个等同于虚构集体主义传统之结晶的模糊身份实体？这种集体主义传统代代相传，又自相矛盾地在时间的长流中停止了演进，停滞于既定空间（疆域）的边界？欧根·芬克总结道："世界的构成并不是一个可以客观察觉的过程，也不是在客观主义分类下可以想象的过程，它不同于人类所参与的'世界精神'的创造行为。世界的构成只有以主观可能的态度中最主观的一种来领会，这与以下事实毫不相斥：针对以超主观态度习得的知识的确切论断能够获得一种最神圣的主体间有效性（*Gültigkeit*）。"[①]但是主观的视点不足以完全认识世界。它只是验证了一个可能世界——"在这个世界中，星辰比需要几个小时火车车程的城市距离我们更近，当然前提是这些星辰落入了我们的呈现范围"[②]。主观性视点的碰撞——内生的、外生的、异生的——使得我们可以将关于世界的繁复的多元话语具体化，远离一切归于单一的话语：比如使整体趋于同一的集体性正统意识形态，以及出自特权化的主观性的"模范"话语。通过对于空间再现系统的多聚焦研究，我们应该能够理解，两个车站的距离永远比星空与我们所在星球的距离更近——不管是在艺术作品中，还是在现实生活中。因为艺术化再现可以帮助我们更好地认识世界。在所有反映"真实"的手段中，艺术再现无疑是最坦诚的一种，因为它不会滥用其客观性、现实性或其对于真实性的探寻。正如芬克所言："对于想象世界的自我而言，在指涉再现中形成的新的限定与现实世界中得到的限定同样'真实'。因此，对现实世界进行复刻的想象并不是负重时刻和非负重时刻组成的混合形式，而是在整体上拥有一个可能世界。"[③]地理批评的基础是本质上的震荡（即越界

---

①　Eugen Fink，*De la phénoménologie*，*op. cit.*，p. 195.

②　同上，第 59 页。

③　同上，第 62 页。

性），这一点已得到芬克及其他人的验证，在地理批评语境下，空间漂浮着，面向惊奇而开放。之所以如此，是因为它在不断更新；之所以不断更新，是因为在严格意义上说，它为"令人惊奇的问题的展开"①提供了场所。他者是我们正在注视的一个注视者的注视对象。一旦我们采用地理批评方法，我们的研究重心将集中在被观察的空间，而不是有特殊属性的观察者。我们留心着整个聚焦网络的结构，以便于打造一种指涉空间的建筑文本（archi-texte）（介于建筑和建筑结构之间），该指涉空间也因此成为再现的舞台，成为艺术表现景象的场所。通过重点关注人类空间——必不可少的制造惊奇的空间，我们可以更好地评估该空间催生的不同再现形式的独创性和一致性。地理批评使得我们能够在一定程度上弄清楚作者固有的敏感性。将一部作品或围绕同一指涉空间的一系列作品置于研究目光之下，能帮助我们更准确地界定每一位作家的期待、反应和策略。也能够帮助我们形成关于目标空间的新认识。然而这种认识在最初只是一种"解读"（lectio）。

多感官性或感官帝国

公元 383 年，圣奥古斯丁抵临米兰时遇到了还未成为米兰

---

① Eugen Fink, *De la phénoménologie*, *op. cit.*, p. 204.

城主保圣人的圣安布洛乔。在其《忏悔录》第六卷第三章中，奥古斯丁提到了一个引起他关注的情节。当他走近安布洛乔时，后者正在读书，但并非像他往常那样高声朗读：安布洛乔只是在安静地阅读。这是为后面的布道保护嗓子？还是为了避免别人听到他对所思考的晦涩段落产生的疑问？奥古斯丁不知道答案。这个插曲并不是一则简单的轶事。它偶然地揭示了一个鲜为人知的关于阅读的启示。它告诉我们："阅读"并不是眼睛的专属行为；它同样属于耳朵。目光和听觉共同参与了对于文本的探索。上文中我提到了"目光的故事"，它的前提是我们把探索世界的通道留给了目光，这首先是视觉相对于其他感官形式的胜利。因为目光的主导地位在 21 世纪初几乎成为了一种霸权，而这一切并不明显。这一主导地位在某种程度上源自现代性。很多人认为，它从文艺复兴时期就开始确立。若要回到福音书的话，我们常常会引用圣托马斯的话："非见不信"。但我们总是自然而然地忘记了，在《约翰福音》中（第二十章，第二十四至二十九节），信奉怀疑论的门徒①希望在耶稣手上看见钉痕，也想要探入耶稣穿孔的肋旁。在《空间与地方：经验的视角》中，段义孚指出，当我们声称"我看到了"（*I see*），我们也就"理解了"（尽管我们要承认，这种理解并不总是正确）。这种双关不仅仅出现在英语中，还出现在很多其他语言中，我们可以从法语开始

---

　　① 指托马斯。

讨论。在法语中，"视觉"（vision）一词还有"想法，观点"的意思，与"理解"（compréhension）是同义词。不过，从另一方面来看，"听到"（entendre）一词也有"领会、理解"的意思。至于法语中的动词"知道"（savoir），则与名词"味道"（saveur）在构成上十分接近。这两个词都来源于通俗拉丁语中的 *sepere*，即"知识"。该词义相比古典拉丁语中的 *sapere* 又发生了一定的偏移（在古典拉丁语中指的是"有品味"）。而 *sapere* 又是从 *scire* 演化而来的（古典拉丁语中的"知识"），正如认识可以通过味觉来获得。意大利语保留了这些词语的演变脉络："某人知道"在意大利语中用 *egli sa* 表达（sa 是 *sapere* 的直陈式现在时第三人称单数变位），但 sa 在下面这个句子中又是另一层含义了："il gelato sa di lampone"，意思是"冰激凌散发着覆盆子的香味"。我们可以靠听来读书；我们摸到实物时才确信；我们尝到了知识的味道；我们不满足于仅仅用眼睛看。随着时间逐渐确立的感官等级，并不是文化共相中的简单排列。保罗·罗德威在《感官地理学：躯体、感觉和地方》中提到，爱斯基摩人是通过声音来界定空间的："他们的世界存在于事件而不是图像中，存在于动态和变化中，而不是场景和视野中。"[1]因此，北极是震颤的。贝尔·胡克斯则尖锐地揭露了西方的一手遮天及感官控制（部分反映在焚化炉造成的污染上），她写道："澳洲当地人说：'白人的气味正在把

---

[1]　Paul Rodaway, *Sensuous Geographies*, *op. cit.*, p. 24.

我们杀死。'"①地理学家乃至人类学家都可以举出无数这样的例子，它们都属于争议不断的空间关系学（proxémie）范畴。

视觉及目光引发的活动并非是感知的唯一来源。上下文语境的体验是通过所有感官来传达的："经验是一个混合词，它包含着不同的方式，一个人正是通过这些方式认识并构建了现实。这些方式既包括最直接的感官，也包括最被动的感官，比如嗅觉、味觉、触觉，以及最活跃的视觉感知和间接的象征化感知模式。"②段义孚没有提到听觉，不过我们有理由推测这只是一个无意识的疏漏，因为对于周围环境的感知是要通过五官来进行……此处就忽略假设的"第六种感官"吧，文学和电影对第六感均表现出极大的热情！视觉对于话语和其隐喻的影响更甚于对切实感知的影响，很多感官地理学专家对它的主导地位均有过论述。约翰·道格拉斯·波蒂厄斯总结道："对于环境的体验应该是所有感官的整体行为，但很少有研究者以整体的方式解读这种体验。也很少有人聚焦于视觉以外的其他感官。有一小部分人涉及过听觉风景，但几乎没有人探讨过嗅觉风景，或是环境的嗅觉和动感特点。触觉依然只是个隐喻。"③事实上，这种优先顺序显然出自地理学家构建的感官分类，他们认为，某些感

---

①　bell Hooks, *Yearning*, *op. cit.*, p. 146.

②　Yi-Fu Tuan, *Space and Place*, *op. cit.*, p. 8.

③　John Douglas Porteous, *Landscape of the Mind. Worlds of Sense and Metaphor*, Toronto, Buffalo, London, University of Toronto Press, 1990, p. 6.

官确实比其他感官更加活跃。嗅觉、触觉和味觉是内在的、肉体的、被动的，而视觉和听觉则是向外的、思维层面的——虽然我们不提倡这种一概而论。总之，基于它们所接收到的信息，所有感官共同传递着对环境的感知（运动感觉和生物化学的感知），并通过思维行为（鉴别、组合）构建了最终的感知。因此，感官性可以促成世界中的个体构成。它有助于空间的构建和界定。正如罗德威所言："鉴于感官有助于在空间中进行定位，有助于理解空间关系，有助于评估现在或过去不同空间的特殊属性，我们可以说，感官也是地理的。"①

通过不同感官与世界建立的关系有着不同的可理解度。我们可以专门使用一种感官来感知这种关系，也可以通过多感官共同领会这种整体联系。前者催生了"感官景象"的概念，这种景象可以来自于触视、嗅觉、听觉或视觉（甚至是味觉）。非视觉感官景象的先驱之一是加拿大作曲家和音乐学家雷蒙德·墨里·谢弗（Raymond Murray Schafer）。他在 1977 年出版的作品《世界的调谐：论声音景观理论》(The Tuning of the World. Toward a Theory of Soundscape Design)中对"声音景观"进行了研究，"声音景观"即人类在某个特定场所内作为声音的制造者和听众所留下的所有听觉印迹，该书的法译本于 1979 年出

---

① Paul Rodaway, *Sensuous Geographies*, *op. cit.*, p. 37.

版，书名改为《声音景观：跨越岁月的有声环境历史》①。随后，谢弗又展开了对于加拿大和世界各地不同声音景观的比较研究（世界声音景观项目）。他的宏大研究代表了希望构建一种"感官地理学"的学者的心声。紧接着，1985 年，波蒂厄斯创造了"嗅觉景观"②概念，以指明个体发展的嗅觉背景。不过，对于世界的感知同样可以通过多感官协同的途径，套用波蒂厄斯的话来说，这种路径将我们的周围环境打造成了一种全景观（*allscape*），当然，其前提是"我们生活在一个多感官的世界"③。基于这一语境，我们将重新评估五种感官间的关系。罗德威认为五官之间存在以下联系④：协作，这体现在几个感官的有机组合中；感官等级；感官序列，即便是在同一种文化内，这种序列也会随着年龄而改变（儿童：触感—听觉—视觉；成人：视觉—听觉—触感），在不同文化内，鉴于对环境感知存在差异，感官序列也是不同的；感官阈，这是由刺激等级决定的；主体和感官环境之间的相互性。此外，多感官性也是封塔尼耶的激情符号学中的

---

① Raymond Murray Schafer, *Le Paysage sonore. Toute L'histoire de notre environnement sonore à travers les âges* [1977], traduit de l'anglais par Sylvette Gleize, Paris, Lattès, 1979.

② 参见 John Douglas Porteous, «Smellscape», in *Progress in Human Geography*, n° 9 (3), 1985, p. 356-378.

③ John Douglas Porteous, *Landscape of the Mind*, *op. cit.*, p. 196.

④ Paul Rodaway, *Sensuous Geographies*, *op. cit.*, p. 36-37.

核心概念。封塔尼耶认为，形象句法取决于感性世界的形象所带来的联觉（同时获得的感知）。在他看来，联觉可以分为两类：网状联觉，它构建了"个人躯体和/或被感知对象的多感官外壳"；运动带来的联觉（运动感觉），它形成了"一个基于感觉运动性体验的感官波束"①。多感官性研究方法还进入了人类学、心理学……乃至营销学领域，因为营销学需要将消费者购买或使用某件商品的行为与某种感官体验相结合。从狭义上看，多感官性是其他四种感知对视觉感知在感官等级中占据首要位置（观点）的质疑，从广义上看，多感官性是一种可以激活并调和两种或多种感官的联觉性感知，不论如何，多感官性都在主体对环境的再现过程中发挥了作用。因为环境即代表着感官的帝国。如波蒂厄斯所言："嗅觉、听觉、味觉、触觉下的感官世界与视觉感官世界一样，都紧密融入了我们精神的内在景观。"②在内在景观与感官可感知世界的界面，感知活动保证了前者中后者的再现。根据艺术再现的模态，艺术再现遵循着相似的规则。视点的内生性、外生性和异生性在对于世界的多感官复刻中找到了映照，这种复刻是完全异质性的。在再现层面，空间服从于感官感知的变化和无限多样性。我们遇到的要么是被某一种感官

---

① Jacques Fontanille, «Modes du sensible et syntaxe figurative», in *Nouveaux actes sémiotiques*, Limoges, Presses Universitaires de Limoges, n° 17-19, 1999, p. 1-67.

② John Douglas Porteous, *Landscape of the Mind*, *op. cit.*, p. 197.

主导的"景观"，要么是联觉性的"景观"。

雕塑构建了一种为触觉和视觉共享的联觉景观；音乐突出了听觉的主导地位（我们似乎忘记了音乐生成于演奏者的眼睛对于可读乐谱的接触）；文学强调的是视觉，因为描述所见之物比描述所闻、所触、所听、所尝之物更加普遍。空间研究方式之间的区别首先表现在对于视觉的区别对待上。视觉从来不只是聚焦的工具、测量仪器的替代品。鉴于视觉可以接收光线，它便记录了事物和场所的色彩多样性。视觉景观是色彩缤纷的景观，在这种景观中，主体性可以留下浓墨重彩的一笔（保罗·艾吕雅的"大地蓝得像一只橙子"，德劳内的红色埃菲尔铁塔等等）。但其他类型的感官景观也会在文本中以一种不引人注目的方式徐徐展开。罗德威基于阿道司·赫胥黎和格雷厄姆·格林作品中的几个例子[1]，提出了嗅觉地理学。他首先强调了分类——即对气味进行"科学的"分析的困难性[2]，并指出，气味不

---

[1] 参见 Paul Rodaway, *Sensuous Geographies*, *op. cit.*, chap 4：«Olfactory geographies»。该章节主要分析了赫胥黎的《那些贫瘠的叶子》（*Those Barren Leaves*, 1925）以及格雷厄姆的《没有地图的旅行》（*Journey Without Maps*, 1936）和《生活曾经这样》（*A Sort of Life*, 1971）。

[2] 罗德威比较了卡尔·冯·林奈 1756 年提出的气味分类法和 J. E. 阿莫尔在《气味的分子基础》（*Molecular Basis of Odor*, Springfield, Charles C. Thoms, 1970）中提出的描述性气味分类法。上述二人都将气味归为七类。但近年来，分子生物化学研究显示，嗅觉接收细胞的受体数以百计，远不止七种！

仅将感知主体纳入了空间,还纳入了时间,因为人们都有嗅觉记忆[1](通常与某个特定场所有关)。这让我们想到了一个关于记忆的著名桥段,它在某种程度上也显露出了味觉地理学的雏形,这一味觉地理学或许仅存在于一种延迟的时间性中:在普鲁斯特的《追忆似水年华》中,叙述者马塞尔将玛德琳蛋糕浸泡在茶水中吃,这仿佛让他回到了童年时的贡布雷。回到"嗅觉景观",我们有另一部小说为例,其情节围绕着主人公让-巴蒂斯特·格雷诺耶及其敏锐的嗅觉发展。在这部《香水》中,作者帕特里克·聚斯金德构建的巴黎不仅吸引着读者的目光,还诱惑着读者的鼻子。法国大革命前夕,格雷诺耶出生在"整个帝国最臭的地方"[2],他后来成为了一个天才香水配制师。为了获取配制香水的原材料,他不择手段,犯下滔天罪行,但他的行为让作者和叙述者可以通过嗅觉感知在空间中穿梭(从巴黎都城到普罗旺斯乡村)。而当触感和听觉占据主导的时候,我们又进入了触觉地理学或听觉地理学的领域。触觉地理学较为少见;它源于盲人的触觉体验(俄狄浦斯)或黑暗中得到爱抚的色欲体验(普赛克)。声音景观有更多例证。声音景观出现于声音对个体和环境的关系起到决定作用的时候。比如集市的喧嚣、音乐的音符;

---

[1] Paul Rodaway, *Sensuous Geographies*, *op. cit.*, p. 64.

[2] Patrick Süskind, *Le Parfum* [1985], traduit de l'allemand par Bernard Lortholary, Paris, Le Livre de Poche, 2002 (1986), p. 6.

炮火发射的震荡、亲吻发出的声响……这些都是小说、电影等艺术形式中的声音特征。谢弗在其关于"声音景观"的构想中区分了不易识别的低保真声音（嘈杂的噪音）和可以识别的高保真声音（和谐的声音）。实际上，我们可以按照令人愉悦到令人不适的渐变，对所有听觉感知进行划分。有些小说中出现了多种类型的空间感知形式，并构建了一幅多感官的宏大景观。比如彼得·霍格（Peter Høeg）的《雪中第六感》（*Smilla et l'amour de la neige*，1992）。主人公斯米拉是一位丹麦科学家和格陵兰因纽特人的女儿，她是一位冰岩学专家，可以通过雪的颜色和硬度来判断北极空间的属性。于她而言，环境的感知是视觉的、触觉的。面对斯米拉，"在某种程度上，冰毫无秘密可言，它的故事在外表之下无处可藏"①。而这一层外表，我们可以看到它，也可以触摸它。此外，当空间被一位盲人音乐家用独有的方式"听见"，它就变成了有声空间。盲人音乐家可以借助迷你录音机记录下来的熟悉声音对它进行重新组织。

　　当我们从多感官性视角研究空间的再现时，我们常常会面临联觉，尤其当研究对象是一个复杂的、饱和的空间时（比如一个大都市，或是一块大浮冰）。马克·奥杰对城市的感性存在和物质存在十分关切，他认为联觉就是"景观、天空、阴影和光线，

---

① Peter Høeg, *Smilla et l'amour de la neige* [1992], traduit du danois par Alain Gnaedig, Paris, Seuil, 1995, p. 415-416.

运动；它还是气味，随着季节和条件、场所和活动变化的气味——汽油或燃油的气味，海风、港口或集市的气味；它也是声音、嘈杂、喧嚣或宁静……这一物质维度也占有一席之地"①。自从《恶之花》问世以来，我们都知道"芬芳、色彩和声音在相互应和"。在波德莱尔笔下，联觉涉及的是个体主体的感知场域，不过我们同样可以期待一种集体性的联觉，或是主体间的联觉。人类空间是一个感官空间，它的细微变化是由群体所决定的——该群体包括文学团体。一个城市可能对一群人而言是香的，但对另外一群人则是臭的。它很少被视作是一个同质化的味觉载体。以埃及城市亚历山大为例，在殖民时代，它与其他被殖民城市一样，被划分成了欧洲人街区和本地人街区。在很多人眼里，欧洲人街区令人作呕。在意大利作家佛斯塔·希亚朗特的小说《克里奥帕特拉的无花果树》中，主人公马可经过的是"欧洲老城那恶臭难闻、凄凉阴沉的街道"②。相反，在劳伦斯·德雷尔《亚历山大四部曲》的《克雷阿》中，主人公和叙述者达利漫步在一个阿拉伯街区的时候闻到的是"干掉的烂泥和污垢那熟悉的味道"③。在《亚历山大：藏红花之城》中，爱德华·艾尔-

---

① Marc Augé, *L'Impossible Voyage*, *op. cit.*, p. 150-151.

② Fausta Cialente, *Cortile a Cleopatra* [1936], Milano, A. Mondadori, 1973, p. 170.

③ Lawrence Durrell, *Cléa* [1960], traduit de l'anglais par Roger Giroux, Paris, Le Livre de Poche, 1992 (1960), p. 378.

卡拉特提到,他的童年是在一个阿拉伯街区度过的:"茉莉花的香气袭来,潮湿土地的味道笼罩了我。"[1]显然,殖民文学(尤其是其中的外生作品)和后殖民文学(尤其是其中的内生作品)中关于场所或明或暗的指涉具有启示意义,可以帮助读者形成自己的判断。同样,基于某一人物乃至某一作家嗅觉感知的特点——甚或是奇异性——而从事地理批评研究,可以带来有关再现的本质的启发。在不同作家笔下,被再现的亚历山大街区如克里奥帕特拉(混合区)、巴克斯(欧洲人街区)和希地盖伯(阿拉伯人街区),它们是截然不同的。因此还必须了解 30 年代亚历山大的面貌。有时,地理学可为文学研究带来有益的启发。对于不同感官景观的感知会提供宝贵的指示。从一个场所传来的声音可以很悦耳,也可以极其不和谐。一个城市可能是嘈杂的;但在其他情况下,它的声音景观也可能被视作是交响乐或歌剧。同样的,颜色的调色板也会因为研究视角的不同而改变。被誉为白色的太阳之城的里斯本就是个值得探讨的例子。在阿兰·泰纳的经典影片《白城》中,这座城市是白色的。但自从费尔南多·佩索阿搞乱了这个城市的气候地图,在描绘里斯本特茹河沿岸风情的文学作品中,里斯本的晚秋总是阴雨蒙蒙的。在某种程度上,这座城市的光谱变丰富了——当然也可以说是

---

① Edwar Al-Kharat, *Citty of Saffron* [1986], London, Quartet Books, 1989, p. 20.

变贫瘠了。显然,对于空间再现的多感官分析可以激发我们对刻板印象和异国情调的思考。可以肯定的是,康拉德、格林、纪德及其他外生视点代表作家笔下的非洲,在味觉、听觉、色彩、触感上不同于内生视点作家笔下的非洲——这里的"不同于"有两层含义:"不一样"以及"更加"。在不同观察者的视角下,非洲的绿化程度不尽相同。在布隆迪大学举办的一次研讨会上,我请台下的学生告诉我,透过教室窗户向外看,他们看到了什么。他们并没有看到什么"特别"的,我却看到了一朵美丽的红花,在被一场阴险的内战所扰乱的景观中,它是如此地格格不入。显然,我的视角带上了异国滤镜。如果我写一部布隆迪游记,我肯定会提到这朵当地小花的"独特性"。而如果那群学生们描绘同一片空间,他们可能会完全忽略这朵稀松平常的花。不管是对植物的感知,还是对其他事物的感知,都会涉及到视点的影响。

时空分层视角:非共时性(asynchronie)、多时性(polychronie)或时间间距

如果基于一个观察者或一群具有同一视点的观察者视角,空间的再现结果是毋庸置疑的,并会给出一个确定无疑的印象。但这种印象具有迷惑性。属于同一种文化的任何观察主体都会代入自我中心主义视角,不管这种观察行为的意图是什么。再现的一致程度是无法决定的,因为对于指涉对象的感知本身就

是相对的。我们力求将指涉对象限定在一个独白式叙事，逐渐接受了多元环境中"一"的神话。这意味着去接受一个完全不堪一击的协定：既定的规范。而在地理批评视域下，空间的再现为异质观点的碰撞创造了条件。解辖域化缓解了传统参照物的僵化；它还引起了聚焦中心的激增以及指涉体系的整体震荡。时间因素对于空间解读的影响同样取决于观点的相对性。每个个体都会代入一个自有的时间体系，或某个群体、某种文化特有的时间体系，而多种平行甚至是敌对的时间体系是绝对存在的。这种异质性会体现在每一瞬间，因为在全球范围来看，同一瞬间对体验该瞬间的不同个体有不同的价值。我们在不同空间或同一空间中进行共时感知的时间多样性也体现在历时性中。空间处于瞬时（instant）和绵延（durée）的交汇处；它的表层建立在密集的时间层上，这些时间层在绵延中交错，在每一个瞬时被重新激活。空间的现在与一个在分层逻辑中显露的过去接轨。考察时间对于空间感知的影响，就此成为了地理批评分析的关键环节。

任何再现都会导致一种简化，因为它是"在现象学问题研究的开放无限性中"进行立场选择的结果。用欧根·芬克的话说，它是一种"单向化"。芬克进行了时间线性的思考，他认为，过去无法被完整地再现，因为它是作为表达手法的记忆（或再记忆）的选择对象。在这里，再现是一种现时化（与海德格尔提出的

"现在"如出一辙），是"意义利益选择"[1]的结果，这种选择承认了"过去视野的不可更换性"[2]。就其本质而言，时间的再现注定是不完整的，因为这种再现只可能部分地上演"一段沉积历史的揭露"[3]。将空间及其感知缩减到一个如此表面化的维度，这是一个仓促的实践。空间的表面是一种障眼法，空间在时间中形成了垂直面，正如句段化的瞬时被纳入了范式化的绵延。过去几十年间，很多理论家都探讨了这一问题。亨利·列斐伏尔在（社会和城市）空间中看到了一种"比欧几里得和笛卡尔式的经典数学空间的同质性-各向同性更加鲜明的、类似千层酥中的分层"[4]的多样性。列斐伏尔并不满足于千层酥的比喻，他还借用时空的建筑原理阐释了分层的概念："空间中的过去成为了现在的载体……建筑原理描绘、分析、展示了这种延续性，也就是我们所说的'层''界''沉积'等等。"[5]这一建筑原理体现了地质学家和建筑学家关注点的结合。还需要对下部层和上部层施以同等的关注（除非这二者是对立关系）。德勒兹和瓜塔里也曾论及空间的层化——他们认为不同的层是"大地之躯上进行的增

---

① Eugen Fink, *De la phénoménologie*, *op. cit.*, p. 52.
② 同上，第 53 页。
③ 同上，第 31 页。
④ Henri Lefebvre, *La Production de l'espace*, *op. cit.*, p. 104.
⑤ 同上，第 265 页。

厚现象（……）：堆积、凝结、沉淀、褶皱"①。德勒兹和瓜塔里探讨了列斐伏尔的"层"，并提出了新的"层"概念。每一层有着自己的"组成单元"，一个层根据另一个层展开，并充当了后者的载体（即副层）。这也就意味着，第一层的其中一面正好朝向这个第二层（即中间层）。不过这一面也可能朝向另一个"他处"的层（即准层）。另外，在越界性和解辖域化语境下，层与层之间保持着动态关系，这种关系会让这些层尽量保持"中间状态"，这种状态的变化仅仅受限于系统的同一阈值或对偏移行为的容忍限度。有关层化的比喻非常多样。并且并不局限于哲学或地质学领域。城市规划学家马塞尔·龙卡约罗认为："疆域的构建首先来自于时间的加固。"②与列斐伏尔一样，龙卡约罗也对城市进行了探讨，他指出："正是城市的不同时间被纳入了当下。"③这种"现时化"发生在道路网中，发生在场所的社会化组成中。在那个时代，异质仍被视作是同质发生错乱的结果，多层的共存被认为是失序的，也招致了刻薄的批评。龙卡约罗援引了路易-塞巴斯蒂安·梅西耶《巴黎众生相》（*Tableaux de Paris*）中所记载的对1780年的巴黎的谴责。再往前一个多世纪，布瓦洛在他的《讽刺诗》（*Satires*）中抱怨了在巴黎生活的种种不便。贺拉斯和

---

①　Gilles Deleuze，Félix Guattari，*Mille Plateaux*，*op. cit.*，p. 627.

②　Marcel Roncayolo，*La Ville et ses territoires*，Paris，Gallimard，coll. «Folio/Essais»，1990，p. 20.

③　同上，第143页。

尤维纳利斯也曾以罗马为主题创作过类似的讽刺诗。龙卡约罗具体说道:"从不太严密的历史层堆积中汲取灵感的想法,超越了对于'历史遗迹'的尊敬,显然是一个全新的想法。毫无疑问,'现代主义'在这种想法面前走向了终结。"[①]的确,关于分层化的话语正是诞生于现代主义与后现代主义汇聚的时代。空间不再是瞬时中的"一",正如龙卡约罗所言,"城市永远不可能与它自身共时"[②]。适应当下的不合规性被过度缩减了,这是不可避免的。为了生存,当然应该简化空间和空间的关系!不过,还需要深入挖掘将空间镌刻在历时性深度中的层。需要形成一种真正的层化。

如果说当下是具有异质力量的瞬时点的组合,这些点也是自主的,正如汉斯·罗伯特·姚斯受齐格弗里德·克拉考尔(Siegfried Kracauer)启发所言,这些点"实际上位于不同的曲线上,服从于由它们的特殊历史决定的特殊法则"[③]。鉴于瞬时遵守着不同的逻辑,"时间中的同时性只不过是一种表面的同时性"[④]。这些观察同样适用于空间的感知。因此我们可以说,人

---

① Marcel Roncayolo, *La Ville et ses territoires*, Paris, Gallimard, coll. «Folio/Essais», 1990, p. 143.

② 同上。

③ Hans Robert Jauss, *Pour une esthétique de la réception*, *op. cit.*, p. 76.

④ 同上。

类空间与瞬时一样，根据它的异质性程度加入了多种时间曲线。地理批评致力于揭示人类空间的当下性是不一致的，它们服从于一系列非共时性的节奏，这些节奏让空间的再现趋于复杂，一旦我们忽略它们，空间的再现会被大大简化。影响人类空间的非共同性并不是一种模糊的思维概念，也不是一个抽象的公设。它出现在城市街道和乡间大路的拐弯口。它伴随着城镇的社会化发展。非共时性还影响着空间的细分（比如一座城市的不同街区），这种细分既映照着空间分割的理念，也呼应了时间合成的观点。例如，衡量巴塞罗那再现作品的准确性，就要看观察者走遍了这座城市的多少个街区。巴塞罗那是卡门·拉弗雷（Carmen Laforet）、爱德华多·门多萨（Eduardo Mendoza）笔下的北部扩建区（小资），是弗朗西斯·卡尔科（Francis Carco）、让·热内（Jean Genet）、安德烈·皮耶尔·德·芒迪亚格（André Pieyre de Mandiargue）笔下的唐人区（大众化），是克洛德·西蒙、马努埃尔·巴斯克斯·蒙塔尔万（Manuel Vázquer Montalbán）笔下的兰布拉大道（交通和文化要道），是梅尔塞·罗多雷达（Mercé Rodoreda）笔下的格拉西亚大道，还是胡安·马尔塞（Juan Marsé）笔下的圭纳多区。作为一个有区别的整体，它们基于观察者的现时性，并不只属于唯一的当下。为了解释这个概念，我们需要借鉴姚斯的一个关于天体的精辟比喻。"就像今日天上星星的同时性在天文学家眼中全部消解，化作了遥远时间长河中的繁复多样性"①,还需要补充的是,在观察者眼中,空间并不是像货架一样陈列的。城市——人类空间从20世纪以来的代称,是共同可能世界的形式,这种共同可能取决于世界的延续性。与任何人类空间一样,城市也是一个既单一又多样的群岛。地理批评分析致力于探索层,正是这些层赋予该批评以根基,并引导其走向大写的历史,最终向历史做出贡献。在共时性剖面上,该批评旨在从非同时性来考察历史。地理批评的关键任务之一,在于引导观察者充分考虑他们所看到、所再现之物的复杂性。换句话说,空间不应被他们视作是显而易见的。观察者所感知到的东西成为共同可能的证据,而我们正应该界定这种共同可能的延续性。不过,归根结底,如果说这种延续性的标志是一条线,那就是逃逸线。直面时间、置身于时间中,人类空间宛如一座有着很多小径的花园,这些小径向左分、向右分、向上分、向下分,最终形成了一个完完全全的树形结构。

在伊塔洛·卡尔维诺的《看不见的城市》中,马可·波罗在向忽必烈描述他的帝国时,也意识到了时间与空间的复杂关系:"忽必烈汗,我为你介绍扎伊拉城是没有用的。我可以告诉你高低起伏的街道有多少级台阶,柱廊的拱门是什么形状,以及屋顶上覆盖了哪种锌板;但这仍然相当于什么都没讲。城市并非建

---

① Hans Robert Jauss, *Pour une esthétique de la réception*, *op. cit.*, p. 77.

立在这些东西之上，而是建立在它的空间度量和历史事件组成的关系网上。"①马可·波罗告诉忽必烈，一座城市（或任何空间）的本质并不体现在它的外观或外表，而是体现在它的时空交汇。伊斯梅尔·卡达莱最著名的一部小说叫《石头城纪事》②。这个标题本身即概括了石头城的描绘者/作家的意图：将石头城的空间与叙事的线性时间相结合，并挖掘能够证明这种结合的人为现象。在卡达莱笔下，时空的交汇发生在阿尔巴尼亚南部的吉诺卡斯特。这座城市的奇特之处在于它是颠倒的：人们走在屋顶的上面，有时甚至吊挂在某座清真寺的塔尖上。也就是说，空间的深度在这里有所显现。根据这些特征，卡达莱的故乡吉诺卡斯特是在垂直方向翻转的典型城市。它可以说是纽约的对立面。因为，与纽约的摩天大楼相反，清真寺代表的是永恒和日常生活，而不是未来主义的眩晕和明日的危险。纽约力图将空间从历史决定论中剥离。人为现象在其中映照的不是历史，也不是历史始终在当下的遗址；它映照的是将会出现的、应该出现的，是人们希望已经实现的，或早已实现的……此处我要再次借用马可·波罗的话："在每个时代，都会有某个人，看着当时的菲朵拉，想象该如何把它构建成理想城市，然而当他建造理想城

---

①　Italo Calvino, *Les Villes invisibles* [1972], traduit de l'italien par Jean Thibaudeau, Paris, Seuil, coll. «Points», 2001 (1974), p. 15.

②　Ismail Kadaré, *Chronique de la ville de pierre* [1971], 由 Jusuf Vrioni 译自阿尔巴尼亚语, Paris, Gallimard, coll. «Folio», 1982 (1973).

市的微型模型时，菲朵拉已不再像以前那样，因而直到昨天还是可能的未来城市也就只能是玻璃球里的玩具了。"[1]至于清真寺，则进入了时间在城市这座织布机上编织的画布。地中海沿岸城市就是如此。在伊斯坦布尔，在《俄罗斯之恋》(1957)中，詹姆斯·邦德为了监视俄罗斯间谍，从地下水库钻到了城市的地底下。贝鲁特也是一个被洞穿的空间，在这个空间内，人们可以坠落。在塞里姆·纳斯比的小说《贝鲁特疯人》中，叙述者被马路上的裂缝卡住了。这座城市的倾斜度让他备受折磨，使他慢慢偏斜，最终掉到了一栋被全副武装的孩子包围的大楼中，这座大楼时刻有可能被令人生畏的挖掘机铲倒："你们看啊！我们把破旧的建筑夷为平地，我们开辟了一条高速公路。"[2]德雷尔小说的主人公达利，提出要"对废弃的瓦砾进行解剖"[3]。历史遗迹遭到了粗暴的对待，让位于城市的未来化目的论，但无论如何，它们提醒我们，身份认同在历时性中，也在时间的深度中。马可·波罗的观点具有深度："千万不要告诉他们，有时不同城市在同一片土地上、以同一个名字先后建立，它们悄无声息地诞生、默默无闻地消亡，甚至从未产生过交流……追问它们比旧神更好还是更坏并无意义，因为它们之间毫无关联，就像旧的明信

---

① Italo Calvino, *Les Villes invisibles*, *op. cit.*, p. 42.

② Selim Nassib, *Fou de Beyrouth*, Paris, Balland, 1992, p. 170.

③ Lawrence Durrell, *Cléa*, *op. cit.*, p. 84.

片上呈现的并不是真正的莫里利亚,而是另一座偶然中也叫莫里利亚的城市。"①明信片如同空间的当下,都缺乏历史的厚度。历史性体现在构建场所的层中。不管卡尔维诺对这两个莫里利亚发表了怎样的评论,它们的关系不是简单地偶然共享了同一片空间:新莫里利亚与旧莫里利亚具有相同的外延,甚至反映新旧莫里利亚的明信片也可以相互作用。我们在谈论空间的分层化时,永远不能绕开可能出现的共时剖面。考虑到空间历史的影响,空间是共同可能的,由大量的异质性元素合生而成。场所只有在时空的多维度下,在一个时间交叠的空间中被感知。历史之线穿透富有深度的场所,显示出其绵延的范式,又被一条条水平线划上了层层印记,这些水平线共时建立了异质性瞬时的虚假同时性。如果场所从未被限制在当下,这是因为它是一个历史千层酥,它在其疆域内并未呈现出同样的当下程度。在某些地方,历时的深度又重归表面。一块源于罗马时代的石板被保留在了利摩日的后现代多媒体图书馆内;相反,在建筑师伦佐·皮亚诺(Renzo Piano)的规划下,蓬皮杜艺术中心被设计成了一个置于巴黎玛黑区中央的宇宙飞船。美国建筑学家查尔斯·詹克斯(Charles Jencks)提出的双重译码(double coding)有意地将当下与过去的某个方面,或将未来与某个片面的当下相联系,以便于将后现代瞬时比喻成一个复合的微时间。由此,表

①　Italo Calvino, *Les Villes invisibles*, *op. cit.*, p. 40.

面分裂开来，碎片美学占据了都市空间。空间究其本质为非共时的；共时是其历史的一种偶然，或是对于空间解读的过于简化。用伊塔马·埃文-佐哈的话说，空间是"一种分层的异质性"[1]。

空间并不是建立在穿透它的时间层不间断地重新激活造成的纯粹同时性中。空间中也纳入了衍变，这些衍变因调节文化步调的不同时间性的联结而引起。从一个场所到另一个场所，对于时间和现时性的感知是不一样的。一个场所的当下并不一定对应着另一个场所的当下。这里我们遇到了恩斯特·布洛赫（Ernest Bloch）所谓的"非共时性"（*Ungleichzeitigkeit*），一种普遍化的非共时性，它控制任何发展的节奏。在《生命之舞》（*La Danse de la vie*）中，爱德华·霍尔区分了单时性和多时性。这位美国人类学家认为，单时性体现为在同一时间只处理一件事的体系，而多时性则代表同一时间进行多个活动的体系。因此单时性是美国文化所固有的，多时性则对应着地中海文化区域。可以预见的是，当一个体系的再现者进入服从于另一个体系的区域时，冲突就在所难免了。不过，我觉得这种划分太过独断。它来自于刻板印象，又催生了新的刻板印象，如此循环往复。单时性和多时性适用于另一种分析。单时性是一种试图在世界范围内为全人类圈定唯一时间性的视角（霸权视角）。而多时性则

---

[1]　Itamar Even-Zohar, *Polysystem Studies*, *op. cit.*, p. 87.

致力于为每一种文化构建不同的时间性。在单时性视域下，对于当下的感知具有共时性、单一节奏性。而如果我们将世界置于多时性语境下，我们则会感知到当下处于非共时状态，也会在社会中看到一个"多节奏群体"①。非共时性和多时性关系紧密，这二者都是按照时间逻辑感知空间的标志。非共时性最终引入了多时性的影响，只有封闭的文化才能隐藏这一点。某一个个体感到的时刻并不一定与其邻居所感知到的处于同一历史平面。时间不是唯一的，不是普遍的。趋于普遍性的单时性只不过是霸权主义抛出的诱饵（强加唯一、普遍时间的意愿），正如局部的共时性也只是一种假象。

以欧洲为例，鉴于它具有极强的异质性，它构成了一个多时性的空间，一片缀满星星的天空（正如欧盟的旗帜所示）。它的时间、历史深度与姚斯所谓的星空如出一辙。1992 年 10 月，在格罗宁根的某次演讲中，荷兰小说家塞斯·诺特博姆（Cees Nootboom）谈到了这种时间错位的视角，并在其 1993 年的作品《欧罗巴被劫》(L'Enlèvement d'Europe)中又做了引申。他演讲的题目是《芝诺之箭》(La flèche de Zénon)。芝诺是巴门尼德的门徒，他认为，空间可以被无限地划分；而一支箭的射程也是可以被无限划分的，靶心可以永远不被射中。同样的悖论也可以延伸到时间的解读上来。跟靶心一样，构成当下的过去瞬时不

---

① Henri Lefebvre, *La Production de l'espace*, *op. cit.*, p. 236.

停地堆砌，却永远也形成不了一个清晰的实体，当下就处于射程之外了。欧洲的当下，如同难以企及的顶峰，如同天际线，每一天都在渐行渐远。过去占据了主导。另外，并不是所有欧洲人都总是生活在同一个过去层面。这个看上去略抽象的悖论，可能会对空间整体视角产生具体的、戏剧性的影响。诺特博姆举了两个例子。他首先提到了移民现象，这种现象可对不用受时间坐标影响的行动者进行平衡："无论任何人从世界的南方游历到北方，抑或从北方到南方，他通常会感觉到，自己仿佛违背了科学规律，进行了一场时间穿越之旅。共时的世界中出现了非共时的系统，一个人的过去迷失在另一个人的未来，反之亦如是，年代错乱成了划分的手段，一个时代的物质武器成了另一个时代的精神世界工具。"①忽略这种非共时性是巨大的错误，也是引发冲突的来源："从其自己的时代脱离出来的人，在他前面看到了一道深渊，一个无法容忍的存在，因此，我们在多时性的世界里受到了彼此年代错乱的威胁。远远走在对方历史前列的一方，则成为对方的危险……在形象的日常共时性中，我们带着非共时世界的视角生存着。"②诺特博姆举的另一个例子，验证了仓促的年代压制所带来的威胁，比如南斯拉夫内战。从这场

---

① Cees Nooteboom，*L'Enlèvement d'Europe*［1993］，traduit du néerlandais par Philippe Noble 和 Isabelle Rosselin，Paris，Maren Sell，Calmann-Levy，1994，p. 29-30.

② 同上，第41页。

争端中衍生出了一个双重的时间问题。一方面，如果我们严格地以西欧为参照的话，20世纪90年代初期，南斯拉夫表面上的当下性只是一种幻象。本世纪初巴尔干半岛的战役、第二次世界大战，乃至1389年著名的科索沃战役，依然存于人们的头脑中（存于头脑即是当下，即便有些不合时宜）。我们可以看到，满载无法消解的辛酸的历史记忆激发了哪些偏移："那些想要死去，并最终名字消亡的，其实并未消失在空间中，而是消失在了时间中，统一的欧洲无力地注视着鲜血淋漓、四分五裂的欧洲。"①另外，从西欧的视角来看，这样一场战争与当下是不兼容的，它的当下正致力于实现全球性的调解。这种战争是一种失常的行为，是西欧试图回避的："这正是因为它涉及到欧洲不敢干预的年代错乱，一切都归于过去，那时的欧洲因为相同的原因任由自己被撕裂。"②在《欧罗巴被劫》中，欧洲的两场战役使道德得以完善，它们分别是俘获了伊比利亚人、迦太基人的布匿战争，以及普瓦捷战役。这两场战役都化作了寓言中人物的背景："缺失的正是一种历史意识，希望不带记忆而活着的人将会抵达我们的家园。"③这"家园"，这好客的家园，就是接下来的战争场

---

① Cees Nooteboom, *L'Enlèvement d'Europe*〔1993〕, traduit du néerlandais par Philippe Noble 和 Isabelle Rosselin, Paris, Maren Sell, Calmann-Levy, 1994, p. 35.

② 同上。

③ 同上，第115页。

所。这又让我们想到了阿尔巴尼亚和塞尔维亚的例子，它们让1389 年的科索沃战役成为了当下的事实。

归根结底，场所符合一个持久的解辖域化过程的标准，该过程保证了场所矛盾的持久性，并让它们趋于不稳定。奇特的是，这种对于不稳定性的认知产生于倡导全球村的背景之下，地球村即交流社会的普遍一致性全球空间。这种全球范围的静止状态带来了一种风险，也就是马可·波罗所揭露的："但是我踏上旅程，开始对一个城市的游历是无用的：佐哈被迫无意义地停留在这里，以便于人们更好地记住它，然后它萧条了，崩溃了，消失了。大地遗忘了它。"①这就需要文本去培育关于场所的记忆。场所永远不可能枯竭。我们走近场所，我们互相靠近。任何空间研究都带有地质学或考古学的表达方式。基于我们获得的迹象，以及我们发掘的遗迹，我们可以想象出其历史中的某些形态，其身份中的某些碎片。我们汇聚、挖掘关于空间的文本，并对比所得结果，可对空间的整体有更多的了解。虚构文本让场所从一切与其相关的时间褶皱中浮现出来。甚至，它还构想了一个场所有可能呈现的形式。它不仅验证了一段过去的历史，也预设了城市在某个可能世界中的形态。由此，虚构文本以自己的方式保证了它的延续性，或者是如马可·波罗所说："形态的分类是无穷无尽的：只要每种形态还未找到自己的城市，新的

---

① Italo Calvino, *Les Villes invisibles*, *op. cit.*, p. 22.

城市便会持续诞生。一旦形态不再变化，走向消解，城市的末日便来临了。"①卡尔维诺认为，一旦城市停止产出文本，它便不复存在了。就如舍赫拉查德吗？每个场所都是这样，不管它是城市的还是非城市的。于是我们遇到了一个令人苦恼的问题：在我写下这些文字的时刻，在你们读到这些文字的瞬间，从未有人记录在文本中的城市是怎样的呢？

刻板印象的命运

对于空间及其居民的片面感知是孕育刻板印象的沃土，所有关于刻板印象的定义都一致认为它是一种固化的集体模式。当空间变成了"疆域"——代表的是一个政治制度整体的同质空间化结果，或是"民族"——上述整体的历史化产物，它势必会受到刻板性的影响。疆域—民族似乎遵循了某种归属逻辑，该逻辑不合常理地使排外现象获得了合法化。诚然，相较于刻板印象，我们用种族分类这一表达更为恰当，即根据一系列异型对一个民族进行刻板化再现，就像是对浇筑到青铜模板里的铅字的流水线式复刻。服从于某种类型话语，某种正统观念，这片空间进入了某种话语的论调，也就是刻板印象的论调。后者的诞生是因为其推广者要"从过去中汲取分散的真实片段，他们用这些

---

① Italo Calvino, *Les Villes invisibles*, *op. cit.*, p. 161.

片段来构建假定能够呈现一个民族所有真实的形象"①。国家的静态空间属于类似逻辑,该逻辑在既定的事实之上建立了形象类别,这一形象由某种霸权主义的、单点聚焦的、单时性的话语所设定。民族主义和种族分类性往往同时出现,因为民族主义意愿,无论是否彰显,都以所遴选的种族类别为养料。种族类别强化了自身的认同感(褒扬的种族类别)和/或对邻族的反向认同,因为邻族通常被视作是不可改变的他者(贬低的种族类别)。刻板印象提供了关于他者的鲜明认知,还揭示了自我的隐藏属性。正如罗伯特·弗兰克所言:"刻板印象描绘了他者的形象,该形象往往根据我们对于自身的期待或忧虑而被工具化。"②因此,它呈现的不是自在存在的形象,而是自为存在的形象,一种"注定会自我呈现的假托形象"③。

刻板印象围绕着恒定状态形成(借德勒兹的话来说,即定居民族的条纹空间),围绕着国家形成。存在在别处。它在解辖域化中,在推动空间从民族、疆域必然独特的身份中抽离的过程中;它还在特定的话语中,这种话语并未将事物固定在正统观念

---

① Robert Frank, «Qu'est-ce qu'un stéréotype?», in *Une idée fausse est un fait vrai. Les stéréotypes nationaux en Europe*, Jean-Noël Jeannerey (éd), Paris, Éditions Odile Jacob, 2000, p. 19.

② 同上,第 22 页。

③ 同上。

中，而是关注反论①（paradoxe），这是"他者"对"一"的短暂超越。支配地理批评的语义学将长期执迷于已固化的再现的伪客观愿景定性为句法错误。任何再现都只在瞬时有效；在瞬时之外，统领印象（archi-impression）就成了偏见。当构成种族分类时，刻板印象有一定的实用性。它绝不是无辜的，也绝不是无害的，它是完全务实的。它被用于强化秩序/场域化这对概念（出自卡尔·施米特）之间的关系。相反，地理批评则致力于考察所有去场域化现象。那么，就要弄清楚是否可以打造一种解辖域化的、去空间化的特别律法（Nomos raumlos）。对于施米特这位倾向于国家社会主义的知识分子而言，欧洲国家的危机正来源于他所谓的总动员；但对于地理批评而言，当总动员是越界性的时，它既是条件也是挑战。在只陈述事实的世界中，人们大费周章，试图避免秩序/场域化这对概念的分裂，或起码将这个问题搪塞过去。甚至有可能这种分裂从未昭示，并且去场域化与人类对空间的认同是同质的，去场域化存在于绵延中，而不是瞬间中，它并不是一个简单的有待逾越的阶段。换句话说，一个根本性的、亘古以来既有的悖谬昭示着我们的命运：我们注定生活在一个这样的空间中，它的再现试图呈现唯一和静止（等同于stare），而这种再现在短期内又不可避免地应该是变化的、多样

---

① 参见 Roland Barthes，*Roland Barthes par Roland Barthes*，Paris，Seuil，coll. «Écrivains de toujours»，1975，p. 75.

的(不断再辨认的过程,类似于 esse)。与其他模仿艺术一样,文学产出了自由的、狂欢的、有机的再现(德勒兹),它是共同可能世界的担保,也是不同世界互通性的担保。要永远记得再现是再次-呈现,是不断演变的,从而也是越界的,而不是一个陷入无限的永恒当下的静态形象。扩展到国家层面的地理批评研究具有一定的风险,这是无可辩驳的。它很有可能不再满足于从解辖域化现象中剥离出一个阶段,而会有意地试图涉足对于长期限的研究。刻板印象并未被限于我们研究的叙事中;它同样审视着评论者。为了确保不受威胁,它应处于世界之外,应参照一种脱离于尘世的元语言。它应该化作一台没有灵魂、没有心理活动的解码机器,它应该从面带讥笑的决定论者拉普拉斯之魔手中夺回位置。对于客观性的狂热追求导致刻板印象不可避免地出现;这并不意味着我们可以不再提防,不再限制主观性的存在(因此借助于丰富多样的语料是非常必要的)。地理批评的责任是在既有又无之邦构建一个场所,并将这个场所归入"可能转变的想象变化流动"①中。地理批评还应该借助模仿艺术短暂的记载,以更好地领会世界,以便于在人类空间的运动中、网状本质中捕捉它(这种捕捉并不意味着独揽)。为此,地理批评还需要标记空间再现中刻板印象的分量,并询问相异性的界线(可被穿透的?)。因为这个给予场所以活力的既有又无之邦从来都

①　Eugen Fink, *De la phénoménologie*, *op. cit.*, p. 106.

不是一个共同的地方（*tópos koinos*），一个"共同的场所"。

我们可以谈论他者吗？这种愿望非常强烈，甚至难以抵御。它激发了所有游客——无论他们是否怀有仰慕之心——所有好奇的人，还有所有试图验证自身相较于他者之优越性的人。这种意愿通常应当受到谴责。在爱德华·萨义德《东方学》法译本的序言中，茨维坦·托多罗夫不无苦涩地写道："有关他者的话语历史十分沉重。一直以来，人们都相信自己比近邻更优越；唯有他们归咎于其近邻的弊病在改变。"[①]这些假设的弊病美化了刻板印象和种族类别的漫长历史。那么我们是否可以摆脱刻板印象呢？是否可以跨过"刻板印象的内沿界线"，以便于"大步迎接一个以外生的、异国情调的激情汲取他人观点的世界"[②]？皮埃尔·韦莱特的愿景十分美好。但这种愿景必须是可实现的。这并不是马克·布罗索所认为的"如果要给相异性下定义的话，是很难说得清的，因为要定义它就要试图把它跟自我联系起来"[③]。文学领域如同其他人文和社会科学领域一样，对于相异性和他处的分析基于一个两极体系，该体系根据一种系统的、难以逾越的间隔原则将注视者和被注视者对立起来（有时也会借

---

① Tzvetan Todorov, «Préface» in Edward W. Said, *L'Orientalisme. L'Orient créé par l'Occident* [1979]，由 Catherine Malamoud 译自英文，Paris, Seuil, 1980.

② Pierre Ouellet, *Poétique du regard*, *op. cit.*, p. 207.

③ Marc Brosseau, *Des romans-géographes*, *op. cit.*, p. 75.

由共情的方式让二者相互靠近）。在最理想的假设中，评论者在分析中是注视者、被注视者以外的第三方——他的位置规避了一切的参照准则，遵从的是一套想象的、理想主义的、中立的准则。但是，几乎所有中心都会公开倡导中立性。在解读他者在其与倡导文化间性的白人知识阶级的关系中的角色时，贝尔·胡克斯抗议道："我在等他们停止谈论'他者'，甚至是停止宣扬懂得描述差别有多么重要。"[1]不过在一个单点聚焦、单时的体制中摆脱本土/非本土的交替叙述是很难的。一个视点占据了支配地位；一种时间性也就树立了权威。这个视点可能是片面的，甚至是偏心的；这种时间性却会固定下来。归根结底，刻板印象式的简化一直在伺机出动。当再现还被不断重新呈现的时候，它指向的永远是一个"过时的文化范例[2]"。阐释单点聚焦和单时叙事（即一位作者针对特定场所创作的叙事）的元叙事，其自身也处于一种特殊的情况中。它涉及的其实是根据一部虚拟的百科全书来评定作者和场所的单义关系，这部百科全书还是不精确的（也许还是带有刻板印象的?）。举个经典的例子，皮埃尔·洛蒂在《阿齐亚德》(*Aziyadé*)中描绘了伊斯坦布尔。在通常情况下会怎样呢？当我们在所谓的"文学"手法（依

---

① bell hooks, *Yearning*, *op. cit.*, p. 152.

② Ruth Amossy, Anne Herschberg Pierrot, *Stéréotypes et clichés. Langue*, *discours*, *société*, Paris, Nathan, 1997, p. 64.

据文学的自我参照视域而言）研究中并没有完全规避空间指涉时，我们无论如何都会优先关注作家，而不是城市。一些人将洛蒂的小说归入"东方"或"东方学"类别，这种类别在 19 世纪被大量记载；其他人则将其视作作家的产出，我们都了解洛蒂对异国情调的偏爱。伊斯坦布尔的特征则遭到了或多或少的忽视，以至于这个奥斯曼帝国的古都首先仅被认定是一座"东方"城市。场所的特征也被隐去了，因为在洛蒂笔下，伊斯坦布尔成了异国情调的载体，与日本、波利尼西亚、塞内加尔或中国无异。伊斯坦布尔就像东方主义的代称；伊斯坦布尔成了异国情调的化身。显然，罗马并不在罗马城中。而伊斯坦布尔也早已不在伊斯坦布尔城内。正如露丝·阿莫西和安娜·埃尔施伯格·皮埃罗所言，"分析刻板印象和偏见是为了认清一切阻碍人与人之间的联系、自由评价现实、独创和革新的因素的真相"[①]。

那么，我们还能把伊斯坦布尔当作伊斯坦布尔吗？什么都没有变，毕竟伊斯坦布尔的希腊语词源是 *istinpolis*，意即"去往城市"，并且罗兰·巴特把洛蒂笔下的伊斯坦布尔视作一个"偏移的住所"[②]。毫无疑问，伊斯坦布尔是解辖域的。但它永远是

---

① Ruth Amossy, Anne Herschberg Pierrot, *Stéréotypes et clichés. Langue, discours, société*, Paris, Nathan, 1997, p. 118.

② 参见 Roland Barthes, «Pierre Loti : Aziyadé», in *Le Degré zéro de L'écriture* [1953] suivi de *Nouveaux essais critiques* [1972], Paris, Seuil, coll. «Points», 1972, p. 170-187.

"某处"：在以它为背景的故事中，在各种各样的叙事中。并不是仅仅在某一位作家笔下是这样，而是在它启发的历史的——或是逃逸线的——根茎状画布中皆是如此。它在洛蒂笔下，也在其他人笔下。它处于一部分人的当下中，这个当下又快速成为其他人的过去；它占据了随年代、随世纪铺展开的层。它在它所触发的感觉中，在作家根据自己的特异体质所截取的感觉中。因此它是地理中心化的，而不再仅仅是自我中心化的。它的再现根据视点和话语快速激增。它持续激发着刻板印象，不过，当这些刻板印象相遇时，它们就会显露出来，远离简化视点的聚焦点。地理批评的元话语应该把每一位作者都置于一个被还原回一套精确坐标的网络中——这里的方位即场所，这个场所会在现实素和以其为基础的多样再现之间摇摆。在这些通行的，几乎是无限的指涉中，要么他者将不再存在，因为它融入了一个共同的场所……或逃离了共同的场所；要么他者将会普遍存在。在后一种情况下，我们承认，场所的每一位再现者都会与其历史的空间框架保持一定距离，仿佛场所在叙事面前不停地逃避，如同《看不见的城市》中马可·波罗看到的那样。"去往城市"，去往我们向往的场所，但永远不要置身于这个场所：这种规避对叙事大有益处，因为叙事在其本质上就是欲望（de-siderium），是对远方恒星的热切向往。"去往城市"：伊斯坦布尔，就像我们远远仰慕着的星空。我们也许是"一"，或者是"他者"，但无论如何：我们永远不会轮换着是这两者。

第五章 可读性

两个在巴黎的意大利人：伊塔洛·卡尔维诺和翁贝托·埃科。一个在圣叙尔佩斯广场的巴黎人：乔治·佩雷克

自 1967 年起，伊塔洛·卡尔维诺每年都会在巴黎居住一段时间。他对昔日光明之城的文化生活尤为感兴趣。据卡尔维诺自己坦言，他会在法国首都和自己所心仪的意大利大都市或重要的出版之都（罗马、米兰、都灵）之间巧妙而随意地做好平衡，因此，他有足够的时间来思考自己与场所的亲密关系，并对其作品与空间之间的关系展开思考：作品所反映的空间，作品中避免呈现的空间，以及作品所源自的空间。1974 年，他接受了一家瑞士—意大利电台的采访。在谈及自己在巴黎的居所后，卡尔维诺表现出自己的困惑："这座城市至今还没有在我的作品中出现。若要书写巴黎，或许，我应该远离这座城市，跟它拉开距离——确实，人们总是因为思念或是因为不在场而去写作。"①
不过，卡尔维诺并没能摆脱这一困惑：巴黎，在其作品中，始终未
能现身。然而，意大利作家在此展现出了令他身陷其中的两难
局面。相较于（空间）所指而言，文本究竟占据怎样的地位？相
较于文本而言，所指又拥有怎样的地位？对卡尔维诺而言，似乎
只有在真实以间接的方式得到呈现的情况下，作品才能有飞跃
式的发展，并留有足够的位置来展现"内部风景"。这种限制并
不必以一种以真实和虚构进行划分的二元系统为前提。恰恰相
反，文本与场所之间可能呈现出错综复杂的关系。巴黎又是一
个怎样的场所？当然，它是一个异常真实的城市，其城市面貌要
归功于奥斯曼等人物，要归功于众多天生的或后来的巴黎人，正
是他们赋予各类场所以形态。然而，巴黎也是一座想象之城，并
非一定要亲身经历，我们根据自身的阅读便可构建起这座城市。
卡尔维诺也并不例外："巴黎，在作为一个现实世界的城市之前，
对我而言，如同对任何国家数百万的其他人一样，它首先是通过
书本被构想出的一座城市，我们通过阅读将它变为自己的城
市。"②我们可以列举这一神奇建筑的基石：《三个火枪手》、《悲
惨世界》、波德莱尔、画家们、巴尔扎克、左拉和普鲁斯特。生命

---

① Italo Calvino, *Eremita a Parigi. Pagine autobiografiche*, Torino, Einaudi, 1994, p. 190.

② 同上。

中的每一个季节均有一个作家或画家可以对应，一层层的再现以难以察觉的方式渐渐积累。巴黎在作者的想象中逐渐形成，甚至在作者还没有参观过这座城市之前就已成型。对于卡尔维诺而言，场所首先是一个文本间性的构成："巴黎已然构成了世界文学中非常重要的一个内部风景，在我们都读过的，对我们的存在产生重要影响的众多书籍中出现。"①场所的再现异常复杂。首先是共同文化所传递的巴黎"形象"，甚或是我们自身所留存的巴黎形象；其次，巴黎还是一座"自在"的城市，一座"真实"的城市。卡尔维诺对于"书写"这座城市表现出迟疑，其原因并非在于这座城市的真实之处，而是在于这座城市在共同语言中的再现。构筑这座城市的文本积淀是如此的厚重，让作家不禁心生畏惧。对卡尔维诺而言，巴黎具有和罗马一样的价值。一些在地籍簿中反复出现的地名在百科全书中现身。卡尔维诺将巴黎视为一座博物馆。卢浮宫和其周边地区是历史无中断的空间。这座城市仿若一本书，一个如同书本一样可探索的空间，它在无意识地自语："与此同时，我们阅读这座城市，如同阅读一部无意识的合集；这部无意识合集有着伟大的目录，是一部伟大的中世纪寓言集；我们阐释这座城市，如同阅读一本梦幻之书，

---

① Italo Calvino, *Eremita a Parigi. Pagine autobiografiche*, Torino, Einaudi, 1994, p. 190.

浏览一部无意识的相册，或是翻阅一本怪兽图谱。"①从这以后，某些视角发生了颠倒。不再是城市对文学发生影响；文学接替扮演具体的角色。

同样在 1974 年，乔治·佩雷克向最令人畏惧的限制发起了挑战：将文本和世界相交叠，并写下："当无事发生之时，正有事发生。"②他本可以在撒哈拉沙漠中心安营扎寨，小心翼翼地在纸上记录下眼前发生的事件。他或许本可能承受这种无穷尽描写的节奏，需要强调的是，这一描写不仅仅只涉及视觉印象；或许，他还应该记录下风的声音，沙尘的气息，表面粗糙不平的石头的味道。然而，他却选择了杂沓的圣叙尔佩斯广场，以撰写《穷尽巴黎某处的意图》(1975)③，记录了自 10 月 18 日周五早上

---

① Italo Calvino, *Eremita a Parigi. Pagine autobiografiche*, Torino, Einaudi, 1994, p.197.

② Georges Perec, *Tentative d'épuisement d'un lieu parisien*, Paris, Christian Bourgois, 1975, p.12.

③ 这一"尝试"并非独一无二。1995 年，在王颖和保尔·奥斯特共同拍摄的电影《烟》中，一个烟草店店员（哈威·凯特尔饰）对一个顾客（威廉·赫特饰）说他永远不会离开布鲁克林。每天早上八点他都会给烟草店对面同一片房子拍照。如果说，把烟草店店员已经拍下的四千张快照分开来看，每一张对客人而言都微不足道，但客人很快意识到这些照片放在一起则展现出不同的故事，一系列故事。此外，他还需要以一种缓慢的眼光拥抱这一场所，为存在的细节、为"日常悲剧"让出位置。同一方式的手法赋予佩雷克的《穷尽巴黎某处的意图》以意义：当一个陌生人穿越圣叙尔佩斯广场，他的出现没有任何意义，但是当他重复出现两三次，他就开始转变成一个人物了。

至 20 日周日下午这 48 小时间的经历。尽管场所和时间被明确限定，这一写作计划依旧非常庞大。仅是列举在广场穿行的 70 路、86 路、84 路和 63 路公交车，便很快令人厌烦。更何况那些"上百个同时进行的活动"，发生在所指空间内的各类"微型事件"？① 此外，将世界安置于圣叙尔佩斯广场是一种挑战，因为，正如佩雷克所承认的那样，当我们全身心集中于细节之中，我们可能会想象自己身处于布尔吉、埃唐普或维也纳。

二十年后，翁贝托·埃科的《悠游小说林》(Six promenades dans les bois du roman et d'ailleurs)出版，这部文集收录了埃科于 1992 至 1993 年在哈佛大学诺顿讲座发表演讲的讲稿。在其中一篇讲稿中，埃科对佩雷克的文本做出如此评价："10 月 20 日的下午两点，他停了下来：对于世界上任意一处所发生的事物进行无穷尽地描写，那是不可能的。这本小书仅有六十页，半个小时就可读完。除非读者在两天里慢慢品味，尝试去想象书中所描写的每个场景。"②然而，很少有读者会以这样的方式阅读。不过，埃科的评论所涉及的不仅有佩雷克。如同卡尔维诺一样，埃科对其自身与巴黎的关系进行了反思。其思考并没有仅仅集中在自传式或私人书写层面，这一思考在其第二部小说《傅科

---

① Georges Perec, *Tentative d'épuisement d'un lieu parisien*, *op. cit.*, p. 18.

② Umberto Eco, *Six promenades dans les bois du roman et d'ailleurs* [1994], traduit de l'italien par Myriem Bouzaher, Paris, Grasset, 1996, p. 83.

摆》(*Le Pendule de Foucault*,1988)中得到了延伸,书中众多人物行走在法国首都的大街小巷。与卡尔维诺不同,埃科对于使用巴黎指涉从未有过一丝犹豫,巴黎在其大部分小说中以不同的方式反复再现。与其著名的前辈不同,埃科认为在描写一个场所前,有必要首先了解这一场所:"我在讲述时,希望自己所谈论的空间就在眼前:这会让我与自己所讲的故事更加亲密,并帮助我进入所创作的人物角色。"①场所的构建不是以一种个人缺席的方式呈现;作家与空间瞬间建立起一种切身且亲密的关系,这些空间随即被作家置放于作品之中。《博科摆》一书中最重要的时刻被明确指出(1984 年 6 月 23 日至 24 日的那一夜)。地点被赋予同样的重要性。在法国国立工艺学院的一场撒旦仪式之后,小说主人公之一卡索邦"如同被魔鬼附身,走了整条圣马丁路,穿过公熊路,到达蓬皮杜中心和圣梅里教堂,随后在街巷间来回穿行,最终到达沃日广场"②。这一段出自小说第 115 章,作者为这一章节做了充分的准备。他首先亲自走了一遍卡索邦的夜行路程;接着,查阅了信息软件,以了解这个至关重要的六月之夜的巴黎星空图。总之,埃科运用了一切手段,以恰当地呈现指涉对象及其再现。然而,万事无圆满,他疏忽了一个小事故,

① Umberto Eco, *Six promenades dans les bois du roman et d'ailleurs* [1994], traduit de l'italien par Myriem Bouzaher, Paris, Grasset, 1996, p. 102-103.

② 同上,第 102 页。

一个专注且"有点偏执的"[①]读者向他指出:在那一晚,刚过午夜,雷奥米尔街和圣马丁街的交叉路口有一场大火。卡索邦怎么可能没注意到呢?作者陷入这个陷阱,也投入了这场游戏,他回复那个不识趣的读者,说卡索邦因着一个神秘的理由,特意没有指出这场火灾。然而,对于那些戴着埃科放大镜,在小说之林探险的读者而言,还有另外一种解释:"在我看来,他(读者)过分地希望一个想象的故事与其指涉的现实世界完全对应,实际上,问题没有这么简单。"[②]所指对象和其再现的关联是多样而复杂的。《傅科摆》一书产生了不俗的反响。除了刚才那位对报刊消息熟记于心的读者的评论,我们还可以注意到两个巴黎国立高等美术学校学生的举动,他们拍摄下卡索邦及其他人物"经常出入"的场所。这些照片并非真正意义上所指场所的单纯表象再现:它们追求的是根据小说来赋予地点以外形。埃科如是评价这样一个创世记般的计划:"他们并没有在模范读者的使命之上叠加上经验读者的诉求,即希望核实我的小说是否描绘了一个真正的巴黎。恰恰相反,他们希望改变巴黎,将那个真正的巴黎变成我小说中的场所——确实,这座城市有着千万面孔——他们却选择了那些能与我的描述相符合的面貌。这些小伙子借用

---

　　①　Umberto Eco, *Six promenades dans les bois du roman et d'ailleurs* [1994], traduit de l'italien par Myriem Bouzaher, Paris, Grasset, 1996, p. 105.

　　②　同上,第103—104页。

一部小说来为这个庞大的、无形的、真实的巴黎塑形。"[1]在意识到小伙子们的这一计划恰与佩雷克的计划(一个是"清空",一个是"装满")相左的时候,埃科补充道:"巴黎实际上比佩雷克或我描写的场所要复杂得多。"[2]有启示意义的逸闻趣事并非专属于埃科。有一个网站[3]全文刊载了《穷尽巴黎某处的意图》,我们从一个页面上清楚地得知 1998 年 12 月 8 日,一个读者曾从巴黎十八区于勒-若夫兰图书馆借了佩雷克的书。在该书的第 21页上,看到佩雷克写道"一个年轻小伙子身着海军蓝短大衣,手拿一个塑料文件夹","从咖啡馆前再次走过",他做了个注释:"我。"这是一个说谎成癖的"我"? 还是怀旧之"我"? 抑或是极其有条理的"我"? 不管怎样,这个"我"表达了被压抑本能的潜在回归:真实。问题绝没有如此简单! 不过,正如人们所说的那样:我就是他者,这就是解决问题的开端。

卡尔维诺、佩雷克和埃科对巴黎的态度不尽相同,不过,其方式本身对于思考作家与城市、文本与场所之间的关系有着多重教益。否认指涉空间与虚构文本之间具有关联,这一观点是有局限的,甚至是错误的;同样,将文本看作是对真实的完全拷

---

① Umberto Eco, *Six promenades dans les bois du roman et d'ailleurs* [1994], traduit de l'italien par Myriem Bouzaher, Paris, Grasset, 1996, p. 116-117.

② 同上,第 117 页。

③ 参见 www.desordre.com, 2006 年 1 月 5 日查阅。

贝，并以此为目的，这一观点也很天真。巴黎在三位作家作品中的不同呈现再一次证实了我们的观点。三类不同的连接方式显现出来，赋予文本以生动的角色。文本对于场所再现的影响逐渐增强。有时候，文本会走在场所之前：卡尔维诺和埃科一样，在读过那些塑造其内心景致的小说后，他们都造访了巴黎，体验了巴黎。对于他们而言，巴黎的再现，是其自身多感官直接认知与占据其私人百科全书的文本间性共同交织而成。卡尔维诺和埃科的巴黎，如同俄罗斯套娃般层层叠套，其中还有巴尔扎克的巴黎，仲马父子的巴黎，郁特里洛的巴黎。地理批评能够帮助重构这一通向空间再现的文本间路径。将场所视为文本，而非在一个既定空间内看到文本，如是，这一批评路径的影响将更大。当然，只能进行局部的尝试，不过，这样的尝试是多样反复的，首先由佩雷克发端，作家在其全景敞视的《穷尽巴黎某处的意图》中，将巴黎两日的日常生活倾注在六十页的文本中。文本与指涉对象关系的最高程度则体现在两者之间的真正互动之中。有时候，文本会对场所产生作用。巴黎国立高等美术学校的大学生通过其可爱而又天真的举动去论证这一逻辑：倘若无法通过书本来构建一座现实之城，或许，我们可以间接通过一部卓越之书来作用于城市的再现。真实与虚构之间的边界比结构主义让我们相信的那样更容易穿透。虚构或可促进真实的构建。

从石头到纸张。文本是否先于场所？

在那个家喻户晓的童话中，白雪公主的继母问魔镜她是否是王国里最美丽的女人，直至某天，魔镜的回答让她大失所望。在现实生活中，美貌并非继父和继母所关心的唯一问题，白雪公主通常也没有格林兄弟童话中的人物那样纯洁。人们想知道自身是否是最文明的族群；人们想知道自己是否是王国最早的主人。最初所有权是跟长子身份权联系在一起的。很多王国和地区都摆脱不了这一危险的传统：谁是长子，是他还是我？谁是长女，是她还是我？然而，答案亘古不变：是我。自人类历史发端，最早占有领土并对其进行界定就构成了一个永恒的追问。在《奥德修斯的记忆》（*Mémoire d'Ulysse*）中，弗朗索瓦·阿尔托格记录下古希腊人为了与埃及和亚洲民族划清界线所付出的努力——其努力的目的在于超越周边族群的历史，这也就意味着，文化时间上的落后被视为一种身份威胁。不久之后，罗马对希腊做出同样的举动，试图让古希腊本土精神的杰出代表奥德修斯成为其自身民族的神话英雄。这一现象具有普遍性：那些富有文化声望的人物，会给新主人带来威胁，该如何将其招至麾下呢？20世纪末，我们可在亚德里亚地区重新感受到这一意愿。阿尔巴尼亚和塞尔维亚两国争抢一个难以界定的荣誉，即，究竟历史上哪一方首先占据了巴尔干半岛的最顶端。阿尔巴尼亚人

将伊利里亚特塔女王顽强反抗罗马人的丰功伟绩写入了本民族
的武功歌。塞尔维亚人在创世记神话中加入了本民族的众多英
雄。两方争相表达自身与希腊史诗的直系亲缘关系，因为紧密
追随具有上古传统的文化，胜于承认自己远逊于它的事实。伊
斯梅尔·卡达莱的作品①也反映出这一古老的愿望：一条牢固
的线索引领奥德修斯和埃斯库罗斯来到现代阿尔巴尼亚（这损
害了后来才寻求这一荣誉的邻国塞尔维亚的利益）。

　　文学可以为这样一份事业做出贡献，因为它可以滋养这一
对于身份的渴求，并承袭了昔日神话所负载的使命。我们已看
到古希腊时期奥德修斯和伊阿宋所扮演的角色。他们打开了通
往东方（伊阿宋和他的阿尔戈英雄）和西方（奥德修斯和其同伴）
的道路。他们同样也开拓了通往高加索山脉黄金矿层和未来意
大利南部，即大希腊地区（*Magna Crecia*）②粮仓的殖民之路。
长久以来，比起地理学，文学更具优势。继克里斯托弗·哥伦布
的航海壮举之后，大航海时期越洋旅行日益频繁，在该时期，书
籍尽显其重要性。根据贝蒂诺·佩雷戈恩的观点，与其说"探险
者们发现了地理新事物，不如说是重新发现了他们和我们在过

---

　　①　文中指涉卡达莱于 1985 年发表的散文集《埃斯库罗斯，伟大的失败
者》。——译者注

　　②　原文为意大利文，大希腊指公元前 8 世纪至公元前 6 世纪，古希腊人在
安纳托利亚、北非以及意大利半岛南部建立的一系列殖民城邦的总称。——译
者注

去都已经知道的国家和地貌,它们有可能被距离扰乱,或者被集体记忆的迷雾所掩盖"①。传奇中的安提利亚群岛,最早可能是由古迦太基人根据柏拉图相关论述所虚构,该群岛的名称则成为安的列斯群岛②名称的词源,于是,沉入海底的亚特兰蒂斯突然又浮出了水面。在这一关键时期,整个美洲均出自欧洲人的想象。美洲从字面上——抑或是从文学上——是欧洲人的发明。卡洛斯·富恩特斯不仅是小说家,也是一名优秀的散文家,他曾写道,"哥伦布认为他发现了一个旧世界:是契丹国和黄金之国,即中华帝国和日本。亚美利哥·韦斯普奇则是第一个指出这是一个新世界的欧洲人:因此,以他的名字来命名这块土地是合情合理的"③。在这样一个漂浮的世界里,特别是针对某些岛屿,乌托邦式的想象具有特殊的地位。"发明美洲是乌托邦式的创作:欧洲渴望一个乌托邦,于是为其命名,并找到它,最后,

---

① Benito Pelegrín, *Figurations de l'infini. L'âge baroque européen*, *op. cit.*, p. 60.

② 自 1357 年起,安提利亚群岛出现在地图制图员的笔下,1468 年,在保罗·托斯卡内利的世界全图上,该群岛的位置即是现今安的列斯群岛所在地(在同一张地图上,马可·波罗及其后来者笔下的日本——黄金之国同样位于大西洋)。哥伦布的快帆船上使用的就是托斯卡内利的地图。在 1499 年,亚美利哥·韦斯普奇将哥伦布发现的岛屿命名为安提格里亚岛,即海地岛。

③ Carlos Fuentes, «Espace et temps du Nouveau Monde», in *Le Sourire d'Érasme. Épopée, utopie et mythe dans la littérature hispano-américaine* [1990], traduit de l'espagnol par Ève-Maire et Claude Fell, Paris, Gallimard, 1992, p. 69.

将其摧毁"①，富恩特斯补充说道。1510年，加西亚·罗德里格斯·德·蒙塔尔沃（Garcí Rodríguez de Montalvo）在塞维利亚写下《艾斯普兰迪安历险记》（Les Exploits d'Esplandián）。这本书在当时流行一时，是《高卢的阿玛迪斯》（Amadis de Gaule）的续篇，但现如今已被人忘却。这本书与我们的主题有何关联？书中提到了某座名为加利福尼亚的岛屿，岛屿由黑亚马逊女王卡丽法所统治，并紧邻陆地天堂。西班牙征服者们在横渡大西洋的时候或许读过这本书，在为亚马逊平原和加利福尼亚命名之时想起了它。埃尔南·科尔特斯（Hernán Córtez）很快就明白，加利福尼亚不是一座岛屿，而是一个半岛，然而，继科尔特斯1534和1535年两次探险之后，在很长时间里，许多人依旧认为加利福尼亚是一座岛屿。赫尔曼·莫尔（Herman Moll）在其著名的世界地图（1719年）上绘制出了北美大陆，在这张图上，加利福尼亚依旧与大陆相隔（直至18世纪末，某些绘图家还依旧延续这一错误）。书面文字长存②：加利福尼亚在文字中被描述成一座岛屿，现实受到挑战，事实让步于神话传说！当人类在各

---

①　Carlos Fuentes, «Espace et temps du Nouveau Monde», in Le Sourire d'Érasme. Épopée, utopie et mythe dans la littérature hispano-américaine [1990], traduit de l'espagnol par Ève-Maire et Claude Fell, Paris, Gallimard, 1992, p. 68.

②　原文为拉丁文 Scripta manent，源自拉丁文谚语"Verba volant, scripta manent"，意为"口头语言飞走，书面文字长存"。——译者注

大洋探险之际,还有一些人正在仰望星空,探索太阳和地球在银河里的位置,他们的认知与某一文本发生了分歧,这一文本就是《圣经》,要比加西亚·罗德里格斯·德·蒙塔尔沃的小说重要得多。乔尔丹诺·布鲁诺最终遭受火刑,伽利略和哥白尼受到不公正的审判。创造了乌托邦,将人类境遇投射到已知之外的人们同样也遭受危险。托马斯·莫尔被亨利八世的刽子手斩首。与《艾斯普兰迪安历险记》有着类似的经历,雅科波·桑那扎罗(Jacopo Sannazzaro)笔下的《阿尔卡迪亚》(*Arcadia*,1504)因佛罗伦萨探险家韦扎拉诺①(Verrazzano)的努力,成为阿卡迪亚省名的来源(命名过程中,字母 r 被搞丢了),韦扎拉诺的名字今日仍被记得,因为纽约的一座大桥就以他的名字来命名。佩雷戈恩如是评价:"对于文艺复兴时代的人而言,是文学和虚构见证了真实,使真实流传,并树立令人难以置信的真实。"②"美洲"第一批殖民地行政长官比西班牙征服者有更多的时间,也有更多的文化。根据富恩特斯所说,"莫尔的《乌托邦》是米却肯主

---

①　事实上,韦拉扎诺命名的"阿卡迪亚"地区对应着今天的特拉华州、马里兰州以及弗吉尼亚州一带。由尚普兰和其他登陆者命名的"阿卡迪亚"地区才是今天为我们所熟知的加拿大阿卡迪亚省。在希腊人眼中,阿卡迪亚(古希腊的山地牧区)没有一丝宁静淳朴。正如弗朗索瓦·阿尔托格所言,阿卡迪亚是古雅典人和其他古希腊人眼中的古老之地,是喜食橡树果的人生活的地方,还是狼人国王莱卡翁的辖地,他沉迷于儿童献祭。直到维吉尔,才展现出一个世外桃源般的阿卡迪亚。

②　Benito Pelegrín, *Figurations de l'infini*, *op. cit.*, p. 115.

教、瓦斯科·德·基罗加的案头书,1535 年,基罗加以其为模型,在米却肯建立圣塔菲社区,以创建自己的乌托邦之城。这本书也是首位墨西哥大主教、苏马拉加的读物"①。文学可以为延展的空间命名,并根据理想的乌托邦来为其塑形。

　　与古代英雄所生活的时代相比,文学现如今所扮演的角色不再如此神奇,但,文学依旧可能走在现实之前。卡尔维诺一想到要再现如巴黎这样一座被穷尽描写和言说的城市,便心生畏惧,很多作家均有类似的体验。有些作家或许跟卡尔维诺一样,为此备受折磨;还有一些作家则接受现实,并物尽其用,米歇尔·布托尔就是一个典型,这位伟大的旅行家坦言道:"当我在一个国家旅行之时,我会阅读相关的书籍,但,这主要是为了帮助我来理解这个国家本身。"②主宰文本饱和度的逻辑已不再相同,甚至与主宰文艺复兴时期智识命运的逻辑完全相悖。正如我们所见,空间的"过于充实"接替了"仍然空白"。文本不再先于原始大地和海洋而出现:文本先于另一个文本而出现,而那个文本又走在其他文本的前列,如此构成了一个无尽的循环,其中纸张层层相叠,呈现出地质及考古层样的均匀分布。地图的空白和页边空白以同样的速度被填满。更甚或是:随着地图上空

---

① Carlos Fuentes, *Le Sourire d'Érasme*, *op. cit.*, p. 67.

② Micher Butor, *Frontière. Entretiens avec Christian Jacomino*, Saint-Maximin, Le Temps Parallèle, 1985, p. 42.

白的消失，书页上的空白也失去了其单纯。马拉美无法读尽所有的书；他的身体不适，仅此而已。[①] 即便他写下了《海风》，还有他人创作了其他的诗篇，众多的诗篇，一页又一页，不胜罗列！该增生现象达到最高峰的时候，文本有时会构筑人类的空间。米歇尔·布托尔在《索引集 V》(*Répertoire V*, 1982)中阐发了一个大胆而迷人的假设："考古研究告诉我们，在全球各处，最早一批大城市的出现与书写的发明是同步的，这里书写指的是狭义书写，无论其形式为何。由此，并非因为很多人聚集于一个地方，文本就得以汇聚于此，而恰恰相反。是因为文本汇集于一处，由此，人们才在这个地方扎下根基，以为文本服务。"[②] 克劳迪奥·马格利斯很快就意识到，他的故乡的里雅斯特是一座纸上之城，因为"与其说斯维沃、萨巴、斯拉泰伯是生于斯成于斯的作家，不如说他们是创造并造就了这座城市的作家，赋予这座可能不会以此种形式存在的城市一副不同于自身的面孔"[③]。19世纪的的里雅斯特实际曾是一片空白空间，后来逐渐成为被极

[①] 马拉美曾在诗作《海风》的开篇写下"肉躯之悲，哎！书已读尽"，来表达诗人寻求解脱的愿望。而现如今文本空间愈发复杂、多样，因此人们已无法在有生之年读完所有的书籍。所谓"肉躯之悲"正是生命的局限。——译者注

[②] Micher Butor, *Répertoire V*, Paris, Minuit, 1982, p. 36.

[③] Angelo Ara, Claudio Magris, *Trieste. Un' identità di frontiera* [1982], Torino, Einaudi, 1987, p. 16.

度书写的空间，以至于用马格利斯的话说它就是"文学的平方"①。文本不再诞生于城市，而是产生于另一部曾以该城市为对象的文本。于是文学批评开始刨根问底！完全可以证明的是：文学的平方胜过环绕它的空间的乘方（力量），并将这个空间塑造成一个二次方的文学空间。为了使这个奇怪的算数原理得以被接受，就得承认：指定的空间已经事先经历了奇特的文学换位，因为一旦空间和文学融合在一起，就出现了一种自由的数学（在数学中奇怪的事情在文学中是可信的，因为文学是一种尽可能非欧几里得化的科学）。的里雅斯特的情况正是如此，它的代表性，或许也是其精髓之所在，均体现在斯维沃的作品中。陀思妥耶夫斯基的圣彼得堡、乔伊斯的都柏林、卡夫卡的布拉格、鲍尔斯的丹吉尔乃至佩索阿的里斯本都是这种情况。② 在这里，人文空间和文学变得不可分割，想象与真实亦是如此。指涉未必就是你所认为的那个。简而言之，作家成为他笔下城市的作者。陀思妥耶夫斯基和卡夫卡是现代宇宙起源论的英雄；乔伊斯、斯维沃和佩索阿被赋予至高的权利：在笔下的城市里，他们对其奉行作家的职能。此外，在文学上，一座城市并不是必须只有一个父亲或一个母亲。巨大空间转盘里的文学谱系纠缠于模

----

① Angelo Ara，Claudio Magris，*Trieste. Un' identità di frontiera* [1982]，Torino，Einaudi，1987，p.190.

② 其他例子可以参考 *L'Écrivain auteur de sa ville*，Juliette Vion-Dury（éd），Limoges，Presses Universitaires de Limoges，2002.

糊之中，淹没在让城市跃然纸上的作家群体里。伦敦或纽约、罗马或威尼斯、巴黎抑或其他城市，它们也都被书籍过滤了。某个冬日，《晚邮报》记者詹弗兰科·迪奥瓜尔迪在前往里斯本的飞机上读了《惶然录》(*Le Livre de l'intranquillité*)。当到达塔霍河岸时，他在阅读力量的激发下认为"城市就如同一本在阅读前便可翻阅的书"[①]。《惶然录》的作者是佩索阿。奥德修斯，这个狡猾之人，根据神话（这则神话已被地理学家索林证实）建造了里斯本（乌利西波纳）；佩索阿的名字在葡萄牙语中是人的意思，他书写了里斯本。记者未做过多停留，只是跟随故事主线和诗句的旋律来阅读这座城市。身为读者的漫步者怀有强烈的欢愉感。另一位意大利记者斯特凡诺·马拉泰斯塔在安东尼奥·塔布齐的陪伴下沿着自由大道散步，这条主干道贯穿葡萄牙首府的中心。他注意到，"在其中一面白塑料墙上，有一个新画上去的黑色图形，应该是有人用图章或橡胶印章盖上去的人物剪影"[②]。塔布齐很快解开了这个谜：那是佩索阿的剪影。探索永远不会中断。趁着某日在里斯本的机会，我在大道上闲逛，漫不

---

① Gianfranco Dioguardi, «Lisbona fugge dalle acque», in *Il Corriere della Sera*, 24 janvier 1992.

② Stefano Malatesta, «Lisbona : Benvenuta con i sogni di Pessoa», in *Panorama Mese*, novembre 1985. 有关意大利和里斯本的轶事收录于 «Lisbonne. L'endroit où régnait L'envers», in Bertrand Westphal, *L' Œil de la Méditerranée*, *op. cit.*, p. 337-359.

经心地寻找着同样的剪影，当然，我没有看到。佩索阿保留了被抹除的权利。然而，我最终还是发现了他的踪迹，最粗心的游客都可能在巴西咖啡馆的露台发现作家的青铜像。这种特殊的存在与佩索阿的谨慎相抵触，因为它扭曲了阅读，使读者偏离了在其脑海中已成型的城市。可能这样更好，因为如果作家是城市的作者，他绝不会是暴君。波德莱尔和格拉克已经注意到：城市的形式比凡人之心变化得更快。但是城市的形式在凡人心中和头脑中变化得一样快。正是这一点使得文学进程得以发展。

此外，城市形象不再仅存于凡人心中的情况也时有发生。如果文本有时或总是先于人类空间，就会时常出现前者比后者存在的时间更长的情况。我们很容易列举出一些文学案例，涉及被从地图上抹去场所的描述。毕竟，西方最古老的故事《伊利亚特》见证了一座消失之城的存在。对沉没城邦的纪念在文学、绘画以及历史较短的电影中比比皆是。在 2001 年 9 月 11 日前，谁不会对美国电影中纽约双子塔投下阴影的场面而感到激动？特别值得一提的，还有那些突然改变外形的房子、街道和城市，以自传性文字记录它们的人就是见证人。关于这一点的例子也同样很丰富。其中有佩雷克的《W 或童年的记忆》(*W ou le Souvenir d'enfance*, 1975)，叙事者怀着一丝感伤讲述了巴黎维林街 24 号的房子是如何连同四分之三的街道一起被毁的。还有格雷戈尔·冯·雷佐利的《昔日之雪》(*Neiges d'antan*, 1989)。布科维纳（曾经是哈布斯堡帝国的一个省）大作家雷佐利在20世纪30年代离开首都切尔诺夫策,穿越奥地利和德国,自1960年起定居托斯卡纳。20世纪80年代,雷佐利决定完成推迟了近半个世纪的切尔诺夫策之行。此间,切尔诺夫策在从属奥匈帝国和罗马尼亚之后曾一度成为苏联的一部分。不久后,它被并入乌克兰。切尔诺夫策、塞尔诺蒂、切尔诺波尔、切尔诺夫奇。几十年来,雷佐利精心设计了对场所的再现,却面临着"当下的丑陋现实"①。作家迷失在构建场所复杂再现的不同时空分层之中。他最终意识到:"就这样吧!我的切尔诺波尔——切尔诺夫策现实中的真实形象,存在于不可思议的王国和虚幻想象的传说国度。而我在切尔诺夫奇遭遇的现实甚至有摧毁这一切的危险。"②现实在哪里?对于雷佐利和所有人来说,这个恼人的问题一直在回响着,无论是从文本到场所,还是从场所到文本。它会出现在乔伊斯《尤利西斯》的都柏林中吗?这与埃科《悠游小说林》中的一部分观点相吻合,他回忆自己造访过被认为位于埃克尔斯街的利奥波德·布鲁姆的故居。在伦敦,其他人前往贝克街221号寻找夏洛克·福尔摩斯的住处。埃科认为,这显然是文学的狂热或令人愉快的消遣行为。但无论如何,这种前往空间某处(如佩雷克或雷佐利)或只存在于文本中某个

① Gregor von Rezzori, *Neiges d'antan* [1989], traduit de l'allemend par Jean-François Boutout, Paris, Salvy, 1993, p. 379.

② 同上,第378页。

地方（如柯南·道尔或乔伊斯）的朝圣之举再次表明：作家是城市的作者，是场所的造物主。互文性对于对人类空间的感知具有举足轻重的作用。

场所的可读性

文本先于场所，因此似乎有时会预见它的发现。安的列斯群岛进入欧洲历史的方式表明远古或中世纪时期的想象能够随时闯入客观现实。具体来说，想象看起来像被淹没的冰山一角，真实只是冰山可见的峰尖（这种情形出现在加勒比海）。也许自大发现时代伊始，真实与想象之间就始终没有持续的断裂。相反，文本有时会让某个场所在记忆中、在它所承载的见证中永存流传。我们现在游览的乌克兰切尔诺夫奇中仍然有着雷佐利的切尔诺夫策，它位于某条街上的一座已然消失的房子中，那是雷佐利的故居。某些情况下，从文本到场所的关系是预设的；另一些情况下，这种关系是可复原的，且布满时空分层，因此地理批评对此不能视而不见。有时，文本和场所会相互交叠到最终合二为一的程度。场所就是文本，文本也是场所。阅读场所就是感知文本，感知在场所中需要读懂的东西，这是书页与石头或土地之间的多重交叠：任何组合都是可以实现的。场所与文本之间的关联是紧密的；尤其体现在城市与小说的关系上。"城市是

一部小说"，让·鲁多如是写道。"小说是一座想象之城。"①像
他一样，很多作家都这么认为。东京似乎就是汇聚了真实与想
象所有维度的地方之一。在《索引集Ⅴ》中，米歇尔·布托尔用
"如文本的城市"一章来描述日本的大都市。和卡尔维诺一样，
布托尔意识到人类空间从不是文本的空白之地："如果我来到一
个国外的城市，比如东京，文本会伴随、迎接并追随我。"②此发
现使布托尔提出了一个在某种程度上略显大胆的地理批评方
案："这样就可以为每种文化制作一个城市风采示意图"③——
适用于城市空间的方案可以被延伸至整个人类空间。早在十二
年前，东京便启发罗兰·巴特发表了类似评论，被写入《符号帝
国》（*L'Empire des signes*，1970）。迷醉于使其震撼的日本景
象，巴特进入文本与城市交叠的混合地带，在那里城市又一次成
为文本，而文本反过来变为城市："城市是一种表意符号：大写的
文本（Texte）继续。"④大写的文本似乎位于真实的多重维度的
交叉点上。试图了解物质环境在此处成为一项复杂的阅读练
习，巴特对此欣然接受并听之任之："我在那个国家是读者而非

---

①　Jean Roudaut, *Les Villes imaginaires dans la littérature française*, *op. cit.*, p. 168.

②　Micher Butor, *Répertoire Ⅴ*, *op. cit.*, p. 33.

③　同上，第34页。

④　Roland Barthes, *L'Empire des signes*, Paris, Flammarion, coll. «Champs», 1970, p. 44.

游客。"①巴特体验到了若干年后皮埃尔·桑索特在其《城市的诗学》中所说的"城市的可读性"②。在某种意义上，巴特已经在其作品中开启了 20 世纪 70 年代文学理论的重要领域之一：城市阅读。因其陌生的特质、令人困惑的节奏以及无法识别的美丽而神秘的图形符号，东京让西方人为之震撼。但这不仅限于东京的例子。并非令人感知到不同的空间才是阅读的对象。对城市和空间可读性的追求不以某种自相矛盾和后现代的异国情调的新形式为标志，这种新形式致力于不可读的东西。作为法国人，我们阅读巴黎就像阅读东京或任何产生文本的场所一样。"你闭上眼睛，文字的黑色将会使城市的灯光出现"③：彼得·汉德克的小说《痛苦的中国人》(1983)在这段魔咒般的文字中开场。文字的黑色照亮了人类空间。文字盘绕在这些空间中。正如鲁多所建议的那样，要"把城市视为文本，从某种明确的意义上说，这里存在着数千条被埋葬和喃喃不休的话语"④。

　　然而，可读性并不仅是由虚构模仿艺术（作家、电影工作者、

① Roland Barthes，*L'Empire des signes*，Paris，Flammarion，coll. «Champs»，1970，p. 105.

② Pierre Sansot，*La Poétique de la ville*，Paris，Klincksieck，p. 67.

③ Peter Handke，*Le Chinois de la douleur* [1983]，traduit de l'allemand par Georges-Arthur Goldschmidt，Paris，Gallimard，1986，p. 9.

④ Jean Roudaut，*Les Villes imaginaires dans la littérature française*，*op. cit.*，p. 10.

文本翻译者等)倡导者赋予场所的专属特性。令人震惊的是,从文本到场所的衔接成为空间研究跨学科领域中不断扩展的一部分。一旦我们开始将某些物质空间作为模拟空间来理解时,这种关联便越发紧密。世界的去现实化与基于客观基础上的真实感知并不兼容。因此,真实的模态接近于虚构体制模态和其特有的阅读类型模态。我们看到,城市规划者和建筑师们利用狄更斯(如凯文·林奇)、佐拉、普拉托利尼和巴斯克斯·蒙塔尔万(如弗拉维亚·夏沃)的作品来阐释伦敦、巴黎、佛罗伦萨和巴塞罗那的城市空间。许多地理学家也这样做。阅读虚构文本被认为可以丰富有关真实空间再现的研究。一种传统正在形成。在此期间,一个崭新的阶段似乎被跨越,特别是在欧美的文化地理学领域。书籍和书籍承载的话语不再用来加强对城市的研究,相反,城市流淌在赋予场所物质性的话语中,话语支撑着场所,造就了场所。在《第三空间:去往洛杉矶和其他真实与想象地方的旅程》中,爱德华·索亚便以洛杉矶,特别是橘郡的改造计划为例投身此项研究。索亚认为,去现实化道路的第一步在于淡化城市的界限,抹除中心和外围的差异。在地理学和城市规划学中,此种趋势导致了近些年术语的激增,包括外围城市、边缘城市、城市高新区、城郊高新区、硅景观、后郊区乃至特大都会,有多少"陈旧郊区向城市迁移"[①],就有多少辞藻维系着边缘地

---

① 　Edward Soja, *Thirdspace*, *op. cit.*, p. 238.

区城市性的后现代（后人类?）诗学。于索亚而言，他先创造了
"外缘都市"这个术语，然后指出"它不仅涉及外边的城市，即在
外部运行的城市，还涉及与过去的城市已不再有什么关系的前
城市"①。这种外极性是在城市向弹性都市（*Flex-city*）、国际都
市（*Cosmopolis*）、两极分化的城市（*Polaricity*）、监禁城市（*Car-
ceral city*）以及拟像城市（*Simcity*）转变的背景下产生的。索亚
认为，这六个词源（包括外极性在内）对应于后现代大都市或特
大城市的组成话语，其中洛杉矶就是典型的案例。对传统城市
空间或场所观念的解构导致所谓"真实"与话语性之间形成一种
非常成问题的关系。解构认可了某些空间的拟像地位，让·波
德里亚曾试图证明"真实"在这些空间中被去现实感的"超真实"
所取代。波德里亚还认为，地图先于领土，再现代替了指涉，后
者最终仅存在于话语之中——可能只是一种符号性的话语；还
记得佛朗哥·法里内利对都市圈概念的阐释是那么引人注
目……因为他的阐释属于纯粹的景观范畴并与一切客观现实相
隔绝。这种情形会导致一系列后果，但我不欲在此进行赘述。
我仅指出一点，它的影响往往以负面的形式被感知，因为人们推
断，正是在"超真实性"的不确定框架内才产生了体现 20 世纪最
后几十年特点的主体危机。在同样位于洛杉矶的博纳旺蒂尔酒
店住了一段时间后，弗雷德里克·詹姆逊提到了个体的精神分

---

① Edward Soja，*Thirdspace*，*op. cit.*，p. 238-239.

裂症,病人每天都感觉到精神的地图和真实的或超真实的地图不再重合。这种错位使他在既定熟知空间中的位置复杂化[1],此空间被剥夺了密度,变得极其反人性。塞莱斯特·奥拉尔吉亚加在《都市圈:当代文化的敏感性》[2](1992)中揭露出一种地方性的城市精神衰弱症,其症状表现在自我与环境的分裂。根据奥拉尔吉亚加的分析,索亚注意到"在(奥拉尔吉亚加)所谓的'诗意的凝聚'中,身体变得像城市一样。历史被地理取代,故事被地图取代,记忆被场景取代,那里的一切都与'电脑屏幕和控制屏幕的'地形学有关"[3]。后现代城市空间由此彻底颠覆了支配空间和时间关系的等级制度。如今,时空整体似乎被空间成分主导,时间性本身溶解于历时性密度降低的背景中。

　　但是我们清楚,后现代是一种体制,就像费加罗在他所属的时代一样,人们急于嘲笑一切以免被迫痛惜一切。超级写实主义几乎总是令人愉快的,尽管它见证了场所的毁坏。用詹姆逊的话说,它是"歇斯底里式崇高"的王国,拟像既是其重要的一面,也是被低估的一面。正是在这一背景下,城市才变得可读,因为它融入了文本和想象所引发的话语中,或融入由地图产生

---

①　参见 Fredric Jameson,«Postmodernism, or the Cultural Logic of Late Capitalism», in *New Left Review*, n°. 146, 1984, p. 53-92.

②　参见 Celeste Olalquiaga, *Megalopolis. Contemporary Cultural Sensibilities*, Minneapolis, University of Minnesota Press, 1992.

③　Edward Soja, *Thirdspace*, *op. cit.*, p. 242.

的文本/图像的布局中。如今,场所出现在向真实与想象开放的
被缩减的间隔里——如果相信索亚的话,这个间隔将注定由"真
实-与-想象"维度的出现来填补,该维度诞生于解读世界的两种
方式的融合,即传统总是试图区分的真实与想象。此种新的思
维布局对后现代制图学起到部分引领作用,它本身既不是地理
学家的事,也不是其他专业制图学家的事;其目的是为了减轻对
世界的过于静态的盘点而导致的痛苦。米歇尔·塞尔如是嘱咐
他的读者:"那么,让我们来绘制地图,真实的和想象的,单一的
和双重的,理想的和虚假的,虚拟的和乌托邦的,理性的,分析
的,一个阿尔卑斯山向喜马拉雅山移动的世界的地图,以便使它
们的形态相互呼应,让此处的呼唤与另一边被排斥之人的呻吟
相映衬。"①尽管喜马拉雅山与阿尔卑斯山在官方地图集中被遥
远的距离分开,但在一个二者连通的世界里,地图滑入了多样阅
读的领域,人们习惯将其与虚构的世界联系在一起。地图表现
了一个包含真实与想象在内的可能世界。它非但没有凝结不
动,反而与暂时的事物纠缠不清。塞尔以其特有的风格再次指
出,"场所和道路的地图被雕刻和书写在黏土或大理石上,清晰
可见;黏土和大理石的表面会在液体的作用下和土壤黏度变化
的情况下被磨损或铅洗,地图便会消失或者在肆意的风蚀下不
可得见。如何能在过于坚实的地图册页面上去捕捉这些美丽的

---

① Michel Serres, *Atlas*, *op. cit.*, p. 263.

黏土地图"①。也许没有必要捕捉甚至是获取世界的再现。可能一次快速的阅读就足够了。这就是索马里伟大的小说家努鲁丁·法拉赫(Nuruddin Farah)尽力在《地图》(*Maps*, 1986)中付诸实践的内容,而该书法译者将书名译为《领土》(*Territoires*)。欧加登是埃塞俄比亚和索马里长期争议的地区,一直渴求独立,年轻的阿斯卡尔在这儿长大,他沉迷于地图,并用它们来装饰房间。走出青春期的阿斯卡尔如今居住在摩加迪沙,他引起收养他的叔叔希拉勒的好奇心:"告诉我,阿斯卡尔,你在你画的地图里发现真理了吗?"②年轻人吃了一惊。进而,叔叔明确了其发问的用意:"你是从灵魂中获得你绘制的地图所创造的真理吗?或者对你来说,日常的真理是否同你描绘的真理及别人画的地图相符?"③阿斯卡尔思考片刻,回答道:"我希望像所有做梦的人所想的那样,梦到的梦与现实中的梦想一致,也就是说,与通过想象创造的真理一致。我的地图什么都没创造。它们复制了既定的现实,勾勒出做梦人走过的路,鉴别出一个概念性的真理。"④矛盾的是,这个概念性的真理是梦的真理。这个例子确实对现实与梦想、所谓"客观"真实与想象之间的总体关系产

---

① Michel Serres, *Atlas*, *op. cit.*, p. 275.

② Nuruddin Farah, *Territoires* [1986], traduit de l'anglais par Jacqueline Bardolph, Paris, Le Serpent à Plume, 1994, p. 385.

③ 同上,第 386 页。

④ 同上。

生影响，但是从后殖民主义的角度看，它说明了非洲的情况，特别是欧加登的状况——它们是根据殖民者的幻想构建出来的，它们的再现取决于彼此对立的观点："存在着一种地图的真理。作为索马里土地的欧加登是真理。对埃塞俄比亚的绘图者来说，作为索马里土地的欧加登是一种反真理。"①在非洲，喜马拉雅山和阿尔卑斯山的连通还有待实现。

如果地图构成真实与想象、现实素与或多或少忠实（但根据什么标准算忠实？）再现之间的转变方式，城市、每个场所就会步入一切皆可以被阅读的环境。例子比比皆是，如詹姆逊和索亚所描述的去现实化的洛杉矶，或者使巴特和布托尔被其可读性触动的东京。多种分离策略成为后现代外极性空间的基础，这种后现代外极性在外围地带得到有力的强化。城市被里里外外翻了个底朝天。在失去中心、目睹了自身的模糊过程和其本质的边缘化后，城市开始展现出与当今的文本的相似性，解构正在窥伺的相似性……诚然，正如弗朗索瓦·达戈涅所指出的："城市与空间做斗争，与空间所蒙受的分散做斗争，这就是为什么城市聚集的空间比其封闭和组织的空间要少得多。更准确地说，城市就像一本巨大的书，不停地向人们呈现它的自我总结；它不

---

① Nuruddin Farah, *Territoires* [1986], traduit de l'anglais par Jacqueline Bardolph, Paris, Le Serpent à Plume, 1994, p. 389.

断倍增，并重新定位中心，以抹去那些被简单遗忘的不幸。"①但是它不满足于无限延长的自我总结。如果这样做，它就重申了被迫缄默的特殊身份。如果城市是一本巨大的书，那么它将会是一部开放的作品，就像博尔赫斯的《阿莱夫》一样，为包含所有空间的空间梦想提供素材，"在这个场所中存在着世界上所有的场所，它们不会混乱不堪，并可以从任何一个角度来审视它们"②。这本巨大的书永远也读不完，同样，包含着所有空间的空间是被找寻的对象，找寻的终点甚至是无法想象的。

文本阅读、空间阅读和新现实主义：从隐喻到研究假设

空间对应着一种结构，因为它是网状的、一直延伸到最小的褶皱。在后现代体系中，(德勒兹的)平滑空间呼唤一种或怀旧或有魔力的诉求，因为条纹几乎无处不在。很难在过于充实的世界感知平滑。现如今，人们决意恳求回归平滑，满足于对平滑的殷切期盼。不过，空间不仅仅是一种结构。用亨利·列斐伏尔的话说，空间是建筑结构和建筑。③ 在列斐伏尔看来，它是非

① François Dagognet, *Le Nombre et le lieu*, *op. cit.*, p. 64.

② Jorge Luis Borges, *L'Aleph* [1962], traduit de l'espagnol (Argentine) par Roger Caillois et René L.-F. Durand, Paris, Gallimard, coll. «L'imaginaire», 1977 (1967), p. 201.

③ Henri Lefebvre, *La Production de l'espace*, *op. cit.*, p. 102.

物质的聚合体，支配着社会的流动。在我看来，关注文本和场所之间不确定但持续的摇摆，建筑结构/建筑这对组合会具有不同的意义。卡尔维诺写下了创造他的巴黎，布托尔写下了创造他的东京，博尔赫斯写下了创造他的布宜诺斯艾利斯，有无数个相似的例子。而后，建筑结构和建筑的组合让位于第三方：互文关系。人类空间呈现了一种互文的维度。叙事的脉络与街道或道路的轨迹相重叠。像故事的脉络一样，一种或另一种轨迹都是人为的产物。想象的、真实的、真实与想象的，它们依次出现，甚或是同时出现，经受自身矛盾但效果相当的力量的影响，这些力量倾向于使三者接近的同时又将它们拆解。现在，叙事已从传统留给它的线性发展中解脱出来；空间对将中心和边缘根本对立的传统辩证法产生抗拒。叙事在自我探索，空间亦如此。空间复杂化、多样化，叙事也一样。人类空间和叙事趋于遵循共同的逻辑，即使不完全一样，也是类似的。根据连通器原理，空间的去现实化再一次导致它的虚拟化。广义的虚拟化（鲍德里亚所说的拟像）必然会将文学和其他模仿艺术形式带入创新的秩序，后者假设了一种新的现实主义研究方法。这一新的现实主义表现为对弱化现实的指涉，这种弱化的现实几乎难以同虚构区分——虚拟化现实的最显著范式体现在主题公园、美国城镇的购物中心乃至电视屏幕上出现的万花筒般的景象。后现代的现实主义致力于再现一个以加速解域为特点的世界，一个明显"越界"的世界。此种现实主义和巴尔扎克或左拉的现实主义已不再有任何关系，因为客观现实已经学会与蓝色的橙子相妥协，让步于独一性的倍减，让步于任何与可立即感知的指涉具有欺骗性的表象保持距离的事物。客观性的感知学会融入主观性甚至是明显的虚构性。在这种灵活的环境中，模仿艺术更加积极地直接参与到对现实的阐释中，一种如此接近虚构世界的现实。毕竟，古希腊人并没有界定文学的专属词汇，文学在教育（*paideia*）和缪斯保护的文化（*mousikè*）之间犹豫不决。可能导致分裂的词汇界定在希腊没有任何意义，因为，正如卡洛斯·加西亚·瓜尔所说，"希腊文学与其神话相结合，神话产生于文学，以一种在我们现实世界中找不到任何类似物的方式产生"[1]。没有任何类似物？确实如此！继古希腊人的开创性叙事和"文学"概念的发明后，还有什么算得上是鸿沟呢？它不断扩张，以至用不可逆转的方式将真实与虚构分开。至少还有一条沟渠……但它绝非是我们可以一步轻松跨越的沟渠吧？

只要我们坚持这一前提，就有理由将属于文学和电影等的既定研究方式应用在空间上吗？我们能够进行一种对城市的阅读吗？如果写作塑造空间，那么空间是可以被阅读的，因为任何书写最终都是可读的。玛丽-克莱尔·罗芭-乌伊鲁米尔在谈及巴尔扎克的巴黎时曾指出："城市是由文本编织而成的，它书写

[1]　Carlos García Gual, *Mitos*, *viages*, *héroes*［1996］, Madrid, Suma de letras, 2001, p. 30.

并规定了加密的轨迹，需要破译这些轨迹才能达到最终目的。"①文本在空间里，空间也在文本中。互动的原则是隐蔽的。米歇尔·布托尔在《索引集 V》中谈及过文本与空间的接近，他将"城市如文本"那一章的第三部分命名为"城市如文体"。从"城市可以被视为一部文学作品"②出发，布托尔思考城市类型的问题，并得出以下结论："在这个庞大的类型内部，东京、墨西哥、纽约或巴黎的风格差异那么大，这些城市不同街区之间的差异又是那么大！"③布托尔几乎没有更多地论述这个普通的隐喻，但他是首先提出对城市和空间坚定地进行"叙事学"解读的人之一。当然他不是最早的一位：凯文·林奇在城市地理学方面的工作是具有开创性的，同样还有罗兰·巴特在符号学领域的研究。在一次题为"符号学与城市规划"（巴特曾于 1967 年在那不勒斯做过此演讲）的讲座中，巴特指出了每座城市（和每个场所）隐含的话语："城市是一种话语，而这种话语是真正的语言：城市对居民说话，我们只需通过居住、穿越和观察我们所在的城市来谈论它。"④受到《巴黎圣母院》的启发，特别是读了《这个将要杀死那个》那一章之后，受到维克多·雨果平衡建筑纪念

---

①　Marie-Claire Ropars-Wuilleumier, *Écrire l'espace*, *op. cit.*, p. 136.

②　Micher Butor, *Répertoire V*, *op. cit.*, p. 36.

③　同上。

④　Roland Barthes, « Sémiologie et urbanisme », in *L'Aventure sémiologique*, *op. cit.*, p. 265.

物和书写(后者杀死前者)的启发,巴特将这一逻辑推至如下结论:"我们在此重新发现雨果老练的直觉:城市是一种书写,在城市中走动的人,即城市的使用者(我们都是)就是一类读者,他们根据自己的义务和位移,对陈述话语的片段进行采样,并悄悄地将它们现实化。当我们在城市中走动时,所有人都处在格诺《百万亿首诗》(*100 000 millions de poèmes*)读者的处境中,因为人们只需改变一行诗句就会得到一首不一样的诗;我们不知道的是,当我们身处城市中时,就有点像这种先锋派读者。"[①]让我们暂时回到米兰。圣安布洛乔在看书的时候不会读出一个字,圣奥古斯丁曾对此感到吃惊。实际上,他像研究地图一样阅读:默默地阅读。书籍成为一张地图。也许这位米兰的主保圣人已经对文本和场所各自的本质产生直觉,二者的联系是如此紧密,远远超过奥古斯丁的想象;他沉浸在自己创造的三重当下中,很快构思出一套新的时间理论。

我们能比巴特和布托尔更进一步吗?可否将一种接受美学延伸到城市,使作者成为建筑师或城市规划师,而让市民成为接受作品的读者?如果城市乃至任何人类空间都是由空间化的时间层次组成的巨大之书或隐迹纸本,我似乎可以想象,它们能够成为接受美学的研究对象。人们可以根据姚斯的理论来阅读一

---

① Roland Barthes, « Sémiologie et urbanisme », in *L'Aventure sémiologique*, *op. cit.*, p. 268.

座城市。即便我们不沿着这条路走到底，但值得确定的是，姚斯的七个推理步骤在稍作改动的情况下是适用于空间解读的。康斯坦茨学派创立者（姚斯）的方法论依次经历了（1）文本的现实化过程，（2）读者的期待视阈，（3）引入、融合新事物的视阈变化，（4）作品的接受历史，（5）革新当下影响下的对过去的重新定位，（6）历时性和共时性的辩证法以及（7）接受的社会影响。出于对（看似）不恰当关联的兴趣，让我们深入研究一下其中的相似性。在评论现实化过程时，姚斯指出，作品"倒更像是一张乐谱，在每次阅读中唤起新的共鸣，这种共鸣让文本摆脱文字的物质性，并且使文本的存在现实化"①。空间也属于这类乐谱。同样，我们经常造访的空间产生一种期待视阈，后者建立在具有属性和主题性的先决体验之上：空间是都市的或是乡村的、沙漠的；它同样以死亡或爱情、快乐或危险为标志。姚斯的第三条标准是意味着革新的"审美距离"②。这种审美距离产生于预先存在的期待视阈和新作品之间的差距，但是随着"作品原初的消极性明显地改变，成为期待的惯常客体，融入未来审美体验的视阈"③，这一差距会逐渐缩小。场所也是如此，在某些情况下，它隐含一种重要的审美距离，一种可在纯粹的亲密中消解的距离。没有什

---

① Hans Robert Jauss, *Pour une esthétique de la réception*, op. cit., p. 52.

② 同上，第 58 页。

③ 同上，第 59 页。

么比一座新城变旧城更令人伤感了。革新与沉淀的辩证法位居姚斯理论的核心,它意味着一种接受的历史,因为在辩证运动中,我们避免了"永恒诗学本质的错误显现"以及对"一劳永逸确定的客观意义"①的信赖。文学作品与当下的紧张关系是持久的。适用于文本的东西也同样适用于空间的阅读。从地理批评的角度看,这体现为地层学研究。姚斯的第五条标准指出,新文学作品的出现有时是出于对先前作品中被忽略的潜在性的遗忘。因此,马拉美晦涩的抒情诗吸引贡戈拉(Luis de Góngora)欣然回归了巴洛克诗歌。换句话说,根据姚斯的观点,当下能够重定过去的方向,过去就像客观意义一样,不能被一劳永逸地给出。同样,这个标准完全可以延伸到空间的阅读,它的过去具有可激活性——有时在现实性中被故意激活。通过"双重译码"的原则,后现代建筑甚至让这种重新激活成为其审美的支柱。在巴黎的卢浮宫,(贝聿铭设计的)玻璃埃及金字塔和16世纪的皇宫共存;在伦敦国家美术馆的塞恩斯伯里展厅(由罗伯特·文图里和斯科特·布朗设计),新古典主义的仿制品将科林斯式柱廊与车库门形状的门窗洞接在一起;(里卡多·波菲设计的)阿布拉克萨斯剧院位于马恩河谷,在那里,一座新城和仿造的凡尔赛宫形成鲜明的对比:这些都是"过去的当下"美学理念的代表。

① Hans Robert Jauss, *Pour une esthétique de la réception*, *op. cit.*, p. 64.

姚斯的第六条标准部分对应了我在上一章尝试定义的非共时性。事实上,正如姚斯指出的那样,"以共时横截面来研究文学进程的某一阶段,以及通过对等、对立和等级化结构来确定同时期文学的异质多样性,二者都是可行的,因此就能在某个历史时期的文学中发现一种综合体系"。他补充道,应增加"历时性不同节点上的共时性横截面"以便使"历史连贯以及由一个时代向另一个时代的转变"①得以显现。和文本一样,特定空间的历史并不完全处于历时性中;历史同样可以体现在共时性里——共时性的横截面中。至于第七条也是最后一条标准,它证实了"只有当读者的文学体验介入日常生活的期待视阈,指引或改变其世界观并由此对他的社会行为产生影响的情况下,文学的社会功能才能在它真正的可能性影响中显现出来"②。不言而喻的是,空间阅读与社会行为之间的互动非常重要;正是这种互动启发了米歇尔·德塞托和托尔斯滕·哈格朗斯特有关日常空间的理论以及亨利·列斐伏尔和众多学者的理论。

以弗朗索瓦·达戈涅的独到观点看,当诗人创造的是"大胆的地形而非简单的版面"③时,文本和空间的隐秘对话才是有效的。这种对话有时会显得不恰当,尤其是在它导致二者各自身

---

① Hans Robert Jauss, *Pour une esthétique de la réception*, *op. cit.*, p. 75.

② 同上,第 80 页。

③ François Dagognet, *Le Nombre et le lieu*, *op. cit.*, p. 187.

份混乱的时候。亨利·列斐伏尔和皮埃尔·桑索特同时起身反对文学和文字的交叠以及文学和被视为客观的真实的交叠。对于列斐伏尔来说，"如果把从文学文本中提炼出来的代码应用在空间上（比如城市空间），此种应用就是描述性的；这一点不难证明。我们像这样努力地创建编码———一种破译社会空间的手段，是否有将社会空间简化为信息的风险呢？是否有将出入社会空间简化为阅读的风险呢"[①]？根据这个推论逻辑，列斐伏尔补充道："一旦分析在文学文本中寻找空间，它便会发现空间到处都是且无处不在：被封闭的、被描述的、被投射的、被梦到的、被思考的（空间）。怎样的特殊文本可以作为'文本'分析的基础？"[②]对列斐伏尔来说，空间和文学被不同的代码支配；文学对空间是不透明的，或更恰当地说：空间对于文学而言是封闭的，并且先验地抵制任何阅读。空间的社会维度不会出现在虚构中；空间在想象力中分散，想象力是一个自我增生的、不可控制的、不受描述的机器。和列斐伏尔一样，桑索特在《城市的诗学》中用一定篇幅来质疑文本对现实层面干扰的可能性。文本是梦想的媒介："因此，城市产生一种诗学，然而我们需要为之负责。但是诗学会不会让我们离开我们所生活的正在构建的城市呢？是否有可能调和实践与城市的诗学？梦想可以成为人类和压迫

---

① Henri Lefebvre, *La Production de l'espace*, *op. cit.*, p. 14.
② 同上，第 22 页。

人类的机制之间的屏障……城市批评反而寻求改变真实。"①桑索特似乎把城市的"诗学"置于人们赋予"真实"城市的面具之下——一种城市"实践"控制下的"真实"城市。在此种观点下，诗学和实践的混淆会增强城市人类（*homo urbanus*）的异化感。桑索特进一步提出："因此，对于在方法和目的上均相互排斥的两种想象，是否应该破除它们的神秘，而非再次将其神秘化，并加以区分呢？"②桑索特所用的"梦想"一词源自加斯东·巴什拉的术语，巴什拉的一本书便以"梦想"为标题。并非所有"梦想"都是无果的。它倾向于"在异化表现得极端时描绘出解放的雏形，当剥夺无处不在时开启重新分配"③。这种让步打开了一个缺口，它不仅吞噬了后马克思主义和后现代主义批评，实际上，还吞噬了任何渴望使虚构摆脱象牙塔的批评，即传统在"真实"风景中建立的美好而封闭的象牙塔。

列斐伏尔和桑索特的反对之举可以追溯到20世纪70年代初，既不孤立也不过时。然而，这种反对建立在我试图相对化的基础之上。城市的（空间的）诗学和城市的（空间的）实践并没有以如此彻底的方式相对立。诗学和实践拥有相同的主宰者：二者都围绕着再现展开。虚构是一种可变几何的再现，德勒兹称

---

① Pierre Sansot, *La Poétique de la ville*, Paris, Klincksieck, p. 418.

② 同上。

③ 同上，第420页。

之为狂欢的再现（représentation orgique）："当再现在它自身发现无限时，它就会变成狂欢的再现而不再是有机的再现：它在表面平静或有组织的界限内发现了自己身上的骚动、不安和激情。它重新发现了怪物。"①因此，有机的真实完全处于被群体所接受的再现之中，这种再现既是奇妙的又是主导性的。书是用来阅读的；乍一看，空间的产生并不是为了被阅读，但它们显然是可读的，尽管对于空间的阅读可被视为列斐伏尔提到的"简化"。想象不是异化的因素。恰恰相反，它是开辟通往无限道路的怪物。尽管叙事性是虚构的，但它却不断增长有关空间本质的认识，其他再现也是如此，不论它们是否具有话语性。克里斯蒂娜·蒙塔尔贝蒂认为："话语不表达世界，但为世界留下印记，在世界留下自己的印迹，并使城市内部和外部的平衡产生变化。话语不为世界动容，但是世界却受话语的影响，话语重新组织了世界的形态；世界不会赋予话语形式，但话语改变世界。"②根据自身的逻辑，蒙塔尔贝蒂拒绝承认图书馆与世界的互动，而是认可了图书馆对世界的单向作用。由于文本和"真实"空间的彻底决裂在今天看来是很难想象的，因此，用马克·奥杰的话说，"书

---

① Gilles Deleuze, *Différence et répétition* [1968], Paris, p. U. F., 1997, p. 61.

② Christine Montalbetti, *Le Voyage, le monde et la bibiothèque*, *op. cit.*, p. 14.

写的文字与空间保持不间断的交流"①便成为必要，他明确指出，"城市通过想象而存在，它激发了想象，想象使城市回归，城市滋养想象并汲取想象的营养，城市孕育了想象，想象使城市每一刻都在重生"②。此间确实存在一种互动。这种互动体现在大量的互文性中，它既是动机也是动力。在其最常见的定义中，互文性被视为从一个文本到另一文本的连接过程，该过程建立在能够在文本系统内部产生唯一路径的封闭逻辑之上。在一个图书馆内部，一种书写对另一种书写做出回应，该图书馆成为有区别的重复的载体，此种重复被自我循环的原则合法化。互文性在最开始是为了阐明虚构作品的树状结构，即（朱莉亚·克里斯蒂娃的）"话语的交替连接"③。但是，互文性并非只在小说与其他文学体裁之林中漫步。空间通过它所激发出的再现被把握，可以像小说一样被"读"；城市——人类空间的别称，可以像小说一样被"读"。阅读一处空间正如浏览一部文本；阅读一部文本就像穿越一片空间。文本性的延伸视野包含了书本的建筑结构和空间建筑，在此种观点下，文本性最终违背了将文本限制在文本"系统"（也许是象牙塔的别名）中的封闭逻辑。文本和空间的交替连接超越了将世界与图书馆、真实与虚构、指涉与再现

①　Marc Augé, *L'Impossible Voyage*, *op. cit.*, p. 140.

②　同上，第142页。

③　Julia Kristeva, *Sèméiotikè. Recherches pour une sémanalyse* [1969], Paris, Seuil, coll. «Points», 1978, p. 120.

分开的根本相异性。此种情形已被克里斯蒂娜·蒙塔尔贝蒂指出,她认可了写作与世界观的等同:"世界如书的隐喻是将看与说进行比较,因此便在视觉对象和试图捕捉它的写作之间重建了一种同律,一种规则的认同。"[①]蒙塔尔贝蒂同样认可了从文本到空间关系的互文维度,但是该互文维度被她简化了。此种关系的方向是单一的,即由图书馆走向世界:唯有空间才是被我们所接受的超文本。这里涉及一种文学观点。尽管马克·布罗索是一名地理学家,但他仍孜孜不倦地关注文本,在他看来,互动有着"真实"世界所标注的限度,因为"特别需要解决的是,城市不是文本"[②],因此,"就有可能犯下过分的错误,忘记文本-城市关系的隐喻地位,并试图完全照搬沿用阅读和分析的模式"[③]。对布罗索来说,这个隐喻从辩证性和启发性的角度展开,它承载着阐释,却不能更进一步。

　　从地理批评的角度看,蒙塔尔贝蒂和布罗索指出的两种限制需要评判。文本与空间的关系是单一的吗?这些交替连接纯粹是隐喻性的吗?至于第一个问题,我们已经知道答案:一种紧密的相互关联将文本同空间联系在一起,反之亦然。当虚构再现安排空间指涉时,空间会告知文本。相反,当结合了空间"真

---

①　Christine Montalbetti, *Le Voyage*, *le monde et la bibiothèque*, *op. cit.*, p. 123.

②　Marc Brosseau, *Des romans-géographes*, *op. cit.*, p. 155.

③　同上,第156页。

实"与虚构的互文链形成时，（虚构）文本之于空间的影响便是显而易见的，这也可以回应布罗索的观点。作家书写他的城市，城市是特定的再现，尤其是、特别是虚构的再现，作家的行为最终会反作用于现实素，其行动可能会影响对于现实素的感知。在被姚斯归入革新范畴的持续流动的背景下，一种新的再现诞生了，它把由作家或电影工作者增加的虚构融入一个经历去现实化过程的世界，该过程或可以通过辩证的方式进行部分解释。不言而喻的是，地理批评的关键问题之一便是参与到这种循环机制中以尝试理解和解释它（尽可能地理解和解释，因为理解和解释并非易事）。地理批评面临的另一关键问题不再是得出真实与虚构、世界与图书馆之间的关系，并把这种关系视为一种隐喻，而是从中提出真正的研究假设。因为，就再现而言，一旦虚构能够影响真实，我们便可以想象，文学和其他模仿艺术能够通过由它们产生的某些研究方法在属于通常研究之外的领域得到应用。文学能否在图书馆以外，甚至在虚构领域以外"得到应用"？换句话说，文学有助于解读世界吗？我认为是的。我们谦逊地承认，这一信条（credo）并非革命性的创举：长久以来，它已获得很多人的认可。我不会忽略引述第五部《索引集》，但早在出版于1964年的第二部《索引集》中，米歇尔·布托尔便在题为《小说空间》的文章结论部分指出："当然，小说首先把主要的改变引入再现的空间，但是该改变并不能看出信息是如何影响进程和事物的，也不能看出自小说的创作开始，物体是如何有效地移动,轨迹的秩序是如何被改变的。"①基于倾向缩小指涉与再现间差距的理论基础,地理批评旨在助力探索这些人们曾设法区分的维度间的界面,从整体上拉近图书馆与世界的距离。地理批评的应用领域多到远超想象。其中有一个领域很显然处于学科交叉点:旅游业,当然,它是一种产业,但却是充满虚构的梦幻产业。还有其他一些与再现密切相关的领域,如城市规划学与设计学。总而言之,是那些有待想象的领域。面对为文学展开的巨大工地,面对所激发出来的想象力,很难在此做出真正的结论。我们仅满足于一张临时的错视画,那种用以掩饰有待重新修葺的门面的画作。

话语绘制了一部分现实,在它的无限变化中,现实找到了自己的栖身之所:意义和无意义,地域和解辖域化,不确定的地理以及关系的地理。换句话说,在目光之外,空间的犹豫不决是不存在的。所有的观察者都在努力再现眼前的情景。任何话语都是对某个构想场景的誊写。如果有分歧,它存在于叙事编排的再现和现实素的呈现之间。文学可以灵活地运转,它有自己的天地。其他话语不能灵活地运转,它们顶多让现实的某一面得到重现——那是它们在诸多可能性中选出的一个方面。因此就出现了取舍。要么承认文学作品和(带有真实性的)"表述"作品在一般层面和认识论层面上的关系破裂,从而援引文学和文学

---

① Micher Butor, *Répertoire* Ⅱ, Paris, Minuit, 1964, p. 50.

性的自主性。要么就以越界性为原则，认定现实和虚构之间的界限是可以跨越的。因此，我们尝试让虚构的叙事性和表述的（旅游的）叙事性相协调并研究它们之间的互动。当文学寻求能够把它带出文学领域并使它与相关"现实性"接轨的路径时，我认为，地理批评作为一种有关指涉空间的文学分层研究，可以在"真实"地理与"想象"地理之间发挥重要的作用。这两种地理非常相似，并且还会引出其他地理，因此，批评者应对其进行努力的构想与探索。